젊은 베르터의 고뇌

세계문학의 숲 042

Die Leiden des jungen Werther

젊은 베르터의 고뇌

요한 볼프강 폰 괴테 지음
김용민 옮김

시공사

일러두기

1. 이 책은 독일 작가 요한 볼프강 폰 괴테가 1774년 발표한 소설《젊은 베르터의 고뇌 (Die Leiden des jungen Werther)》를 우리말로 옮긴 것이다.
2. 번역은 독일 함부르크 판(Hamburger Ausgabe)《괴테 전집(Johann Wolfgang von Goethe, Werke)》제6권을 대본으로 삼았다.
3. 주는 지은이 주와 옮긴이 주를 구분하지 않고 별표(*)로 표시했으며, 머리에 [원주] 라고 밝힌 것은 지은이 주이고 그 밖의 것은 옮긴이 주이다.

차례

가련한 베르터의 이야기에 대해
제가 찾아낼 수 있는 것들을 열심히 모아
이제 여러분 앞에 내놓습니다.
여러분은 분명 제게 고마워하리라 믿습니다.
여러분 모두 그의 정신과 성품에는 감탄과 애정을
그의 운명에는 눈물을 흘리지 않을 수 없을 것입니다.

그대, 선량한 영혼을 지닌 이들이여,
만일 그대가 베르터와 같은 충동을 느끼고 있다면
그의 고뇌에서 위안을 얻으십시오.
운명 때문이건 아니면 그대의 잘못 때문이건
더 가까운 친구를 찾지 못했다면
이 자그만 책을 그대의 친구로 삼으십시오.

제1부

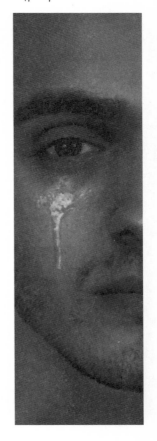

1771년 5월 4일

떠나오니 얼마나 기쁜지! 사랑하는 친구여, 인간의 마음이란 대체 무엇인지! 내가 그토록 좋아하고 헤어지기 힘들어했던 자네를 떠나오고서도 이렇게 기쁨을 느끼고 있으니 말일세! 이런 나를 용서해주리라 믿네. 자네를 제외한 다른 사람들과의 관계는 운명이 나 같은 사람의 마음을 불안하게 만들려고 일부러 찾아낸 것이 아닐까? 가엾은 레오노레! 하지만 내게는 잘못이 없네. 내가 그녀의 여동생이 지닌 독특한 매력에 끌려 즐거워하는 동안 가련한 레오노레의 가슴에 열정이 생겨난 것을 어떻게 할 수 있었겠나? 하지만 그렇다고 내게 전혀 책임이 없다고 할 수 있을까? 혹시 내가 그녀의 감정을 북돋운 것은 아닐까? 그녀의 진정한 마음의 표현을, 사실 별로 우스운 것이 아니었는데도 우리가 자주 놀려대며 즐겼던 것이 아닐까? 그리고 내가 또—아, 스스로에 대해 비난을 늘어놓다니. 인간이란 대체 무엇인가! 사랑하는 친구여, 자네에게 약속하네, 앞으로 나는 행실을 고치겠네. 운명이 우리에게 벌여놓은 작은 불행을 예전처럼 계속해서 곱씹는 일은 더 이상 하지 않겠어. 현재를 즐기도록 하겠네. 지나간 일은 지나간 것으로 내버려두어야지. 친구여, 자네가 옳아. 우리 인간이—인간이 왜 그렇게 만들어졌는지는 모르지만—과거의 나쁜 일에 대한 기억을 불러오느라 부단한 상상력을 발휘하지 말고 차라리 냉엄한 현재를 참고 견디어낸다면 고통이 훨씬 줄어들 걸세.

　내 어머니께 전해주게. 지시하신 일을 열심히 처리하고 있으며 빠른 시일 안에 소식을 전하겠다고 말이야. 친척 아주머니와 이야기를 나누었는데 사람들이 말하는 것처럼 그렇게 나쁜 사람은 결코 아니었네. 활달하고 격정적이지만 마음씨는 아주 좋은 분이셨어. 어머니 몫의 유산을 아주머니가 쥐고 있어서 어머니가 불만스러워하신다고 말씀드렸네. 그러자 아주머니는 왜 그리 되었는지 자초지종을 설명해주시며 몇 가지 조건을 제시하셨네. 그 조건만 충족된다면 모든 것을 내줄 용의가 있다는 거야. 그것도 우리가 요구하는 것 이상으로 말일세. 어떻든 그 이야기는 더 하고 싶지 않네. 어머니께는 모든 일이 잘될 것이라고 말씀드려주게. 친구여, 이번의 작은 일을 겪으며 나는 이 세상에서 오해와 태만이 간계나 악의보다 오히려 더 많은 혼란을 불러일으킨다는 사실을 다시금 확인할 수 있었네. 적어도 간계나 악의 때문에 문제가 일어나는 경우란 아주 적다고 할 수 있지.

　어떻든 이곳에서 나는 잘 지내고 있네. 낙원과 같은 이곳에서 고독은 내 가슴에 소중하고 상쾌한 진정제가 되고 있어. 그리고 이 청춘의 계절은 온갖 풍성함으로 종종 두려움에 떠는 나의 가슴을 훈훈하게 해주곤 하지. 나무 하나하나, 울타리 마디마디마다 꽃이 만발해 천지가 꽃다발이라네. 나는 한 마리 딱정벌레가 되어 꽃향기의 바다를 떠다니며 그 속에서 온갖 영양분을 얻고 싶을 정도라네.

도시 자체는 별로지만 주변의 자연은 말할 수 없이 아름답네. 그 아름다움이 지금은 세상을 떠난 M백작의 마음을 움직여서 이곳의 여러 언덕들 중 한 곳에 정원을 꾸미게 한 것이지. 저마다 다양한 아름다움을 지닌 언덕들이 서로 겹쳐지며 사랑스러운 계곡을 이루고 있는 곳이네. 정원은 소박하다네. 그래서 정원에 들어서면 곧 이 정원은 이론에 능통한 정원사가 아니라 감정이 풍부한 이가 스스로 즐기기 위해 계획한 것임을 느낄 수 있어. 이제는 퇴락한 정자에서 고인을 생각하며 나는 몇 번이나 눈물을 흘렸네. 그 정자는 고인이 제일 좋아한 곳이자 지금 내가 제일 좋아하는 곳이라네. 이제 곧 나는 이 정원의 주인이 될 거야. 며칠 되지 않았지만 정원사도 내게 호감을 보이고 있네. 그러는 것이 그에게도 나쁘지는 않을 것이네.

5월 10일

놀라우리만치 즐거운 기분이 내 영혼을 온통 사로잡았네. 내가 온 마음을 다해 즐기는 달콤한 봄날 아침처럼 말이야. 나와 같은 영혼을 위해 만들어진 듯한 이곳에서의 삶을 나는 혼자서 즐기고 있네. 친구여, 나는 너무도 행복해. 무척이나 고요하고 평온한 존재감에 흠뻑 빠져서 내 예술이 지장을 받을 정도야. 지금은 그림조차 그릴 수가 없네. 선 하나도 그릴 수가 없어. 그래도 지금 이 순간보다 내가 더 위대한 화가였던 적이 없는 것 같네. 내 주위의 아름다운 계곡에서 안개가 피어오르고, 높이 솟은 해가 울창하고 어두운 숲의 언저리를 서성이며 몇 줄기 햇살만을 성스러운 내부로 흘려보낼 때면 나는 개울가 키 큰 수풀에 누워 대지에 얼굴을 가까이 대고 온갖 종류의 풀들에 눈을 돌린다네. 풀줄기 사이의 작은 세계에서 분주하게 움직이는 수많은 작은 벌레와 날것들의 신비한 형상을 더욱 가까이 느낄 때면, 당신의 형상대로 우리를 창조하신 전능하신 분의 존재와 영원한 기쁨 속에서 우리를 감싸 안고 계시는 한없이 자비로운 분의 숨결을 느끼지. 친구여, 주변이 어스름해지고 나를 둘러싼 세계와 하늘이 사랑하는 연인의 모습처럼 내 영혼 속에 들어와 고요히 잠길 때면 나는 종종 그리움에 잠겨 이렇게 생각한다네. '아, 이렇듯 충만하고 뜨겁게 내 안에서 살아 숨 쉬는 그 무엇인가를 표현해낼 수 있다면, 그것을 종이 위에 살려낼 수 있다면! 그렇다면 내 영혼이 영원한 하느님의 거울인 것처럼 그것은 내 영혼의 거울이 될 텐데!' 친구여, 하지만 나는 그렇게 하지 못하고 이 현상들의 찬란한 힘에 굴복하고 만다네.

5월 12일

이렇듯 내 주변의 모든 것을 낙원처럼 만드는 이유가 이 지방에 무언가 사람을 현혹시키는 정령이 떠돌고 있기 때문인지 아니면 내 마음속의 따스하고 신적인 환상 때문인지 잘 모르겠네. 마을 앞에는 샘물이 하나 있는데 멜루지네*와 그 자매들처럼 나는 그 샘의 마법에 사로잡혀버렸네. 자그만 언덕을 내려가면 아치가 나오고 거기에서 스무 계단쯤 내려가면 대리석 바위틈에서 맑은 물이 솟아 나오는 샘이 있네. 샘의 주변을 둘러싼 나지막한 담장, 샘 주변을 둥글게 감싸고 있는 키 큰 나무들, 그곳에 감도는 서늘함, 이 모든 것이 무척이나 사람의 마음을 끌고 경건함을 느끼게 한다네. 나는 날마다 그곳에 앉아 한 시간쯤 보내곤 하네. 그곳으로 마을 처녀들이 찾아와 물을 길어가곤 하네. 물 긷는 일은 가장 순박하고 필수적인 일이어서 옛날에는 공주들도 손수 행하곤 했지. 그곳에 앉아 있으면 가부장 시대의 정신이 내 주변에 생생하게 되살아나는 듯해. 샘물가에서 가문의 어른들이 서로 수인사를 나누고 혼사를 논하는 그런 장면 말일세. 그리고 선한 정령들이 샘물 주위를 떠돌아다니는 것 같기도 하고. 아아, 이런 기분에 공감하지 못하는 이는 분명 무더운 여름날 한참을 걸은 후에 마신 샘물, 그 샘물의 상쾌함을 느껴본 적이 없는 사람일 것이야.

*중세 유럽의 신화에 등장하는 물의 요정. 인간의 모습으로 궁정 기사와 결혼했으나 정기적으로 샘물에 찾아와 자매들과 만났다고 한다.

5월 13일

자네는 이곳으로 내 책들을 보내줄까 물어보는군. 제발 부탁이
니 그만두게! 나는 더 이상 누군가의 지도를 받거나 어떤 자극
도 격려도 받고 싶지 않네. 내 가슴은 스스로도 충분히 요동치고
있어. 내게 필요한 건 자장가일세. 자장가라면 내가 좋아하는
호메로스 작품에서 얼마든지 찾아낼 수 있네. 나의 끓는 피를 가
라앉히기 위해 얼마나 자주 자장가를 불러야 했는지 모른다네.
내 마음처럼 여일하지 못하고 변덕스러운 것을 자네는 보지 못
했을 것이야. 그걸 굳이 자네에게 말할 필요도 없지. 근심에 빠
졌다가 허세를 부리고, 달콤한 우울에 잠겼다가 파괴적 열정으
로 넘어가는 나를 자네는 몇 번이고 지켜봐야 했으니 얼마나 곤
혹스러웠겠나. 나 역시 내 마음을 병든 어린아이처럼 다루고 있
다네. 내 마음이 무엇을 원하든지 다 들어주고 있지. 다른 사람
에게는 말하지 말아주게. 그로 인해 나를 나쁘게 보는 사람도 있
을 테니 말일세.

5월 15일

이곳의 서민들은 이제 나와 친분이 생겨 나를 좋아하게 되었어.
특히 아이들이 그렇다네. 난처한 경험을 하기는 했지. 처음에
내가 그들에게 다가가 친근하게 이런저런 것들을 물어보자 몇

몇 사람들은 내가 자신들을 조롱한다 생각했는지 그만 나를 떨떠름하게 대하지 않았겠나. 그렇다고 언짢게 생각하지는 않았네. 이제까지는 다만 그럴 것이라 짐작하고 있던 사실을 직접 생생하게 느꼈을 뿐이지. 신분이 좀 높다는 사람들은 서민들을 가까이하면 자신에게 무슨 손해라도 난다는 듯 늘 거리를 두고 싸늘하게 대하거나, 더 나아가서 짐짓 자신을 낮추는 척하며 가난한 사람들에게 자신의 오만을 더 과시하는 경박하고 야비한 이들도 있다는 사실 말일세.

우리 인간이 평등하지 않으며 그럴 수도 없다는 사실을 나는 잘 알고 있네. 하지만 하층민들의 존경을 얻기 위해서 그들과 거리를 둘 필요가 있다고 믿는 이들은 마치 패배할까 두려워 적 앞에서 몸을 숨기는 비겁자나 마찬가지로 비난받아 마땅하다네.

얼마 전에 샘물가에 갔다가 젊은 하녀를 만났네. 그녀가 물동이를 계단 맨 아래에 올려놓고는 그것을 머리에 얹어줄 친구라도 오지 않나 주위를 둘러보고 있는 게 아니겠나. 그래 내가 계단을 내려가 그녀를 보며 말했지. "아가씨, 제가 도와드릴까요?" 그러자 그녀는 얼굴이 빨개져서는 "아, 아니에요" 그러더군. "사양하지 말아요"라고 말하자 그녀는 머리 위의 똬리를 가지런히 하는 것이었네. 내가 도와주자 그녀는 고맙다고 말하고 계단을 올라갔네.

5월 17일

여기서 나는 여러 계층의 사람들을 만났지만 아직 함께 어울릴 동무를 찾지는 못했네. 하지만 내게 이상하게 사람들을 끌어당기는 매력이라도 있는지 많은 사람들이 나를 좋아하고 정답게 대해주네. 그렇지만 우리가 함께 동행하는 길이 대개 너무 짧아서 아쉬울 때가 많아. 이곳 사람들이 어떠냐고 묻는다면 다른 지방의 사람들과 똑같다고 대답할 수밖에 없네. 인간은 다 마찬가지 존재 아닌가. 사람들은 대개 먹고살기 위해 대부분의 시간을 보내는데 어쩌다 자유로운 시간이라도 생기면 불안해져서는 거기서 벗어나려고 온갖 수단을 다 찾고는 하지. 아아, 인간의 운명이란!

하지만 이곳 사람들은 정말 좋은 사람들이네! 나는 종종 나 자신을 잊고 그들과 함께 우리 인간에게 아직 허용되어 있는 기쁨을 나눈다네. 정갈하게 차려진 식탁에 앉아 마음을 터놓고 솔직한 담소를 나누거나 함께 마차를 타고 산책을 나가고 적당한 때를 보아 춤을 추기도 한다네. 그런 일들은 내게 아주 좋은 영향을 미치지. 하지만 아직 써보지도 못한 채 내 안에서 그냥 썩어가고 있는 수많은 다른 힘들이 있으며, 그것을 내가 조심스레 숨기고 있어야만 한다는 생각은 하지 말아야 하네. 그런 생각이 들면 가슴 전체가 옥죄는 듯하니까. 하지만, 오해를 받는 것 또한 우리 같은 사람들의 운명 아니겠나!

아, 내 청춘 시절의 여자 친구가 세상을 떠났다니! 아아, 내가 한때 사랑했던 여인인데! 나 자신을 나무라고 싶네. '너는 정말 바보구나! 이 세상에서 더 이상 찾을 수 없는 것을 찾고 있으니!' 하지만 한때 그녀는 나의 것이었으며, 나는 그녀의 마음과 위대한 영혼을 느꼈었지. 그 영혼과 함께 있으면 나는 실제의 나보다 훨씬 위대한 존재인 것처럼 생각되었다네. 그녀 앞에서 나는 되고 싶은 모든 존재가 될 수 있었으니까. 아아, 그 당시 내가 사용하지 못한 채 내 안에 남겨둔 영혼의 힘이 조금이라도 있었던가? 그녀 앞에서는 신비로운 감정이 솟아나서 내 온 가슴으로 자연을 품을 수 있지 않았던가? 우리의 만남은 가장 섬세한 감정과 지극히 예리한 지성으로 짜인 영원한 직물이 아니었던가? 그것이 여러 가지로 변화하여 종종 극단에 이르기도 했지만 이 모든 것이 천재라는 징표를 나타내주는 것이 아니었던가? 그런데 이제는! 아아, 그녀가 먼저 태어나 살았던 그 세월이 그녀를 나보다 먼저 죽음에 이르게 했구나. 나는 그녀를 결코 잊지 않을 것이네. 그녀의 단호한 심성과 거룩한 인내심을 결코 잊지 못할 것이네.

　며칠 전에 나는 V라는 젊은이를 만났네. 아주 복스러운 얼굴을 하고 있는 진솔한 젊은이었어. 이제 막 대학을 졸업했는데 매우 똑똑하다고 자처하지는 않지만 다른 이들보다는 아는 게 많다고 믿는 듯했네. 여러모로 살펴본 결과 그는 열심히 공부한 것만은 사실이어서 상당한 지식을 지니고 있었네. 내가 그림을 많이 그리고 그리스어를 할 줄 안다는 소문을 듣고는(이 고장에서는 그 두 가지가 다 혜성처럼 빛나는 것들이지) 나를 찾아와서

한바탕 잡다한 지식을 풀어놓더군. 바퇴*에서 우드**, 드 필***
에서 빙켈만****에 이르기까지. 게다가 자기는 슐처***** 이론
의 제1부를 정독했고 고대 연구에 대한 하이네******의 원고도
소장하고 있다고 하더군. 나는 그냥 잠자코 듣고만 있었네.

그리고 또 아주 훌륭한 분을 알게 되었네. 영주의 행정관으로
진솔하고 진실한 분이야. 아홉 명의 자녀에 둘러싸여 있는 그분
의 모습을 보면 마음이 흐뭇해진다고 사람들은 말하곤 하네. 특
히 그분의 맏딸에 대해 칭찬이 자자하지. 그분이 나를 집으로 초
대하였기에 가까운 시일 내에 한번 찾아갈 예정이네. 여기서 한
시간 반쯤 떨어진 영주의 사냥용 별장에서 살고 계시다네. 부인
이 죽은 후에 이곳 시내의 관사에서 지내는 것이 너무 괴로워서
영주의 허락을 받아 그곳으로 이사했다더군.

그 밖에 이상한 괴짜들 몇 명도 알게 되었는데 그들의 모든
것이 견딜 수 없을 정도네. 특히 친근한 척하는 태도는 가장 참
을 수가 없어.

잘 있게! 이 편지는 아마 자네 마음에 들 걸세. 역사처럼 사실
적으로 기록했으니.

---

*샤를 바퇴(1713~1780). 프랑스의 미학자이자 예술철학의 창시자.
**로버트 우드(1717~1771). 영국의 정치가이자 여행가.
***로제 드 필(1635~1709). 색채이론을 발전시킨 프랑스의 화가, 미술평론가, 외교관.
****요한 빙켈만(1717~1768). 초기 계몽주의 시대의 독일 고고학자.
*****요한 슐처(1720~1779). 스위스의 신학자이자 철학자.
******크리스티안 하이네(1729~1812). 문헌학, 역사학, 고고학을 아우르는 고전
학을 정립한 독일의 고전학자.

5월 22일

우리 인생이 한낱 일장춘몽이라고 이미 많은 이들이 말했지만 나도 늘 그런 감정에 휩싸이곤 한다네. 활동하고 탐구하는 인간의 능력이 한계 속에 갇혀 속박받는 것을 볼 때면, 인간의 모든 노력이 오로지 욕구를 충족시키는 데 집중되고, 그 욕구라는 게 기실 우리의 가련한 삶을 연장시키는 것 외에는 아무런 목적이 없다는 것을 볼 때면, 그리고 자신의 연구가 일정한 수준에 올랐다고 만족한다는 것이 마치 감옥에 갇힌 이가 사방의 벽에 화려한 형상과 밝은 풍경을 그려놓고 즐거워하는 것처럼 몽상적인 체념에 불과하다는 사실을 알게 될 때면, 그럴 때면 빌헬름, 나는 할 말을 잃고 만다네. 그러면 나는 내 내면으로 돌아와 거기에서 하나의 다른 세계를 발견하곤 하지! 명확한 묘사나 생생한 힘을 통해서라기보다는 희미한 예감과 어렴풋한 열망 속에서 말이야. 그곳에선 모든 것이 내 감각 주위를 떠돌아다니고, 나는 계속해서 그 세계를 향해 꿈꾸듯 미소를 보낸다네.

아이들은 자신이 무언가를 원할 때 왜 그걸 원하는지 이유를 알지 못한다고 하지. 이에 대해서는 모든 학식 있는 교사나 가정교사들이 의견의 일치를 보이고 있네. 그러나 어른들 역시 아이들이나 마찬가지로 어디에서 와서 어디로 가는지 알지 못한 채 이 지상을 이리저리 떠돌고 있으며, 진정한 목적에 따라 행동하지 못하고 아이들처럼 과자나 케이크, 자작나무 회초리의 지배를 받고 있다네. 아무도 이 사실을 믿고 싶지 않겠지만 내게는 너무도 분명해.

　자네가 무슨 말을 할지 잘 알고 있기에 기꺼이 고백하려니와 어린아이 같은 이들이 가장 행복한 인간이라 할 수 있겠지. 어린아이처럼 하루하루를 살아가며, 인형을 가지고 놀면서 옷을 입혔다 벗겼다 하고, 어머니가 설탕과자를 넣어둔 서랍 주위를 호시탐탐 얼쩡대다가 마침내 원하던 것을 잽싸게 가로채선 볼이 미어져라 먹어치우고는 "더 주세요!" 하고 소리치는 아이들 같은 이들이 가장 행복한 사람들이겠지. 또한 허접한 자신의 일이나 심지어는 자신의 열정에까지 화려한 수식어를 붙여놓고는 자신들이 하는 일이 마치 인류의 행복과 안녕을 위한 굉장한 시도인 양 떠들어대는 이들도 행복하다고 할 수 있겠지. 그럴 수 있는 자들에게 축복 있으라! 하지만 모든 일이 어디로 어떻게 흘러가는지 겸허하게 깨달은 사람, 시민들이 자신의 자그만 정원을 낙원처럼 가꾸며 행복해하고, 비록 불행한 사람이라도 무거운 짐을 지고 힘겹게 자신의 길을 꾸준히 걸어가며 행복을 느낀다는 것을 아는 사람, 그리고 누구라도 모두 이 밝은 햇빛을 단 1분이라도 더 바라보고 싶어 한다는 것을 아는 사람, 그래, 그런 사람은 묵묵히 자신의 세계를 만들어가며 진정한 행복을 느낄 것이네. 그런 사람은 비록 아무리 속박을 받는다 해도 가슴에는 늘 달콤한 자유의 감정을 간직하고 있으며, 자신이 원할 때면 언제든 이 감옥을 떠날 수 있다네.

5월 26일

자네는 오래전부터 내가 어떤 곳에서 살고 싶어 하는지 알고 있을 걸세. 마음에 드는 곳에 오두막을 짓고 아주 소박하게 살았으면 하는 내 성향 말일세. 이곳에서 나는 마음에 드는 장소를 하나 찾았네.

시내에서 한 시간쯤 떨어진 발하임*이라는 곳이야. 언덕 위에 자리 잡은 위치부터가 매우 흥미롭다네. 마을로 향하는 오솔길을 오르다보면 갑자기 계곡 전체가 한눈에 내려다보이는 곳이 나오지. 거기에서 나이에 비해 활달하고 호의적이며 마음씨 좋은 여주인이 포도주와 맥주, 커피를 팔고 있네. 무엇보다 두 그루의 보리수나무가 내 마음에 들었어. 쭉 뻗은 나뭇가지가 교회 앞의 작은 광장을 뒤덮고, 그 광장을 농가들과 창고와 마당이 둘러싸고 있지. 이처럼 정겹고 친숙한 곳을 찾기란 쉬운 일이 아니야. 나는 음식점에서 작은 탁자와 의자를 그리로 옮겨달라고 부탁해서 거기에서 커피를 마시며 나의 호메로스를 읽곤 하네. 어느 아름다운 오후 내가 우연히 이 보리수나무 아래로 처음 찾아왔을 때 본 작은 광장은 아주 고즈넉했네. 모두들 들에 나가 있었고 네 살쯤 되는 사내아이만이 땅바닥에 앉아 6개월쯤 된 아기를 안고 있었어. 그 아이는 아기를 다리 사이에 앉히고 두 팔로 감싸 제 가슴에 기대게 하여 마치 안락의자에 앉힌 것

---

*〔원주〕독자 여러분은 여기서 언급한 장소를 애써 찾으려 하지 마십시오. 불가피하게 원본에 있는 실제 명칭을 바꾸어놓았습니다.

처럼 하고 있었지. 아이는 검은 눈동자로 사방을 두리번거리는 것으로 보아 활달한 것 같았지만 아주 얌전히 앉아 있었네. 나는 이 광경이 무척이나 마음에 들어 건너편에 있는 쟁기 위에 앉아 즐거운 마음으로 이 형제의 모습을 스케치했다네. 그리고 옆쪽의 울타리와 창고 문, 부서진 마차 바퀴 몇 개도 모두 있는 그대로 그려 넣었지. 한 시간쯤 지나자 내 주관이 조금도 가미되지 않은, 구도가 잘 잡힌 아주 흥미로운 그림이 완성되었네. 그래서 앞으로는 자연에만 의지해 그림을 그려야겠다는 생각을 더욱 굳혔다네. 자연만이 무한히 풍요롭고, 자연만이 위대한 예술가를 만들어준다는 생각이 드네. 물론 예술에서의 규칙이 지닌 장점에 대해 많은 이야기를 할 수 있겠지만 그건 시민사회를 찬미할 때 하는 말이나 다를 바 없다네. 규칙을 충실히 따르는 사람은 결코 몰취미하거나 형편없는 작품을 만들어내지는 않겠지. 법규나 공공질서에 맞게 자신을 잘 갈무리하는 사람이 결코 참을 수 없는 이웃이나 괴팍한 악인이 될 수 없는 것처럼 말이야. 그러나 누가 뭐라든 규칙은 자연의 진정한 감정과 참된 표현을 파괴해버리고 만다네! 자네는 이렇게 말하겠지. "그건 너무 가혹한 표현이군! 규칙은 다만 약간의 제한을 가할 뿐이야. 지나치게 자란 덩굴을 잘라내는 것이라고." 사랑하는 친구여, 비유를 하나 들어볼까? 사랑을 예로 들어보지. 한 젊은이가 처녀에게 완전히 빠져서 하루 온종일을 그녀 곁에서 지내며, 그의 온 힘과 재산을 다 쏟아 매 순간을 그녀에게 헌신하고 있다고 하세. 그런 그에게 어떤 속된 인간이, 공직에 있는 이가 찾아와서 이렇게 말한다고 생각해보세. "여보게 젊은이! 사랑은 인간적인 것이네. 그러니 자네는 정녕 인간적으로 사랑해야 한다네! 자네의 시간을 나누어 일부는 일하는 데 쓰고 나머지 쉬는 시간을 그대의 여인에게 바치시게. 그대의 재산도 잘 따져보아서 꼭 필요한 경비를 제외하고 남는 나머지 것으로 그녀에게 선물을 해준다면 반대하지 않겠네. 단지 너무 자주는 말고 생일이나 세례일 같은 때라면 괜찮네." 만일 그 젊은이가 이 말을 따른다면 그는 쓸모 있는 젊은이가 될 걸세. 그런 젊은이라면 나라도 모든 영주들에게 그를 채용해달라고 기꺼이 추천하겠어. 하지만 그의 사랑은 끝장난 거네. 그리고 그가 예술가라면 예술과는 종을 친 것이고. 아아, 친구들이여! 천재라는 물길이 왜 이리도 드물게 터져 나오는가? 그 물길이 거대한 홍수가 되어 쏟아져서 그대들의 놀란 영혼을 뒤흔들어놓는 일이 왜 이리도 드물단 말인가? 사랑하는 친구들이여, 그것은 천재의 물길이 흐르는 양옆 강변에 냉철한 인간들이 살고 있어서 그렇다네. 그들은 자신들의 정자나 튤립 화단, 채소밭이 망가질까 두려워 서둘러 제방을 쌓고 도랑을 만들어 앞으로 닥쳐올 위험을 미리 막아버리곤 하지.

5월 27일

내가 황홀경에 빠져 비유와 장광설을 늘어놓느라 그만 아이들에 대해 마저 이야기하는 것을 잊어버렸네. 어제의 편지에서 간단히 설명했듯이 나는 그림 같은 분위기에 잠겨 쟁기 위에 좋이 두 시간은 앉아 있었어. 저녁때쯤 되자 팔에 바구니를 든 젊은 여인이 그때까지 움직이지 않고 그렇게 가만히 앉아 있던 아이들에게 다가오며 멀리서 외치더군. "필립스, 참 착하구나." 그여인은 내게도 인사를 하여, 나도 답례를 하며 일어나 그녀에게다가가 아이들의 어머니인가 물어보았지. 여인은 그렇다고 대답하며 큰 아이에게 빵 반쪽을 주더군. 그러고는 작은 아이를 품에 안고 어머니의 사랑이 가득 담긴 입맞춤을 해주었어. "필립스에게 아기를 보라고 하고 저는 첫째와 함께 흰 빵과 설탕 그리고 옹기 냄비를 사러 시내에 갔었어요." 덮개가 떨어져 나간 바구니 속에 그 물건들이 담겨 있는 것이 보였어. "저녁에 한스에게(작은 아이의 이름이네) 수프를 끓여주려고요. 개구쟁이인 큰애가 어제 필립스와 남은 수프를 서로 긁어 먹겠다고 다투다그만 냄비를 깨뜨렸답니다." 나는 첫째가 어디 있는지 물었지. 풀밭에서 거위들을 쫓아다니고 있다고 그녀가 말하자마자 아이가 뛰어와서는 둘째에게 개암나무 가지를 건네주더군. 나는 그여인과 조금 더 이야기를 나누었는데, 그녀가 학교 선생님의 딸이며 남편은 사촌의 유산을 받으러 스위스로 여행을 떠났다는 것을 알게 되었네. "사람들이 남편을 속이려 했지 뭐예요. 남편이 여러 번 편지를 보내도 답장도 없고요. 그래서 그이가 직접 간 거예요. 그이에게서 아직 아무 소식도 없는데 행여 나쁜 일이나 일어나지 않았으면 좋겠어요." 그 부인과 그대로 헤어지기가 서운해서 두 아이에게 1크로이처씩을 주었어. 그리고 시내에 가게 되면 막내에게도 수프에 곁들여 먹는 흰 빵을 사다주라고 부인에게 1크로이처를 건네주고는 작별을 하였네.

사랑하는 친구여, 마음을 도무지 진정시키지 못할 때 이런 사람들을 보면 들끓던 내 마음이 가라앉는다네. 그들은 좁다란 삶의 궤적 안에서 행복하고 편안하게 살아가고, 하루하루를 견뎌내며, 낙엽이 떨어지는 것을 보고는 겨울이 오고 있구나 생각할 뿐이지.

그때 이후로 나는 자주 그곳엘 들른다네. 아이들과도 아주 친해졌어. 아이들은 내가 커피를 마실 때면 설탕을 얻어 먹고, 저녁이면 버터 바른 빵과 발효유를 나와 나눠 먹곤 하지. 일요일이면 그 애들에게 1크로이처씩 주는 일을 거르지 않는데, 내가 예배시간에 맞춰 가지 못할 경우에는 음식점 여주인이 대신 주도록 부탁해놓았다네.

아이들은 이제 아주 친해져서 온갖 이야기를 다 들려주네. 그리고 좀 더 많은 동네 아이들이 모이기라도 하면 아이들은 자신의 열정이나 욕망을 소박하게 드러내는데, 그걸 보는 것 또한 어찌나 즐거운지.

아이들이 나를 번거롭게 하지는 않을까 걱정이 많은 어머니를 안심시키느라 오히려 더 힘이 들었네.

5월 30일

얼마 전에 자네에게 그림에 대해 이야기한 것은 문학에도 마찬가지로 해당이 되네. 문학이란 비범한 것을 인식하고 그것을 표현하려 시도하는 것인데, 몇 마디 말로 많은 것을 담아내야 하지. 오늘 나는 멋진 장면을 보았는데 그대로 베껴 쓰기만 하면 세상에서 가장 아름다운 전원시가 될 걸세. 하지만 문학이라든가 장면이라든가 전원시라는 게 무어란 말인가? 자연 현상에 공감하면 되는 것이지 그것을 노상 이리저리 가공할 필요가 어디 있단 말인가?

이렇게 서두를 꺼내는 것을 보고 무슨 대단하고 고상한 것을 기대한다면 자네는 다시금 속은 것이네. 내게 이토록 생생한 공감을 불러일으킨 이는 바로 어느 젊은 농부에 지나지 않으니까. 늘 그렇듯이 이번에도 나는 아마 설명을 잘 못 할 테고, 늘 그렇듯이 자네는 또 내가 과장하고 있다고 생각할 걸세. 어떻든 발하임에서였네. 그래, 이토록 흔치 않은 일이 일어나는 곳은 언제나 발하임이지.

그곳 보리수나무 아래 사람들이 커피를 마시며 앉아 있었네. 나는 그들과는 잘 맞지 않는 듯하여 핑계를 대고 뒤에 물러나 있었어.

그때 이웃의 어느 집에서 젊은 농부가 나와 내가 최근에 스케치했던 쟁기를 정돈하고 있더군. 그 모습이 마음에 들어 말을 걸고 그의 처지에 대해 이것저것 물어보았네. 우리는 곧 서로를 잘 알게 되었고, 이런 사람들과의 만남이 늘 그렇듯 금방 친숙한 관계가 되었네. 그는 어느 과부의 집에서 일하고 있는데 대우를 아주 잘 받고 있다고 하더군. 그가 과부에 대해 이런저런 이야기를 많이 하고 그녀를 어찌나 칭송하는지 나는 그가 몸과 마음을 다 바쳐 그녀를 매우 사랑하고 있다는 것을 곧 알아차릴 수 있었네. 그녀는 이제 젊지도 않고, 첫 남편에게 학대를 당해서 더 이상 결혼 같은 것은 하지 않으려 한다더군. 그의 말 속에는 그녀가 얼마나 아름답고 매력적인지, 또 그녀가 첫 남편의 잘못으로 인한 나쁜 기억을 지울 수 있기 위해서라도 자신을 선택해주기를 그가 얼마나 간절히 바라고 있는지 너무도 분명히 드러났네. 여주인에 대한 그이의 순수한 애착과 사랑 그리고 우직한 마음을 자네에게 생생하게 전달하려면 그의 말 한 마디 한 마디를 그대로 되풀이해야만 할 걸세. 그의 몸짓이나 조화로운 목소리 그의 눈빛에서 빛나는 비밀스러운 불꽃을 생생하게 묘사하려면 위대한 시인의 재능이 필요할 테고. 아니, 어떤 말로도 그의 행동과 표정에 깃든 부드러움을 표현할 수가 없네. 설혹 말로 표현할 수 있다 해도 그저 모두 서툴기 짝이 없을 따름이겠지. 혹시 내가 그와 여주인의 관계를 부정하게 생각하거나 그녀의 단정한 품행을 의심하지나 않을까 걱정하는 그의 모습이 특히나 나를 감동시켰네. 비록 젊은 매력은 아니지만 그를 온통 사로잡고 뒤흔들어놓은 그녀의 육체에 대해 그가 이야기하는 모습이 얼마나 매력적이었는지는 오직 내 마음 깊숙한 곳에서만 재현할 수 있을 뿐이네. 지금까지 살아오면서 나는 그렇듯 절실한 욕망과 뜨겁고 간절한 그리움을 이렇듯 순수하게 표현하는 것은 한 번도 본 적이 없네. 그래, 그런 순수함은 정말 생각지도 꿈꿔보지도 못했다고 말할 수 있어. 그의 순진무구함과 진정성을 생각하면 내 영혼 깊은 곳이 불타오른다네. 그의 우직하고 다감한 모습이 어디를 가나 나를 따라다니고 있으며, 마치 그 불길이 내게 옮겨 붙기라도 한 듯 나 역시 애타하며 간절히 갈망하고 있네. 그렇다고 나를 꾸짖지는 말아주게.

가능하면 빨리 그 여주인을 만나보려 하네. 아니, 다시 잘 생각해보니 그러지 말아야 할 것 같아. 사랑하는 사람의 눈을 통해 그녀를 보는 것이 더 좋겠어. 막상 그녀를 내 눈앞에 보게 되면 그녀는 지금 내가 상상하는 그런 모습이 아닐지도 모르겠네. 그러니 무엇 하러 이 아름다운 환상을 망칠 필요가 있겠는가?

6월 16일

그동안 왜 편지를 쓰지 않았느냐고? 그런 질문을 하는 걸 보니 자넨 천생 학자일세. 그냥 잘 지내고 있기에 그러려니 생각하면 될 텐데 말이야. 그러니까―간단히 말하자면, 내 마음을 뒤흔든 사람을 알게 되었네. 나는 말이지―아, 잘 모르겠네.

내가 어떻게 그 사랑스러운 여인을 사귀게 되었는지 자네에게 차근차근 이야기하기가 쉽지가 않아. 나는 지금 매우 만족스럽고 행복하다네. 게다가 나는 훌륭한 연대기 서술자도 아니지 않은가.

그녀는 천사라네! 하긴, 누구나 사랑하는 여인을 그렇게 부르지. 그렇지 않은가? 하지만 나는 자네에게 그녀가 얼마나, 그리고 왜, 그렇듯 완벽한 존재인지 설명할 길이 없네. 어쨌든 그녀는 내 마음을 온통 사로잡아버렸네.

그녀는 지혜로우면서 순박하고, 의연하면서 선하며, 생기 있고 활동적이면서 영혼의 평온을 유지하고 있다네.

내가 그녀에 대해 말하는 것은 모두가 공허한 수다일 뿐이고, 그녀의 참모습 한 자락도 온전히 표현해내지 못하는 추상에 불과할 뿐이야. 다음번에—아니야, 다음이 아니라 지금 당장 자네에게 이야기해야겠네. 지금 당장 하지 않으면 결코 말할 수 없을 것 같아. 왜냐하면, 우리끼리 이야기지만, 자네에게 편지를 쓰기 시작한 후에 벌써 세 번이나 펜을 내려놓고는, 말에 안장을 얹어 밖으로 달려 나가려 했기 때문이야. 오늘 아침엔 외출하지 않겠다고 맹세를 하였네만, 그래도 매 순간 나는 창가로 달려가 태양이 얼마나 높이 떠올랐는지 확인하곤 한다네.

더 이상 견딜 수가 없어서 결국 그녀에게 달려가지 않을 수 없었네. 빌헬름, 이제 다시 돌아와 버터 바른 빵을 저녁으로 먹고 자네에게 편지를 쓰고 있다네. 그녀가 여덟이나 되는 사랑스럽고 명랑한 동생들에 둘러싸여 있는 모습을 보는 것은 내겐 참으로 큰 기쁨이라네!

이렇게 계속 쓰다간 자네는 끝에 가서도 처음이나 마찬가지로 아무것도 모르게 되겠지. 이제 잘 듣게나, 자세히 이야기하도록 노력해보겠네.

얼마 전에 내가 행정관 S씨를 알게 되었으며 그가 조만간 자신의 은둔처로, 아니 그의 자그만 왕국으로 방문해줄 것을 내게 청했다고 써 보낸 적이 있지. 나는 그 일을 그냥 미루어놓고 있었네. 만일 내가 우연히 이 한적한 고장에 감춰져 있던 보물을 발견하지 못했더라면 아마도 나는 결코 그곳에 가지 못했을 것이네.

이곳의 젊은이들이 시골에서 무도회를 연다고 하기에 나도 기꺼이 참석하기로 했네. 나는 착하고 아름답지만 그 밖에는 별 특징이 없는 이 고장 출신 처녀에게 함께 가길 청하였네. 그리고 내가 마차 한 대를 빌려서 내 파트너와 그녀의 사촌과 함께 무도회장으로 가다가 도중에 샤를로테 S라는 아가씨를 태워 함께 데려가기로 했지. 우리가 나무를 베어낸 널찍한 숲을 지나 수렵관을 향해 달려갈 때 내 파트너가 말했네. "당신은 이제 아름다운 아가씨를 만나게 될 거예요." 그러자 그녀의 사촌이 "조심하세요. 그녀에게 반하지 않도록 말이에요!"라고 덧붙이더군. "왜지요?" 하고 내가 물었지. 그러자 "그녀는 이미 아주 행실이 좋은 남자분과 약혼한 사이거든요. 그분은 지금 부친상을 당해 나머지 일을 처리하고, 괜찮은 일자리도 구할 겸해서 여행을 떠났어요"라는 대답이 돌아왔네. 하지만 그런 이야기야 내게는 별 관심이 없었지.

우리가 수렵관 대문 앞에 도착했을 때에는 해가 서산으로 넘어가기 15분쯤 전이었네. 날이 매우 무더워서 동행한 여자들은 소나기가 쏟아지지 않을까 걱정을 하더군. 지평선 주변으로 습기 머금은 시커먼 소나기구름이 몰려드는 것 같았네. 나는 어쭙잖은 기상학 지식으로 그녀들의 두려움을 달래주긴 했지만 내

심 날씨 때문에 흥이 깨질지도 모른다는 예감이 들었네.

　내가 마차에서 내리자 하녀가 문가로 다가와서는 로테 아가씨가 곧 나올 테니 잠시 기다려달라고 하더군. 나는 마당을 지나 썩 잘 지어진 집을 향해 걸어갔네. 앞쪽에 있는 계단을 올라가 문으로 들어선 순간 이제까지 보지 못했던 아주 매력적인 광경이 내 눈앞에 펼쳐졌네. 현관방에는 두 살부터 열한 살 정도까지의 아이들 여섯이 한 아가씨 주위에 모여 있었네. 자태가 아름답고 키는 중간 정도 되는 아가씨였는데, 팔소매와 가슴에 연분홍색 리본이 달린 소박한 흰 옷을 입고 있었네. 흑빵을 손에 들고 주위에 있는 어린 동생들에게 나이나 식성에 따라 적당하게 빵을 잘라 나눠주고 있었지. 더없이 다정하게 동생들 한 명 한 명에게 빵을 나누어주고 있었어. 아이들은 그녀가 빵을 자르기도 전에 벌써 한참을 그 작은 팔을 높이 쳐들고 있다가 빵조각을 받으면 꾸밈없이 솔직하게 "고맙습니다!"라고 외치더군. 저녁 빵을 받아 들고 다들 만족해서 어떤 아이는 옆으로 뛰어가고, 차분한 성격의 다른 아이는 낯선 손님과 로테가 타고 갈 마차를 구경하기 위해 조용히 대문 쪽으로 걸어가더군. "여기까지 오시게 하고 여성분들까지 기다리게 해서 죄송해요." 그녀가 말했네. "옷을 차려입고 제가 없는 동안 해야 할 집안일을 이것저것 지시하느라 동생들에게 저녁 빵 나눠주는 것을 그만 깜빡했지 뭐예요. 동생들은 다른 사람은 싫고 제가 꼭 빵을 나눠주기만 바라거든요." 나는 그녀에게 건성으로 인사를 했지만, 내 마음은 온통 그녀의 모습, 그녀의 목소리, 그녀의 몸짓에 사로잡혀버렸네. 그녀가 장갑과 부채를 가지러 방으로 가자 그때서야 나는 놀란 마음을 진정시킬 수 있었네. 아이들은 조금 떨어진 곳에서 나를 유심히 쳐다보더군. 나는 무척이나 행복한 표정을 짓고 있는 막내에게 다가갔네. 그 아이는 처음엔 몸을 빼더니 로테가 문밖으로 나오면서 "루이스, 삼촌에게 인사해야지"라고 말하자 선뜻 손을 내밀더군. 나는 아이가 콧물 범벅인 것 따윈 아랑곳하지 않고 진심으로 입맞춤을 해주었네. "삼촌이라고요?" 나는 그녀에게 악수를 청하며 물었네. "제가 당신의 친척이라는 행운을 누릴 만하다고 생각하시는지요?" "오" 하고 그녀는 가볍게 미소 지으며 말했네. "우리의 친척 관계는 아주 범위가 넓어요. 그런데 당신이 그중에서 가장 형편없는 친척이 되면 안 돼요." 그녀는 떠나면서 열한 살쯤 된 바로 아래 여동생 조피에게 아이들을 잘 돌보고, 말을 타고 산책 나가신 아버지가 돌아오면 인사 여쭤라고 일러주었네. 그러고는 어린 동생들에게 조피 언니를 자기라고 생각하고 잘 따르라고 말하자 몇몇이 그러마고 약속을 했지. 그런데 여섯 살쯤 된 자그맣고 당돌한 금발 머리 여자애가 "조피 언니는 로테 언니가 아니야. 우리는 로테 언니가 더 좋아"라고 말하더군. 큰 남자애 둘은 벌써 마차 뒤에 기어 올라와 있었네. 내가 그냥 두라고 부탁하자 로테는 아이들에게서 장난치지 않고 꼭 붙들고 있겠다는 약속을 받은 뒤 숲 입구까지 함께 타고 가도 좋다고 허락해주었네.

우리가 자리에 앉자마자 여자들은 서로 인사를 나누고 번갈아 가며 옷차림에 대해, 특히 모자에 대해 언급하고는 오늘의 무도회 모임에 대해 이런저런 이야기들을 늘어놓았네. 그때 로테가 마차를 세워 동생들을 내리게 하였는데 아이들은 다시 한 번 로테의 손에 입을 맞추었네. 큰 애는 열다섯 나이에 어울리게 아주 상냥하게 입을 맞추었지만, 작은 애는 보다 열정적이고 분방하게 입을 맞추었네. 로테가 아이들에게 다시 한 번 인사를 시켰고 우리는 계속해서 달려갔네.

내 파트너의 사촌언니가 로테에게 자신이 최근에 보내준 책을 다 읽었는지 물어보더군. "아뇨." 로테가 대답했네. "별로 마음에 들지 않았어요. 다시 돌려드릴게요. 지난번 책도 좋지는 않았어요." 무슨 책이냐고 내가 묻자 로테가 ○○*라고 대답해 나는 깜짝 놀랐네. 그녀가 하는 모든 말에서 상당한 개성이 느껴졌네. 한 마디 한 마디 말할 때마다 그녀의 표정에서는 새로운 매력과 정신의 광채가 솟아 나왔네. 내가 그녀의 말을 이해하고 있다고 느끼자 그녀의 표정에는 만족감이 점점 더 피어올랐지.

"제가 어렸을 때는요" 하고 그녀가 말했네. "무엇보다 소설을 좋아했어요. 일요일마다 구석에 앉아 미스 제니**와 같은 이들의 행복과 불행에 울고 웃을 때면 얼마나 행복했는지 몰라요. 지금도 그런 종류의 책에 여전히 매력을 느낀다는 것을 부인하진 않겠어요. 하지만 요즘은 책을 접할 기회가 아주 드물기 때문에

*〔원주〕 그 누구도 불만이나 이의를 제기하지 못하도록 불가피하게 편지의 이 부분을 삭제하였습니다. 근본적으로 모든 작가는 어느 한 소녀나 변덕스러운 젊은이의 평가를 대수롭지 않게 여기겠지만 말입니다.
**당시 유행하던 도덕 소설 중 하나로 프랑스 작가 마리 잔 리코보니의 장편소설 《미스 제니의 이야기(Historie de Miss Jenny)》의 주인공.

제 취향에 맞는 책이면 좋겠어요. 제가 제일 좋아하는 작가는 나의 세계를 다시 발견하게 해주는 이야기, 내 주위에서 일어날 법한 이야기, 그리고 나 자신의 가정생활처럼 흥미롭고 마음에 와 닿는 그런 이야기를 쓰는 작가예요. 물론 우리 집이 천국은 아니지만 어떻든 말할 수 없는 행복의 원천이거든요."

그녀의 말을 들으며 나는 감동을 감추느라 무척 애를 썼네. 하지만 그리 오래가지는 못했네. 로테가 다음으로 웨이크필드의 목사*와 ○○**에 관해서 아주 진지하게 이야기하자 나는 그만 흥분해서 내가 하고 싶은 말을 그녀에게 모두 털어놓고 말았으니까. 로테가 다른 여자들에게 몸을 돌려 말을 걸었을 때에야 나는 비로소 그녀들이 지금까지 내내 눈을 동그랗게 뜨고 마치 그 자리에 없는 이들처럼 앉아 있었다는 것을 알아차렸네. 내 파트너의 사촌언니가 여러 차례 비웃는 듯 나를 바라보았지만 나는 개의치 않았네.

이제 대화는 춤의 즐거움으로 바뀌었네. "이런 열정이 흠결일진 몰라도" 하고 로테가 말했네. "그래도 저는 춤보다 더 좋은 것은 없는 것 같아요. 골치 아픈 일이 있을 때면, 비록 조율이 안 된 피아노로라도 춤곡을 한바탕 치고 나면 모든 것이 다시 좋아져요."

대화를 나누는 동안 나는 로테의 검은 눈동자에 흠뻑 빠져들

---

*영국 소설가 올리버 골드스미스의 전원소설 《웨이크필드의 목사》의 주인공.
**〔원주〕여기서도 몇몇 독일 작가들의 이름을 삭제하였습니다. 로테의 찬사에 동의하는 이는 이 구절을 읽을 때 분명 그가 누구인지 마음으로 느낄 것이며, 그렇지 않은 사람은 굳이 그가 누구인지 알 필요가 없을 것입니다.

었네. 그녀의 생기발랄한 입술과 상큼하고 생생한 두 뺨이 내 영혼을 온통 사로잡아버렸네. 나는 그녀가 하는 말의 놀라운 의미를 곱씹느라 가끔 그녀의 말을 놓치기도 했어. 자네는 나를 잘 알고 있으니 어땠는지 충분히 짐작할 수 있을 거야. 어떻든 마차가 무도회장에 멈춰 서자 나는 마치 꿈꾸는 사람처럼 마차에서 내렸네. 주변 세계는 황혼에 물들어 어스름한데 나는 꿈속에 빠진 듯 넋을 잃어, 환하게 불이 켜진 무도회장에서 울려 나오는 음악 소리도 거의 듣지 못할 정도였네.

사촌언니의 파트너와 로테의 파트너인 아우드란 씨와 ○○ 씨가—어떻게 모두의 이름을 다 기억하겠나—마차 앞에서 우리를 맞아주었고, 자신들의 파트너를 데리고 갔네. 나도 내 파트너와 함께 무도회장으로 올라갔지.

우리는 서로 휘감겨 돌면서 미뉴에트를 추었네. 나는 여자들과 차례로 춤을 추었는데 다른 사람에게 손을 넘겨주어야 하는데도 춤을 끝내지 않으려는 여인들 때문에 정말이지 견디기 힘들었어. 로테와 그녀의 파트너가 영국식 춤을 추기 시작했네. 그녀가 우리와 같은 대열에서 춤추기 시작했을 때 내가 얼마나 기뻐했을지 자네도 충분히 짐작할 수 있을 거야. 그녀가 춤추는 모습을 보았어야 해! 그녀는 온 마음과 영혼을 다해 춤을 춘다네. 그녀의 온몸이 조화를 이루어 무심하고 자유롭게, 마치 춤이 전부이고 그 밖에는 아무것도 생각하고 느끼지도 않는 양 그렇게 춤을 추었네. 그 순간 분명 다른 모든 것들은 그녀에게서 사라진 듯하였네.

내가 로테에게 두 번째 곡을 함께 추자 청했더니 세 번째 춤을 약속해주었네. 그러면서 세상에서 가장 사랑스럽고 솔직하게, 자기는 독일식 왈츠를 아주 즐겨 춘다고 말하더군. "요즘 이곳의 유행인데요." 그녀는 말을 이었네. "독일식 왈츠는 파트너를 바꾸지 않고 처음 파트너와 끝까지 춘답니다. 제 파트너는 독일식 왈츠를 잘 추지 못하니까 수고를 덜어주면 제게 고마워할 거예요. 그리고 당신의 파트너도 왈츠를 잘 추지 못하고 좋아하지도 않아요. 영국식 춤을 출 때 보니 당신, 왈츠를 썩 잘 추시던데요. 저와 함께 왈츠를 추고 싶으시면 제 파트너에게 가서 부탁을 해보세요. 저도 당신의 파트너에게 가서 말해볼게요." 나는 그러기로 약속하였네. 우리가 춤추는 동안 그녀의 파트너는 내 파트너와 이야기를 나누기로 했지.

마침내 춤이 시작되었고 우리는 한동안 여러 모양으로 팔을 휘감으며 흥겹게 춤을 추었네. 그녀가 얼마나 매력적이고, 얼마나 민첩하게 춤을 추던지! 곧 왈츠로 이어져 우리는 마치 천체가 돌아가듯 서로를 잡고 빙글빙글 돌았지. 그런데 이걸 잘할 수 있는 이들이 별로 없어서 처음에는 약간 엉켜버리기도 했네. 우리는 현명하게 판단하여, 다른 이들이 실컷 춤추도록 내버려두었네. 그러다 서툰 이들이 무대를 비우고 떠나자 우리는 안쪽으로 들어가 또 다른 한 쌍, 아우드란과 그의 파트너와 함께 끝까지 신나게 춤을 추었지. 나는 지금까지 그토록 가볍고 경쾌하게 춤을 춰본 적이 없네. 그 순간 나는 더 이상 세속의 인간이 아니었네. 세상에서 가장 사랑스러운 여인을 내 팔에 안고 폭풍처럼 그녀와 함께 빙글빙글 날아다니노라니 주변의 모든 것들은 전부 사라져 보이지 않았네. 빌헬름, 솔직히 말하자면 나는 그때 맹세했네. 내가 사랑하고 또 사랑하길 바라는 이 여인이 나 말고는 그 어느 누구와도 왈츠를 추게 하지 않겠다고 말이야. 설사 그 때문에 내가 파멸한다 해도. 자네는 이런 나를 이해할 수 있겠지!

숨을 돌리기 위해 우리는 걸어서 홀 안을 몇 바퀴 돌았네. 로테가 자리에 앉자 나는 몇 개 남아 있지 않은 오렌지를 가져와 그녀에게 주었네. 오렌지는 아주 꿀맛이었어. 하지만 로테가 예의상 옆에 앉아 있는 염치없는 여자에게 오렌지 조각을 나누어 줄 때마다 내 심장은 바늘로 찔리는 듯하였네.

세 번째 영국식 춤을 출 때 우리는 두 번째로 한 쌍이 되었어. 우리가 대열을 따라 춤추며 누빌 때, 내가 그녀를 팔에 안고, 지극히 솔직하고 순수한 만족감을 남김없이 드러내는 그녀의 눈을 바라볼 때, 얼마나 큰 기쁨을 느꼈는지는 신만이 아실 걸세. 그러다가 어느 부인 옆을 지나게 되었네. 그 부인은 젊지는 않아 보였지만 표정이 아주 사랑스러워 내 주의를 끌었지. 그녀는 미소를 띠고 로테를 바라보며, 위협하듯 손가락을 쳐들고는 옆을 지나가면서 알베르트라는 이름을 의미심장하게 두 번이나 언급하더군.

"주제넘은 질문일지 모르지만, 알베르트가 누군가요?" 나는 로테에게 물어보았네. 그녀가 막 대답하려는 순간 우리는 크게 8자를 만들기 위해 서로 떨어져야만 했네. 그리고 다시 가까워져 그녀 옆을 지나갈 때 보니 그녀의 얼굴이 어딘지 생각에 잠긴 듯 보였네. "숨길 게 뭐 있겠어요." 그녀가 프롬나드*를 추기 위해 내게 손을 내밀며 말했네. "알베르트는 좋은 분이에요. 저와 약혼한 사이나 다름없고요." 그 사실은 새로운 게 아니었네—오는 길에 여자들이 이미 말해주었으니까. 하지만 내게는 너무도 새로웠네. 왜냐하면 이렇게 짧은 순간에 이토록 소중한 이가 되어버린 그녀와 연관 지어 그 말을 생각해본 적이 없었기 때문이네. 나는 순간 아득하고 혼미해져서 그만 엉뚱한 쌍 사이로 끼어들고 말았네. 그래서 대열이 온통 뒤죽박죽이 되어버렸는데 로테가 옆에서 잘 이끌어주어 바로 질서를 되찾았네.

한참 전부터 저 멀리 지평선에서 번개가 번쩍이는 것이 보였지만 나는 그냥 마른번개라고 둘러댔네. 하지만 번개가 점차 강해지더니 춤이 끝나지도 않았는데 천둥소리가 음악을 압도해버렸네. 여자 세 명이 대열에서 빠져나오자 파트너들이 따라 나갔고, 그렇게 어수선해지면서 음악도 멈추었네. 즐거움에 빠져 있다가 갑자기 불행이나 무서운 일이 닥치면 보통 때보다 더 강렬한 인상으로 남는 것은 당연한 일이지. 한편으로는 극명한 대비가 생생하게 느껴지기 때문일 것이고, 나아가서는 우리의 감각이 이미 활짝 열려 민감해져 있기에 그런 인상을 좀 더 빨리 받아들이기 때문일 거야. 많은 여자들이 놀라 얼굴을 찡그린 것이 바로 그런 이유에서겠지. 어느 현명한 여자는 구석으로 가서

*남녀가 나란히 서서 오른손과 왼손을 각각 앞으로 잡은 자세로 추는 춤.

창에 등을 대고 앉아 귀를 막았네. 그러자 다른 여자가 그녀 앞으로 가 무릎을 꿇고는 그녀의 무릎에 얼굴을 파묻었지. 세 번째 여자는 둘 사이로 비집고 들어가 눈물을 흘리면서 두 사람을 끌어안더군. 몇몇은 집으로 가고 싶어 했고, 다른 여자들은 무엇을 해야 할지 몰라 허둥대느라 젊은 청년들의 불손한 행동을 저지할 엄두도 못 냈네. 젊은이들은 하늘을 향해 불안스레 기도를 올리는 아름다운 여자들의 입술을 훔치는 일에 몰두해 있는 듯 보였거든. 우리 남자들 중의 몇몇은 담배를 피우기 위해 아래로 내려갔고, 나머지 사람들은 현명한 여주인이 덧문이 있고 커튼이 쳐져 있는 방을 생각해내고 그리로 갈 것을 권하자 그대로 하였네. 방으로 들어가자마자 로테는 의자를 둥그렇게 늘어놓고는 게임을 하자고 제안하여 모두들 자리에 앉았네.

몇몇 사람들은 달콤한 키스 벌칙이라도 받지 않을까 하는 기대에 입술을 내밀고 몸을 쭉 뻗는 게 보였네. "숫자를 세는 놀이예요!" 로테가 말했네. "자, 잘 들으세요. 제가 오른쪽에서 왼쪽으로 빙 돌 테니까 여러분은 순서대로 자기 차례에 맞는 숫자를 세면 돼요. 들불이 퍼지듯 그렇게 재빨리 세어야 하고 머뭇거리거나 틀리는 사람은 뺨을 한 대씩 맞는 거예요. 그렇게 천까지 세도록 하지요." 꽤 재미있을 것 같았네. 로테가 팔을 쭉 뻗고 원을 그리며 돌기 시작했네. 첫 번째 사람이 "하나" 하고 시작하자, 다음 사람이 "둘", 그다음 사람이 "셋", 이런 식으로 게임이 이어졌지. 로테가 걷는 속도를 높이기 시작하더니 점점 더 빨리 돌았네. 그러자 한 사람이 틀려서 따귀 한 대 찰싹! 옆 사람은 웃다가 그만 찰싹! 그런 식으로 속도가 점점 더 빨라졌네. 나도 뺨을 두 대나 맞았지. 로테가 나를 다른 사람보다 좀 더 세게 때린 듯하여 속으로 기뻤네. 모두들 웃고 떠드느라 천까지 세기도 전에 게임이 끝나고 말았네. 친한 사람들끼리 모여 자리를 뜨려다 보니 어느새 소나기는 그쳐 있었네. 나는 로테를 따라 홀로 들어갔지. 걸어가면서 로테는 말했네. "사람들이 뺨을 맞느라고 천둥번개며 다른 것들은 모두 잊어버렸어요!" 나는 아무 대답도 할 수 없었지. 로테가 말을 계속했네. "저도 정말이지 아주 무서웠어요. 그런데 다른 이들에게 용기를 주려고 제 마음을 다잡다 보니 저도 용기를 얻게 되었어요." 우리는 창가로 다가갔네. 멀어져가는 천둥소리가 나직이 울렸고, 아름다운 비가 대지 위로 속삭이듯 내리고 있었네. 따뜻한 바람을 타고 기분을 상쾌하게 해주는 향기가 우리에게 풍겨 왔지. 로테는 팔꿈치를 괴고 창가에 기대서서 주변 풍경을 유심히 바라보았네. 그녀는 하늘을 올려다보다 나를 향해 시선을 돌렸네. 그녀의 두 눈에 눈물이 가득 고여 있었네. 그녀는 자신의 손을 내 손 위에 얹고는 "클롭슈토크!"*라 말했네. 나는 곧바로 그녀가 생각하고 있을 저 장엄한 송가를 떠올렸지. 그러고는 그녀가 이 암호 같은 말을 통해 내게 쏟아 부은 감정의 격랑 속으로 잠겨버렸네. 나는 더 이상 참을 수가 없어서 기쁨의 눈물을 흘리면서 고개 숙여 그녀의 손에 입을 맞추었네. 그러고는 다시 그녀의 눈을 바라보았지. 고귀한

*독일 계몽주의 시대의 대표적 시인. 자유롭고 감상적인 송가와 체험시로 당시 젊은 작가들에게 커다란 영향을 주었다.

시인이시여! 그녀의 눈길 속에 깃든 당신에 대한 숭배를 보셨어야 합니다. 저는 이제 다른 사람이 당신의 이름을 불러 당신의 신성함이 더럽혀지는 것을 더 이상 보고 싶지 않습니다!

6월 19일

지난 편지에서 어디까지 썼는지 알 수가 없군. 다만, 내가 잠자리에 든 때가 새벽 두 시였고, 만일 내가 편지를 쓰지 않고 직접 이야기할 수 있었다면 아마도 자네를 아침까지 붙들어두었을 거라는 것은 생각이 나네.

무도회에서 돌아올 때 일어난 일에 대해서는 아직 자세히 이야기하지 않았는데 오늘도 역시 그럴 수는 없을 듯하네.

그날 해 뜨는 광경은 정말 장엄했네. 주위의 숲에서는 이슬이 방울방울 떨어지고 들판에는 신선함이 가득했지! 여자 일행들은 꾸벅꾸벅 졸고 있었네. 로테는 자기는 신경 쓸 필요 없으니 일행들처럼 나도 눈을 좀 붙이지 않겠느냐고 물어보았네. "당신이 눈을 뜨고 있는 것을 보고 있는 한 그런 일은 절대 없을 겁니다." 나는 대답하며 그녀를 뚫어지게 바라보았네. 그렇게 우리 두 사람은 그녀의 집 대문에 도착할 때까지 졸음을 견뎌냈네. 하녀가 조용히 문을 열어주었고, 로테의 질문을 받자 아버지와 동생들은 잘 있으며 자고 있다고 대답하더군. 출발하면서 내가 로테에게 오늘 한 번 더 만날 수 있으면 좋겠다고 부탁하자 그녀는 허락해주었네. 그래서 나는 그날 그녀를 다시 찾아갔네. 그 시간 이후에도 태양과 달과 별들은 조용히 운행을 계속하고 있겠지만, 나는 지금이 낮인지 밤인지 분간도 못 하게 되어버렸네. 내 주위의 온 세상이 모두 사라져버렸다네.

6월 21일

나는 하느님이 성자들에게 베풀어주신 것 같은 행복한 나날들을 보내고 있네. 앞으로 내게 어떤 일이 일어날지 알 수 없지만 나는 기쁨을, 가장 순수한 삶의 기쁨을 맛보았노라 말하지 않을 수 없네. 나의 발하임을 알고 있지? 나는 거기에 아예 자리를 잡았네. 거기에서 로테의 집까지는 30분이면 갈 수 있네. 그곳에서 나는 나 자신을 느끼고 인간에게 주어진 모든 행복을 느끼고 있다네.

내가 발하임을 산책지로 정했을 때 그곳이 그토록 천국과 가까이 있을지 어찌 생각이나 했겠는가! 멀리까지 산책을 나설 때면 나는 나의 모든 소망을 품고 있는 수렵관을 때로는 산 위에서, 때로는 땅 위에서, 강 건너로 얼마나 자주 바라보았던가!

사랑하는 빌헬름, 이런 생각을 해보았네. 자신을 확장시키고, 새로운 발견을 하며, 자유롭게 돌아다니려는 인간의 욕망에 대해 곰곰이 생각해보았어. 그리고 다른 한편으로 제한을 기꺼이 받아들이고, 관습의 궤도를 따라 살아가며, 오른쪽이나 왼쪽 그 어느 쪽도 신경 쓰지 않으려는 내면의 충동에 대해서도 생각해보았지.

참으로 놀랍네! 이곳에 올라와 언덕 위에서 아름다운 계곡을 내려다보고 있자니 주위의 모든 것이 내 마음을 온통 사로잡는 듯하네. 아, 저 나직한 숲! 그 그늘 아래 잠겨 있을 수 있다면! 저기 저 산봉우리! 아, 그 위에서 넓디넓은 지역을 한눈에 굽어볼 수 있다면! 서로 연결되어 뻗어나간 언덕들과 정겨운 골짜기들! 아, 그 속에서 한번 길을 잃고 헤매보았으면! 하지만 나는 그리로 서둘러 달려갔다가 다시 되돌아오고 말았네. 거기에선 내가 원했던 것을 찾을 수가 없었어. 아, 그곳은 아마도 미래처럼 저만치 멀리 떨어져 있는 것일지 몰라! 거대한 자연이 저녁 어스름 속에서 한 덩어리가 되어 우리 영혼 앞에서 고요히 휴식을 취하고 있고, 그 속에서 우리의 감정은 우리의 눈과 마찬가지로 몽롱해지네. 그러면 우리는, 아, 우리의 전 존재를 내던져, 유일무이하고 장엄하며 위대한 감정의 환희를 흠뻑 느낄 수 있기를 한없이 열망하네. 하지만 우리가 서둘러 그리로 달려가 '그곳'이 '이곳'이 되고 나면 모든 것은 예전과 마찬가지가 되고 말아버리지. 그러면 우리는 여전히 결핍과 한계 속에 머물게 되고, 우리의 영혼은 사라져버린 활력소를 또다시 갈망한다네.

그리하여 세상을 늘상 떠돌아다닌 방랑자라도 마지막에는 결국 자신의 조국을 그리워하지. 자신의 오두막집에서, 아내의 품 안에서, 아이들에 둘러싸여, 가족을 부양하며, 마침내 그가 넓은 세상에서 헛되이 찾아 헤맸던 참된 기쁨을 발견하는 것이지.

나는 아침 해가 뜨자마자 발하임으로 달려가서 그곳 음식점의 채마밭에서 완두콩을 따 와서는 자리에 앉아 껍질을 벗기며 호메로스를 읽는다네. 그러고는 자그만 부엌에서 냄비에다 버터를 두르고 완두콩을 넣은 뒤 뚜껑을 덮어 불에 올린 다음 그 옆에 앉아 가끔 이리저리 휘저어주곤 해. 그러노라면 페넬로페의 오만한 구혼자들이 황소와 돼지를 잡아 토막을 내서는 불에 굽는 장면을 생생히 그려볼 수가 있어.* 그 시대, 그러니까 가부장 시대**의 삶의 특징들만큼 내게 고요하고 진실된 감정을 가득 채워주는 것도 없지. 그런 삶의 특징을 어떤 가식도 없이 내 생활 속에 엮어 넣을 수 있어서 정말 다행이네.

자신이 직접 기른 양배추를 식탁에 올리는 사람만이 아는 소박하고 정직한 기쁨을 내 마음 또한 함께 느낄 수 있어 얼마나 행복한지 모르겠네. 그가 식탁에 올리는 것은 양배추만이 아니라 양배추와 함께한 모든 나날들이지. 씨 뿌리던 어느 화창한 아침과 물을 주곤 했던 사랑스러운 저녁들 그리고 양배추가 자라는 것을 보고 느꼈던 기쁨들, 이 모든 것을 그는 한순간 다시 함께 맛보는 것이네.

*호메로스의 《오디세이아》에 나오는 장면. 오디세우스가 트로이 전쟁으로 20년 동안이나 집을 떠나 있는 동안 그의 아내 페넬로페에게 구혼자들이 몰려들어 그의 집에 진을 치고 끈질기게 결혼을 요구하지만 페넬로페는 이들의 요구를 거절하며 정절을 지킨다.
**여기서 말하는 가부장제는 호메로스가 그린 고대 그리스 사회로 족장이나 영주의 위엄이 살아 있던 사회를 말한다.

6월 29일

엊그제 시내에서 의사가 행정관을 찾아왔을 때 나는 로테의 동생들과 바닥에 앉아 놀고 있었네. 몇몇은 내 몸 위로 기어오르고, 다른 아이는 나를 놀려대고, 나도 아이들을 간질이며 시끌벅적한 모습이었지. 이 의사 선생은 생각이 꽉 막힌 벽창호로, 이야기를 나누는 중에도 연신 소매의 주름을 잡고 옷깃 주름을 잡아당기더군. 그의 찡그린 표정에서 그가 내 모습을 분별 있는 인간의 품위와는 동떨어진 것으로 보고 있음을 알 수 있었네. 하지만 나는 개의치 않았네. 그가 이성적인 궤변을 늘어놓거나 말거나 그냥 내버려두고는 아이들이 무너뜨린 종이 카드집을 다시 세워주었지. 이후로 그 의사는 마을을 돌아다니며 그렇지 않아도 버릇없는 행정관의 아이들을 이제 베르터가 아예 완전히 망쳐놓고 있다고 떠들어댄다더군.

빌헬름, 이 세상에서 아이들만큼 내 마음에 가장 가까운 존재는 없다네. 아이들을 바라볼 때면 그 자그마한 아이들 속에 앞으로 그들에게 필요한 모든 덕성과 힘의 싹이 이미 깃들어 있다는 것을 알게 된다네. 아이들의 고집 속에서 미래의 단호하고 확고한 성격을, 짓궂은 장난 속에서 세상의 온갖 위험을 이겨낼 선한 유머와 분방함을 엿볼 수 있을 때면, 그들에겐 모든 것이 그렇듯 순수하고 그렇듯 온전한 것을 볼 때면, 나는 언제나 인류의 스승이신 예수님의 말씀을 새삼 되새긴다네. "만일 너희가 어린아이처럼 되지 않는다면!" 그런데 친구여, 우리 어른들과 동등할

뿐 아니라 우리가 모범으로 삼아야 할 아이들을 우리는 하인처럼 다루고 있지 않은가. 아이들은 어떤 의지도 가져서는 안 된다니! 그럼 왜 우리는 의지를 가져야 하는가? 대체 그런 특권이 어디에 있는가? 우리가 아이들보다 나이가 많고 좀 더 분별이 있기 때문에? 하늘에 계신 하느님, 당신이 보시기엔 세상엔 오직 나이 많은 아이와 나이 어린 아이들만 있지 않은가요. 당신이 어느 쪽 아이들에게서 더 많은 기쁨을 느끼시는지는 이미 오래전에 당신의 아드님이 알려주었습니다. 하지만 사람들은 그분을 믿으면서도 그분의 말씀은 듣지 않고—이 또한 오래된 습관이지—자신에 맞춰 아이들을 교육시키고 있네. 잘 있게, 빌헬름! 더 이상 장광설을 늘어놓고 싶지 않네.

7월 1일

병자에게 로테가 어떤 존재일지 나는 너무도 잘 알 수 있네. 내 마음은 병상에서 죽어가는 사람보다 더 괴롭기 때문이지. 로테는 며칠 동안 시내의 어느 성실한 부인 집에 머물 예정이네. 의사들의 말에 따르면 임종이 가까워졌다고 하는데 그 부인은 마지막 순간에 로테가 곁에 있어주기를 원한다네. 나는 지난주에 그녀와 함께 성(聖) ○○ 마을의 목사를 방문했었네. 산 능선을 따라 한 시간쯤 가면 나오는 작은 마을인데, 우리는 네 시쯤 도착했지. 로테는 둘째 여동생을 함께 데리고 갔네. 우리가 두 그루의 커다란 호두나무 그늘에 덮여 있는 목사의 사택에 들어섰을 때 선량해 보이는 노목사가 문 앞의 벤치에 앉아 있었네. 목사는 로테를 보자 돌연 생기를 되찾은 듯, 지팡이도 잊은 채 그녀를 맞으러 일어섰네. 로테는 목사에게 달려가 자리에 다시 앉으시라 권하고는 자기도 옆에 앉아서 아버지의 안부 인사를 전하고, 목사가 늘그막에 얻은 꾀죄죄한 막내아들을 안아주었네. 로테가 그 노목사를 대하는 모습을 자네도 보았어야 해. 반쯤 귀가 먹은 목사가 잘 알아듣도록 목소리를 높여서는 건장한 젊은 사람들이 예기치 않게 일찍 죽었다는 소식을 전했네. 그러고는 칼스바트 온천이 얼마나 효험이 있는지 말하며 이번 여름에 그곳에 가기로 한 목사의 결정에 찬사를 보내고, 지난번에 보았을 때보다 훨씬 좋아지고 훨씬 건강해지신 것 같다고 말하더군. 그러는 동안 나는 목사 부인께 인사를 하였네. 목사는 아주 기분이 좋아졌고, 내가 우리에게 기분 좋은 그늘을 드리우고 있는 멋진 호두나무를 칭송하자 약간 힘들어하면서도 그 나무의 역사에 대해 이야기해주었네. "이 고목은 누가 심었는지 잘 모르겠소. 누구는 이 목사님이 심었다 하고 누구는 저 목사님이 심었다고 하니까. 하지만 저쪽 뒤의 젊은 나무는 내 아내와 나이가 같아 올 10월이면 쉰 살이 된다오. 장인이 아침에 이 나무를 심었는데 그날 저녁에 아내가 태어났지. 내 전임 목사이신 장인이 이 나무를 얼마나 사랑하셨는지는 말할 수도 없다오. 나 또한 장인만큼 그 나무를 좋아한다오. 내가 27년 전에 가난한 학생 신분으로 처음 이 마당에 들어섰을 때 아내는 이 나무 그루터기에 앉아 뜨개질을 하고 있었지." 로테가 목사 따님에 대해 물어보자 슈미트 씨와 함께 들에 있는 일꾼들에게 갔다고 하더군. 노목사는 다시 이야기를 계속했네. 어떻게 해서 전임 목사와 그 딸이 자기를 좋아하게 되었는지 그리고 그가 어떻게 부목사가 되고 나중에 그의 후계자가 되었는지 들려주었지. 이야기를 마친 지 얼마 되지 않아 목사의 딸이 슈미트 씨와 함께 정원을 지나 다가왔네. 그녀는 로테를 아주 따뜻하게 반겨주었어. 그녀의 인상은 나쁘지 않았네. 민첩하고 단단한 몸매에 갈색 머리였는데 시골에서 잠시 사귀기에 아주 적합한 그런 아가씨였네. 그녀의 애인은(슈미트 씨가 곧 자신이 그녀의 애인임을 드러내 보이더군) 점잖지만 무척이나 조용한 남자로 로테가 아무리 우리 대화에 끌어들이려 해도 끼려 하지 않더군. 그런데 나는 그가 대화에 끼어들지 않는 것이 지성이 부족해서가 아니라 고집이 세고 유머가 없기 때문임을 그의 얼굴 표정에서 감지하고는 심히 기분이 좋지 않았네. 유감스럽게도 얼마 안 가서 이 사실은 좀 더 분명히 드러났네. 산책할 때 목사의 딸인 프리데리케가 로테와 함께 걷다가 때로는 나와 나란히 걷기도 했는데, 그럴 때면 그렇지 않아도 갈색인 그 남자의 얼굴이 눈에 띄게 어두워졌네. 그래서 로테는 가끔 내 소매를 잡아당겨서 프리데리케에게 너무 다정하게 대하지 말라고 넌지시 알려주곤 했지. 사람들이 서로를 괴롭히는 것보다 더 불쾌한 일은 없는 것 같네. 마음을 활짝 열고 모든 즐거움을 누릴 수 있는 인생의 황금기에 있는 젊은이들이 얼굴을 찡그리며 좋은 날들을 망쳐버리고는 나중에 가서야 그렇게 낭비한 나날들을 그 무엇으로도 보상할 수 없다는 사실을 깨달을 때 특히 그렇지. 그런 생각을 하니 더욱 화가 났네. 그래서 저녁 무렵 목사 사택으로 돌아와 식탁에서 우유를 마실 때 화제가 마침 세상의 즐거움과 괴로움에 이르자 나는 대화의 실마리를 잡아 그 불쾌한 기분에 대해 진심으로 반대 의견을 표명하지 않을 수 없었네. "우리 인간들은 자주 불평을 하지요." 내가 이야기를 시작했네. "좋은 날들은 너무 적고 나쁜 날들이 너무 많다고 말입니다. 제 생각에 그 말은 맞지 않습니다. 만일 우리가 하느님이 매일매일 우리에게 베풀어주시는 은총을 즐길 수 있는 열린 마음을 갖고 있다면 비록 나쁜 일이 닥쳐도 그것을 견뎌낼 충분한 힘을 가질 수 있을 겁니다." 그러자 목사 부인이 반박하였네. "하지만 우리 기분을 우리 마음대로 할 수는 없잖아요. 우리의 몸 상태에 얼마나 많이 좌우되는지 몰라요! 몸이 안 좋으면 어디에 가든 기분이 좋지 않아요." 나는 그 말에 동의하면서 말을 계속했네. "그렇다면 그것을 일종의 병이라 생각하고 치료할 약이 있는지 찾아봐야 하지 않을까요?" 그러자 로테가 말했네. "좋은 말이에요. 적어도 저는 상당 부분 우리 자신에게 달렸다고 생각해요. 제 스스로의 경험에서 알 수 있어요. 무슨 일로 기분이 나쁘고 화가 날 때면 저는 벌떡 일어나 정원을 거닐며 춤곡을 몇 곡 불러요. 그러면 나쁜 기분은 사라지지요." "제가 말하고 싶었던 게 바로 그겁니다." 나는 덧붙였네. "불쾌한 기분이란 게으름과 같다고 할 수 있어요. 예, 그것은 일종의 게으름이지요. 우리 인간의 본성은 게으름에 빠지기 쉽습니다. 하지만 우리가 마음을 다잡을 힘을 낸다면 일이 순조롭게 진행될 겁니다. 그러면 우리는 활동 속에서 진정한 만족을 찾을 수 있을 겁니다." 프리데리케는 매우 주의 깊게 이야기를 들었지만 그 젊은 친구는, 우리는 스스로를 제어할 수도 없고 자신의 감정을 통제하는 것은 더욱 힘들다고 반박하더군. "지금 문제가 되고 있는 것은 불쾌한 감정입니다." 나는 대답했네. "모두가 벗어나고 싶어 하는 그 불쾌감 말입니다. 그런데 직접 시도해보기 전까지는 자신의 힘으로 얼마나 해낼 수 있을지 아무도 알 수 없어요. 누군가 병이 나면 건강을 되찾기 위해 백방으로 의사들을 찾아다니고, 결코 단념하는 일 없이 쓰디쓴 약도 마다하지 않잖습니까." 나는 존경스러운 노목사 역시 우리의 토론에 참여하고 싶어 열심히 귀를 기울이고 있음을 알아차리고는 목소리를 조금 높여 그에게 말했네. "악덕에 대한 설교는 많이 들었지만 불쾌한 기분에 대한 설교는 저는 아직 들어본 적이 없습니다."* "아, 그건 도시의 목사들이 해야지." 목사가 대답했네. "시골 농부들에겐 우울증이 없다오. 그래도 가끔 그런 설교를 하는 것도 나쁠 건 없겠지. 적어도 목사의 아내나 행정관에게는 도움이 될 수도 있을 테니까." 모두들 웃음을 터뜨렸고, 노목사도 함께 신나게 웃다가 그만 기침까지 하게 되었지. 그러는 바람에 우리의 토론이 잠시 중단되었네. 잠시 후 그 젊은 친구가 "당신은 우울증을 악덕이라고 하시는데 제 생각에는 상당히 과장하는 것 같습니

---

*〔원주〕 그에 관해서는 라바터의 뛰어난 설교가 있습니다. 그중에서도 〈요나서〉에 관한 설교가 훌륭합니다.

다"라고 말을 시작했네. "천만에요." 내가 대답했지. "자신은 물론 자신과 가장 가까운 사람에게까지 해를 끼친다면 마땅히 악덕이라 불려야죠. 우리가 서로를 행복하게 해주지는 못할지언정 그것도 모자라서 각자의 마음에 허락된 행복까지 빼앗아버려야 한단 말입니까? 우울증을 가진 사람 중에 그것을 감추고 혼자 감내하며 주변 사람들의 즐거움을 망치지 않으려 애쓰는 그런 대단한 이가 있다면 어디 한번 말해보세요! 우울증이란 아마도 자신을 형편없는 존재라 여기는 마음속의 불쾌감이나 스스로에 대한 불만, 즉 바보 같은 자만심이 불러일으키는 질투심과 결부되곤 하는 불만이 아닐까요? 그래서 다른 사람을 행복하게 해주지도 못하면서 행복한 사람을 보면 견딜 수 없어 하는 것이지요." 로테는 내가 흥분해서 이야기하는 모습을 보고 미소를 지었네. 프리데리케의 눈에 고인 눈물에 고무되어 나는 이야기를 계속했지. "누군가의 마음을 마음대로 할 수 있다고 해서 그 사람의 마음에서 저절로 솟아 나오는 소박한 기쁨마저 앗아버리는 사람은 저주받아 마땅합니다. 질투심 때문에 폭군이 망쳐버린 우리 스스로에 대한 한순간의 즐거움은 세상의 어떤 선물이나 호의로도 결코 보상해줄 수 없습니다."

그 순간 내 가슴은 너무도 벅차올랐네. 지난날의 수많은 추억이 머리에 떠올라 눈물이 핑 돌았지.

"날마다 자신에게 이렇게 자문하면 얼마나 좋겠습니까." 나는 소리쳤네. "네가 친구를 위해 할 수 있는 유일한 일은 친구가 온전히 기쁨을 누리도록 해주고, 그 기쁨을 친구와 함께 나누며 그래서 친구의 행복을 배가시켜주는 것이다. 친구의 영혼이 불안한 열정으로 고통 받고, 근심 걱정으로 무너져버렸을 때 과연 너는 친구에게 한 방울의 진정제라도 줄 수 있겠는가?

꽃다운 젊은 시절에 네가 신세를 망쳐놓은 여인에게 어느 날 무서운 불치병이 찾아와, 불쌍할 정도로 수척해진 그녀가 병상에 누워 멍하니 눈을 들어 하늘을 보고, 창백한 이마에는 죽음의 땀방울이 송송 맺힌다고 하자. 그때 너는 마치 저주받은 이처럼 그녀의 침대 맡에 서서, 네가 가진 어떤 재산이나 능력으로도 어찌할 수 없다는 것을 뼈저리게 느끼지 않겠는가. 그리고 죽어가는 여인에게 한 방울의 강장제, 한 줌의 희망의 불꽃을 건네줄 수만 있다면 네 모든 것을 바쳐도 좋다고 바라본들 마음속의 불안만 가중되지 않겠는가."

이런 이야기를 하는 동안 내가 직접 겪었던 장면이 떠올라 나를 온통 뒤흔들었네. 나는 손수건을 눈에 대고는 그 자리를 떠났네. 이제 돌아가자고 부르는 로테의 목소리에 비로소 정신이 들었지. 돌아오는 길에 로테가 내가 모든 일에 너무 열을 낸다고 얼마나 야단쳤는지! 그 때문에 파멸할지도 모른다! 자신을 좀 잘 돌보아라! 오, 천사여! 당신 때문에라도 나는 살아야겠소!

7월 6일

로테는 여전히 죽음을 앞둔 부인 곁에 머물고 있네. 로테는 정말이지 늘 한결같고, 무척이나 사랑스러운 여인이네. 그녀가 바라보기만 해도 고통이 가라앉고 행복이 생겨나지. 어제저녁에 그녀가 마리아네와 막내 말헨을 데리고 산책을 나갔는데 내가 그 사실을 미리 알고 중간에 만나 함께 산책을 하였네. 한 시간 반쯤 산책을 한 후 시내로 돌아오는 길에 샘물가엘 들렀네. 그 샘물가는 전에도 내게 소중한 곳이었지만 이제는 수천 배나 더 소중해졌네. 로테는 나지막한 돌담 위에 앉았고 우리는 그녀 앞에 서 있었네. 나는 주위를 둘러보았네. 그러자 내 마음이 참으로 외로웠던 시절이 다시금 눈앞에 생생히 떠오르더군. "사랑스러운 샘물이여." 내가 속으로 말했네. "그 후론 시원한 네 곁에서 쉬어보지도 못했구나. 바삐 지나가느라 너를 쳐다보지 않을 때도 많았고." 아래쪽을 내려다보니 말헨이 물을 한 컵 들고는 부지런히 올라오더군. 나는 로테를 바라보았네. 그 순간 로테가 내게 얼마나 소중한지 새삼 느꼈네. 말헨이 컵을 들고 오자 마리아네가 그걸 받으려 했는데, 그러자 그 꼬마가 무척이나 귀여운 표정을 지으면서 소리쳤네. "안 돼! 로테 언니, 언니가 먼저 마셔야 해!" 이렇게 소리치는 아이의 진실하고 착한 마음씨에 나는 그만 감동하였네. 그런 내 감정을 달리 표현할 길이 없어서 아이를 안아 올려 힘껏 뽀뽀를 해주었지. 그러자 아이는 소리를 지르며 울기 시작했네. "당신이 잘못한 거예요." 로테가 말했네. 나는 그만 당황하고 말았지. 로테는 아이의 손을 잡고 계단을 내려가며 말을 계속했네. "말헨, 이리 와. 깨끗한 물로 바로 씻어내면 아무 일도 없을 거야." 나는 그 자리에 서서 아이가 부지런히 손을 물에 적셔서 뺨을 닦아내는 모습을 바라보았네. 아이는 이 마법의 샘물로 모든 부정을 씻어낼 수 있으며 흉측한 수염이 나는 불상사도 방지할 수 있다고 믿는 듯하였네. "이제 충분해"라고 로테가 말해도 아이는 적은 것보다는 많은 게 좋다고 생각하는 듯 계속해서 열심히 씻어내고 있었네. 빌헬름, 자네니 하는 말인데, 나는 그 어떤 세례식에도 그런 경외심을 가지고 참석한 적이 없네. 로테가 위로 올라왔을 때 나는 그녀가 마치 한 민족의 모든 죄를 깨끗이 씻어준 예언자이기라도 한 듯 기꺼이 그녀 앞에 엎드리고 싶었네.

  그날 저녁 나는 너무도 기뻐서 이 이야기를 어떤 신사분한테 털어놓았네. 그 사람은 분별력이 있어서 인간적 이해심을 갖고 있을 것이라 생각했지. 그런데 반응이 어떠했던가! 그 사람은 로테가 아주 잘못한 거라고 말하더군. 아이들에게 그런 것들을 믿게 해서는 안 된다, 그런 것들은 아이들에게 여러 잘못을 저지르게 하고 미신에 빠지게 만든다, 우리는 아이들이 그렇게 되지 않도록 일찍부터 보호해주어야 한다 등등. 마침 그 사람이 여드레 전에 세례를 받았다는 사실이 생각나서 그냥 잠자코 있었네. 하지만 마음속으로는 이러한 진리를 믿어 의심치 않았네. 하느님이 우리를 대하듯 어린아이를 대해야 하며, 하느님은 우리가 즐거운 상상 속에 잠겨 있을 때 가장 행복감을 느끼게 해주신다는 것을.

7월 8일

정말 나는 어린애 같다네! 그녀가 내게 한 번만이라도 눈길 주기를 이토록 갈망하고 있다니! 얼마나 어린애 같은지! 우리는 발하임 산책을 나갔네. 여자들은 마차를 타고 갔지. 나는 산책하는 동안 로테의 검은 눈동자 속에서 보았네─나 정말 바보 같지, 용서해주게! 자네도 그녀의 눈을 보았어야 했는데─어떻든 간단히 말하겠네(지금 졸려서 눈꺼풀이 자꾸 감기네). 여자들이 마차에 올라탔고, 마차 주위로 젊은 W와 젤슈타트와 아우드란 그리고 내가 빙 둘러 서 있었지. 여자들은 밝고 쾌활한 남자들과 이런저런 이야기를 나누었네. 나는 로테의 눈길을 찾았지. 아, 그녀의 눈길이 이 사람에서 저 사람으로 옮겨 다니더군! 하지만 내게는! 내게는! 내게는 말일세! 오로지 그 눈길만을 그리며 풀이 죽어 서 있는 내게는 그녀의 눈길이 한 번도 머물지 않았네. 마음속으로 그녀에게 수천 번을 안녕, 안녕이라고 작별 인사를 하였건만! 그녀는 내게 눈길 한 번 주지 않았어! 마차가 나를 지나쳐 떠나가자, 내 눈엔 눈물이 고였네. 나는 떠나가는 그녀를 눈으로 뒤쫓았지. 그런데 그녀의 머리장식이 마차 문 밖으로 삐져나오는 게 아닌가. 그리고 마침내 그녀가 뒤를 돌아다보았네. 아아! 나를 보기 위해서였을까? 사랑하는 친구여! 그게 불확실해서 마음이 흔들리네만, 아마 나를 돌아다본 걸 거야! 아마 그럴 거야! 이렇게 생각하면 마음의 위안이 되네. 잘 자게! 아아, 나는 얼마나 어린애 같은지!

7월 10일

사람들이 모인 자리에서 로테 이야기가 나오면 내가 얼마나 바보같이 구는지 자네가 보아야 하는데! 더구나 누군가 그녀가 마음에 드느냐고 물어 오기라도 한다면. 마음에 드느냐고! 나는 그 말이 정말이지 너무 싫네. 로테가 마음에 들지만 자신의 모든 감각과 감정이 그녀로 가득 차지 않는 사람이 대체 있을 수 있단 말인가! 마음에 든다니! 최근에 어떤 사람이 내게 오시안*이 마음에 드느냐고 물어보더군!

7월 11일

M부인의 병세가 아주 위독하네. 나는 로테처럼 고통을 느끼며 그녀가 쾌차하기를 기도하고 있네. 로테가 그 부인의 집에 있는 바람에 아주 가끔씩밖에 만나질 못하는데 오늘 로테한테 무척 놀라운 이야기를 들었네. 부인의 남편 M씨는 인색하고 탐욕스러운 노인네로 평생 부인을 괴롭히고 경제적으로 궁핍하게 만들었다고 하네. 하지만 부인은 어려움을 견디며 살림을 잘 꾸려왔다더군. 며칠 전 의사로부터 임종이 가까웠다는 말을 듣자 부

*3세기경 고대 스코틀랜드 켈트족 신화 속의 영웅이자 음유시인. 우수적이고 낭만적인 정서를 담고 있는 그의 시들은 18세기 후반 영국의 낭만파 작가들과 독일의 헤르더, 괴테, 실러 등에게 커다란 영향을 미쳤다. 이 소설의 제2부에서 베르터는 자신이 번역한 오시안의 시를 로테에게 읽어준다.

인은 남편을 불러서(로테도 그 방에 있었다는군) 이렇게 말했다고 하네. "내가 죽은 후에 혼란이나 불미스러운 일이 일어나지 않도록 당신에게 한 가지 고백을 해야겠어요. 지금까지 나는 최선을 다해 집안 살림을 착실하고 검소하게 꾸려왔어요. 하지만 지난 30년간 당신을 속인 일이 있어 용서를 구해요. 결혼 초기에 당신은 부엌살림과 가사 비용으로 아주 적은 금액을 정해놓았지요. 살림 규모가 늘어나고, 우리 가게도 점점 커졌지만 당신은 거기에 맞게 일주일치 생활비를 올릴 생각을 하지 않았어요. 간단히 말해서, 당신도 알다시피 우리 살림이 최고로 커졌을 때에도 당신은 일주일에 7굴덴으로 생활을 꾸려나가라 요구하였어요. 나는 항변하지 않고 그 돈을 받았어요. 부족한 금액은 매주 가게 매상에서 꺼내 썼어요. 그 누구도 안주인이 카운터에서 돈을 꺼내 가리라고는 생각지 못했을 거예요. 나는 결코 낭비를 한 적은 없기에 이렇게 고백하지 않고서도 얼마든지 안심하고 저세상으로 갈 수 있었어요. 하지만 나를 이어 살림을 꾸려갈 여자가 어떻게 해야 할지 모를 테고, 당신은 전처는 그 돈으로 생활을 잘해왔다고 계속 우겨댈 테니 이렇게 말하는 거예요."

나는 로테와, 인간이 어떻게 이토록 믿을 수 없을 정도로 쉽게 눈멀 수 있는지 이야기를 나누었네. 생활비 지출이 두 배나 늘어난 것을 보면서도 7굴덴으로 충분하게 꾸려간다면 분명 그 배후에 무엇인가 감추어져 있을 거라고 의심할 만한데 그렇게 하지 않았다니. 하긴 자기 집에는 영원히 줄어들지 않는 예언자의 기름 단지*가 있다고 아무 의심도 없이 믿고 있는 사람들 몇몇을 나도 알고 있네.

7월 13일

아니, 지금 나는 착각하고 있는 게 아니야! 로테의 검은 눈에서 나와 내 운명에 대한 그녀의 진심 어린 관심을 읽을 수 있네. 그래, 나는 느끼고 있어. 이 점에서만은 나의 마음을 믿고 싶네. 그녀가—아, 천국을 이런 말로 표현할 수 있을까, 아니 표현해도 되는 걸까?—그녀가 나를 사랑하고 있다는 것을!

나를 사랑하고 있다네! 그녀가 나를 사랑하게 된 이후로 내가 얼마나 나 자신을 소중하게 여기게 되었는지, 내가—자네한테라면 말해도 될 것 같네, 자네는 이 말을 이해할 수 있을 테니까—나 자신을 얼마나 자랑스럽게 여기게 되었는지!

이것은 지나친 자만심일까 아니면 사실관계에 근거한 진정한 감정일까? 혹여 로테가 마음에 담고 있는 것은 아닐까 두려워할 만한 사람을 아직 나는 보지 못했네. 하지만 그녀가 자신의 약혼자에 대해 아주 따뜻하고, 아주 사랑스럽게 이야기를 할 때면 나는 모든 명예와 지위를 박탈당하고 자신의 칼마저 빼앗겨 버린 사람인 것만 같은 기분이 드네.

*〈열왕기 상〉17장의 내용으로, 예언자 엘리야는 사렙타의 과부에게 음식을 청하면서 아무리 퍼내도 곡식과 기름 단지가 비지 않을 것이라고 말하였고 실제로 그렇게 되었다 한다.

7월 16일

어쩌다 내 손가락이 그녀의 손가락에 닿거나, 탁자 밑에서 우리 두 사람의 발이 서로 스치기라도 하면 아아, 내 몸의 모든 핏줄이 곤두선다네! 나는 불에라도 덴 듯 몸을 움츠리지만 곧 알 수 없는 힘에 이끌려 몸을 다시 앞으로 내밀지. 그럴 때면 내 모든 감각이 아득해지네. 아아! 그런데 순진무구한 로테의 영혼은 그녀의 사소한 친밀감이 얼마나 나를 고통스럽게 만드는지 모르고 있네. 이야기를 나누다가 그녀가 자기 손을 내 손 위에 얹거나 대화에 몰두하느라 내 옆으로 바짝 다가앉는 바람에 천사와 같은 그녀의 숨결이 내 입술에 와 닿기라도 하면 나는 벼락에라도 맞은 듯 그 자리에 쓰러질 것만 같네. 빌헬름! 이 천상의 존재를, 그녀의 신뢰를 감히 내가 어찌할 수 있겠나! 자네는 내 마음을 이해하겠지. 그래, 내 마음은 그렇게까지 망가지진 않았네! 약할 따름이네! 너무도 약할 뿐이야! 그런데 약하다는 것이 곧 타락이 아닐까?

그녀는 내게 신성하네. 그녀가 옆에 있으면 모든 욕망이 침묵하네. 그녀 옆에 있으면, 왜 그렇게 되는지 나도 모르겠네만, 마치 내 모든 신경 속에서 영혼이 온통 뒤집히는 것 같네. 로테가 특별히 좋아하는 멜로디가 있는데, 그 멜로디를 피아노로 천사처럼 연주하면, 그 얼마나 단순하고 또 심오한지! 그것은 그녀가 가장 좋아하는 곡이네. 그녀가 그 곡의 첫 소절만 연주해도 내 모든 고통과 혼란과 근심이 사라진다네.

옛 음악이 지닌 마술적 힘에 대한 이야기는 하나도 틀리지 않았어. 이 소박한 노래가 얼마나 나를 사로잡는지! 내가 머리에 총알이라도 쏴버리고 싶을 때면 로테는 이 노래를 연주하곤 하지! 그러면 내 영혼의 방황과 어둠이 사라지고 나는 다시 자유롭게 숨 쉴 수 있게 된다네.

7월 18일

빌헬름, 세상에 사랑이 없다면 우리 마음은 어떨까! 빛이 없는 마술램프*처럼 아무 소용이 없겠지! 램프에 빛을 비춰야 비로소 하얀 벽에 온갖 다채로운 영상이 펼쳐지니까! 비록 그것이 순간적인 환영에 불과한 것이라 해도, 우리가 생기발랄한 아이들처럼 그 앞에 서서 놀라운 현상에 황홀해한다면, 그 또한 우리에게 늘 행복을 가져다주는 것이 아닌가. 오늘 나는 피치 못할 모임에 참석하느라 로테에게 갈 수 없었네. 그러니 어찌한다? 하인을 그녀에게 보냈지. 단 한 사람이라도 오늘 로테 옆에 있었던 이를 내 주변에 두고 싶어서 말이야. 얼마나 안절부절못하며 하인을 기다렸는지, 그를 보자 또 얼마나 기뻤는지! 창피한 생각이 들지 않았다면 하인의 머리를 안고 키스를 퍼부었을 거야.

형광석은 햇빛 아래 놓아두면 빛을 머금었다가 밤이 되면 잠

*겉면에 여러 가지 그림을 그려 넣은 램프로 그 안에 빛을 비추어 돌리면 벽에 다양한 영상이 나타나도록 만든 기계장치.

시 빛을 발한다고 하지. 내게는 이 젊은 하인이 형광석이었네. 로테의 눈길이 그의 얼굴과 뺨과 윗옷 단추와 외투 깃에 머물렀으리라고 생각하니 이 모든 것이 너무도 성스럽고 소중하게 여겨졌다네! 그 순간엔 이 하인을 천 탈러를 준다 해도 바꾸지 않았을 걸세. 그가 옆에 있는 것만으로도 나는 정말 기뻤다네. 이런 나를 비웃지 말기를. 빌헬름, 우리를 기쁘게 해주는데, 그것을 그저 환상이라고만 할 수 있을까?

7월 19일

"오늘 나는 그녀를 만나리라!" 아침에 잠이 깨어 즐거운 마음으로 찬란한 태양을 마주할 때면 나는 이렇게 외치곤 하네. "오늘도 나는 그녀를 만날 거야!" 그 밖에는 온종일 다른 소망이라곤 없네. 모든 것이 이 단 하나의 희망 속에 묻혀버린다네.

7월 20일

공사와 함께 ○○으로 가는 것이 어떻겠느냐는 자네와 어머니의 생각을 아직 받아들이기가 어렵네. 누군가에게 종속되는 것을 나는 별반 좋아하지 않아. 게다가 그 공사가 그리 좋지 않은 사람이라는 것은 모두들 잘 알고 있지 않은가. 어머니께서 내가 무언가 활동을 하는 게 좋겠다고 하셨다는 자네 말을 듣고 나는 그만 웃고 말았네. 그렇다면 내가 지금 활동을 하지 않고 있다는 말인가. 완두콩을 세건 렌틸콩을 세건 근본적으로는 같은 일이 아닌가? 세상 모든 일은 결국 하찮은 것에 지나지 않는데, 자신의 고유한 열정이나 욕구 때문이 아니라 단지 돈이나 명예 또는 그 밖의 무엇인가를 위해 천신만고 애쓰는 사람은 언제나 바보일 따름이야.

7월 24일

내가 그림 그리기를 소홀히 하지 않는지 자네가 무척 신경을 쓰고 있어서 하는 말인데, 사실 요즘 그림을 별로 그리지 못했네. 하지만 이 문제는 그냥 넘어가세.

나는 지금처럼 행복한 적이 없었네. 돌멩이 하나, 풀 한 포기에 이르기까지 자연에 대한 내 감성이 지금보다 더 충만하고 강렬했던 적은 없었네. 이것을 어떻게 표현해야 할지 잘 모르겠어. 내 표현력은 너무도 빈약하고 모든 것이 내 영혼 앞에서 흔들리며 떠도는 바람에 제대로 윤곽조차 잡을 수가 없네. 하지만 내게 점토나 밀랍이 있으면 그것으로 무언가를 빚을 수 있지 않을까 하는 생각이 들기는 해. 이런 상태가 오래 지속되면 아마도 내가 점토를 들고 반죽해서 무언가를 만들지도 모르겠네. 그것이 비록 과자가 되어버린다 할지라도 말일세!

세 번이나 로테의 초상화를 그리려 시도했지만 세 번 다 실패

하고 말았네. 얼마 전까지만 해도 제대로 그릴 수 있었기에 그만 큼 더 화가 나네. 그래서 그녀의 실루엣을 그렸는데 그것으로 만 족하는 수밖에 없겠지.

7월 26일

사랑하는 로테, 모든 일을 잘 살펴서 처리할게요. 내게 좀 더 많 은 일을 좀 더 자주 맡겨주세요. 한 가지 부탁이 있어요. 내게 보 내는 편지 위에는 모래를 뿌리지 말아줘요.* 오늘 당신의 편지 를 입술에 댔다가 그만 모래를 씹었답니다.

7월 26일

로테를 너무 자주 만나지는 말자고 벌써 몇 번이나 결심했는지 모르겠네. 그런데 그걸 누가 지킬 수 있겠나! 날마다 유혹에 넘 어가면서도 내일은 결코 가지 않겠다고 자신에게 성스럽게 약 속한다네. 하지만 아침이 오면 나는 다시 거역할 수 없는 이유를 만들어내서는 어느새 벌써 로테 옆에 가 있네. 때로는 로테가 저 녁에 "내일도 오실 거죠?"라고 말하기도 하지. 그러면 누가 가지

*당시에는 종이 위에 잉크가 번지지 않도록 펜으로 쓴 다음 모래를 뿌렸다.

않을 수 있겠나. 어떤 때는 그녀가 내게 부탁한 일을 직접 전해 주는 것이 온당하다는 핑계를 대기도 하고, 또는 날씨가 너무 좋아 발하임으로 산책을 나가서는, 아 여기서 로테의 집까지 30분이면 가는데, 그러지! 그녀의 영향권에 너무 가까이 간 거야. 그러면 나는 눈 깜짝할 사이에 벌써 그녀의 집에 가 있네. 할머니께서 해주신 자석산 이야기가 생각나네. 배가 그 산 가까이 가면 순식간에 모든 쇠붙이를 빼앗겨버린다고 했지. 못들까지 온통 그 산으로 날아가버려서, 불쌍한 선원들은 무너져 내리는 널빤지들 사이에서 그만 난파하고 만다는 거야.

7월 30일

알베르트가 돌아왔네. 그러니 나는 떠나야겠지. 그가 지극히 훌륭하고 고귀한 인물이며, 모든 면에서 내가 그에 못 미친다는 점을 인정한다 해도, 그렇듯 여러 가지 완벽한 것들을 지니고 있는 그를 눈앞에서 바라보기가 참으로 힘드네. 그 많은 것을 가지고 있다니! 어떻든 빌헬름, 그녀의 약혼자가 돌아왔네! 그는 누구나 호감을 가질 만한 성실하고 친절한 사람이네. 다행히도 그를 맞이하는 자리에 나는 없었네! 있었다면 아마 가슴이 찢어졌겠지. 그는 점잖은 사람이어서 내가 있는 자리에서는 한 번도 로테에게 키스를 하지 않았네. 그런 그에게 하느님의 은총이 있기를! 그가 로테를 존중하는 것 때문에라도 나는 그를 좋아하지 않을 수 없네. 그는 내게 잘해주려 하는데, 스스로의 감정에서 라기보다는 아마도 로테가 그렇게 하도록 시킨 것 같네. 그런 점에서는 여자들이 섬세하고 또 아주 정확하지. 자기를 좋아하는 두 남자가 서로 사이좋게 지내게 할 수만 있다면 여자에겐 언제나 이득이 될 테니까. 물론 그런 경우는 아주 드물지만 말일세.

어떻든 나는 알베르트에게 경의를 표하지 않을 수 없네. 그의 침착한 태도는 감정을 숨기지 못하는 나의 불안한 성격과는 너무도 생생히 대조된다네. 그는 감정도 풍부하고 로테의 진가를 잘 알고 있어. 그리고 불쾌한 기분을 느끼는 적도 드문 것 같네. 자네도 알다시피 불쾌감은 내가 인간의 그 어떤 다른 감정보다 더 싫어하는 죄악이지 않나.

알베르트는 나를 분별 있는 사람으로 여기고 있네. 로테에 대한 나의 애착과 그녀의 행동 하나하나에 대한 나의 열렬한 기쁨이 그의 승리감을 고취시켜주어 그는 그녀를 더욱더 사랑하는 것 같아. 그가 사소한 질투심 때문에 때때로 로테를 괴롭히지 않을까 하는 질문은 하지 않도록 하지. 적어도 내가 그의 입장이라면 나는 질투라는 악마의 손아귀에 들어갔을 것이네.

그가 어떻든 간에, 친구여, 로테 곁에 머무는 나의 기쁨은 이제 사라지고 말았네. 어리석었다고 해야 할까 아니면 눈이 멀었다고 해야 할까? 뭐라고 부른들 무슨 소용이 있겠나! 사실 자체가 분명히 말해주고 있는데! 지금 알고 있는 사실을 나는 이미 알베르트가 오기 전부터 모두 알고 있었네. 내가 로테에게 그 어떤 요구도 해선 안 된다는 것을 잘 알고 있었고, 실제 아무런 요구도 하지 않았네. 물론 그토록 사랑스러운 존재에게 가능한 한, 욕망을 느끼지 않으려 참으면서 말일세. 그런데 이제 다른 남자가 나타나 그녀를 빼앗아가버리니 이 바보 얼간이는 두 눈이 휘둥그레져 깜짝 놀라고 있네.

나는 이를 악물고 내 불행을 비웃고 있어. 하지만 이제 달리 어쩔 수 없으니 단념하라고 말하는 이가 있다면 그런 인간은 두 배, 세 배로 비웃어주겠네. 그런 얼간이들은 내쫓아버리고 말겠어! 숲 속을 이리저리 헤매고 다니다가 로테에게 가곤 하네. 그런데 알베르트가 그녀와 나란히 정원 정자에 앉아 있는 것을 보면 어찌할 바를 몰라 바보처럼 익살을 부리며 뒤죽박죽 엉망으로 행동을 한다네. 오늘 로테가 내게 말하더군. "제발 부탁이에요. 어제저녁과 같은 그런 행동은 하지 말아주세요! 당신이 어릿광대처럼 굴면 겁이 나요." 자네한테만 말하네만, 나는 알베르트가 무언가 할 일이 생기기만 기다린다네. 그러면 쌩하고 달려 나가지! 로테가 혼자 있는 것을 보면 언제나 마음이 행복해진다네.

8월 8일

빌헬름, 피할 수 없는 운명이라면 체념하라고 말하는 사람들을 내가 참을 수 없다고 비난한 것은 결코 자네를 두고 한 말이 아닐세. 정말로 나는 자네가 그와 비슷한 의견을 가졌으리라고는 생각지도 못했네. 근본적으로는 자네 말이 맞아. 친구여, 다만

한 가지만 말할게! 이 세상에는 '이것 아니면 저것'이라는 방식으로 해결할 수 있는 일은 아주 드물어. 매부리코와 납작코 사이에도 여러 높이의 코들이 있듯이 우리의 감정과 행동에도 다양한 명암이 있지 않나.

그러니 자네의 의견을 모두 인정하면서도 '이것 아니면 저것'이라는 양자택일이 아닌 그 사이로 빠지려 한다고 나를 나쁘게 생각하진 말게나.

자네의 말은 내가 로테에게 희망을 걸 수 있거나 아니면 없거나 둘 중의 하나라는 것이지. 좋아, 첫 번째 경우라면 희망을 끝까지 추진해서 네 소원을 이루도록 하라! 두 번째 경우라면 용기를 내서 너의 모든 힘을 소진시키고야 말 비참한 감정에서 벗어날 방도를 찾으라. 친구여! 참 좋은 말이네. 하지만 말하기는 쉬운 법이지.

그런데 자네는 서서히 진행되는 병에 걸려 조금씩 죽어가고 있는 불행한 사람에게 단도를 들어 고통을 단숨에 없애버리라고 요구할 수 있겠나? 환자의 힘을 탈진시키는 병은 동시에 거기서 벗어나고자 하는 그의 용기마저 빼앗아버리는 게 아닐까?

물론 자네도 그와 유사한 비유를 들어 대답할 수 있겠지. 두려워하며 망설이다가 자신의 생명을 위태롭게 하느니 차라리 팔 한쪽을 자르는 게 낫다고 말일세. 잘 모르겠네! 비유를 들어 서로 공격하는 일은 그만두세. 이제 충분하네. 빌헬름, 내게도 때론 벌떡 일어나 모든 것을 훌훌 떨쳐버리고 싶은 용기가 생길 때가 있어. 그럴 때, 어디로 가야 할지 알 수만 있다면, 그리로 갈 텐데.

8월 8일 저녁

얼마 전부터 소홀히 했던 일기장을 오늘 다시 펼쳐보고는 깜짝 놀랐네. 모든 것을 뻔히 알면서도 나는 한 발 한 발 빠져들고 있었던 것이네! 내 상태를 늘 분명하게 파악하고 있었으면서도 어린애처럼 행동했던 것이지. 지금도 이렇게 뻔히 알고 있지만, 개선될 기미는 조금도 보이질 않네.

8월 10일

내가 바보만 아니라면 여기서 최고로 행복한 삶을 누릴 수 있을 텐데. 지금의 내 상황만큼 한 사람의 영혼을 기쁘게 해줄 수 있는 멋진 상황이 어우러지기도 힘들지. 아, 우리의 행복이 마음먹기에 달렸다는 말은 사실이야. 지금 나는 사랑스러운 가족의 일원이 되어 노인에게서는 아들처럼, 아이들에게서는 아버지처럼 사랑을 받고 있으니. 그리고 로테에게서도! 점잖은 알베르트 역시 변덕스럽고 무례한 태도로 내 행복을 깨뜨린 적이 없네. 그는 진심 어린 우정으로 나를 감싸주고 있어. 그가 세상에서 로테 다음으로 가장 사랑하는 사람이 바로 나라네! 빌헬름, 우리가 함께 산책하면서 로테에 대해 이야기하는 것을 누군가 듣는다면 재미있어할 거야. 세상에 이런 관계보다 더 우스꽝스러운 것은 없을 테니. 하지만 그 때문에 나는 자주 많은 눈물을 흘린다네.

알베르트가 내게 로테의 성실한 어머니에 대해 이야기해주었네. 그녀가 임종을 맞으며 로테에게 집안 살림과 아이들을 맡기고, 자기에게는 로테를 부탁했다고 하더군. 그때부터 로테는 완전히 다른 사람이 되었으며, 세심하게 가사를 돌보고 진심으로 진짜 어머니 역할을 하고 있다 하네. 열심히 사랑을 베풀고, 잠시도 일하지 않는 순간이 없는데도, 쾌활함과 경쾌함을 잃은 적이 한 번도 없다는 거야. 나는 알베르트와 나란히 걸어가며 길가의 꽃을 꺾어 정성스레 꽃다발을 만들었네. 그러고는 그것을 길 옆 개울물에 던지고 물결 따라 조용히 흘러가는 모습을 바라보았네. 자네에게 전에 알렸는지 모르겠네만 알베르트는 이곳에 머문다고 하는군. 그를 높이 평가하는 이곳의 궁정에서 상당한 보수를 받는 자리를 얻게 될 것이라 하네. 그이만큼 일처리에 있어서 조리 있고 성실한 사람을 나는 거의 본 적이 없네.

8월 12일

분명, 알베르트는 세상에서 가장 훌륭한 사람이네. 하지만 어제 나는 알베르트와 아주 놀라운 일을 겪었어. 내가 작별 인사를 하러 그에게 갔을 때였지. 잠시 말을 타고 산속으로 여행을 다녀올 생각이었거든. 지금 이 편지는 산속에서 쓰고 있는 거네. 내가 알베르트의 방 안을 서성이고 있는데 그의 권총들이 눈에 들어왔네. "여행을 가려는데 권총을 좀 빌려주시겠습니까"라고 내가 말했지. "좋으실 대로 하시죠." 그가 대답했네. "직접 총알을 장전하는 수고를 마다치 않으시겠다면요. 저 총들은 단지 장식용으로 걸어놓은 것입니다." 내가 권총 한 자루를 집어 내리자 그가 말을 계속했네. "쓸데없는 조심성 때문에 아주 고약한 사건이 일어난 다음부터는 이런 물건엔 손도 대고 싶지 않습니다." 나는 어떤 사건인지 궁금해졌네. "시골 친구 집에 석 달쯤 머문 적이 있었습니다." 그가 이야기를 시작했네. "비록 총알을 장전해놓진 않았지만 두 자루의 권총을 가지고 있어서 편하게 잠을 잤지요. 비가 내리는 어느 날 오후에 할 일 없이 앉아 있는데 왜 그랬는지는 모르지만, 우리가 습격을 당할 수 있으니 권총이 필요할지도 모르겠다는 생각이 들었습니다. 그게 어떤 기분인지 당신도 아실 겁니다. 그래서 나는 권총을 손질해서 장전해놓으라고 하인에게 주었지요. 그 하인이 하녀들과 장난을 치다가 그녀들을 놀래준다고 방아쇠를 당겼답니다. 그런데 어찌 된 영문인지 총구에 꽂을대가 꽂혀 있는 바람에 그것이 하녀의 오른손 엄지손가락 근육을 관통해 그만 엄지를 으스러뜨리고 만 겁니다. 그래 한바탕 난리가 났고, 치료비까지 물어주어야 했지요. 그 이후 나는 모든 총에 장전을 해놓지 않습니다. 친애하는 베르터, 사전에 조심한다고 무슨 소용이 있겠습니까? 위험이란 사전에 예측할 수가 없는데 말입니다! 다만……" 자네도 알다시피 나는 알베르트를 매우 좋아하네. 그의 '다만'이라는 말은 빼고 말일세. 모든 일반 명제에 예외가 있다는 것은 당연한 사실 아닌가? 하지만 그는 지나치게 자기정당화를 하려 한다네!

자신이 한 말에 무언가 성급하거나 일반적이거나 미심쩍은 점이 있다고 생각하면, 그는 계속해서 말을 바꾸고 취소하거나 덧붙여서 종국에는 논점이 흐려지게 만들지. 이번에도 그는 자신의 말에 깊이 빠져버리더군. 그래서 나는 그의 말에 더 이상 귀를 기울이지 않고 공상에 잠겼네. 그러다 느닷없이 총부리를 내오른쪽 눈 위의 관자놀이에 갖다 댔네. "아니! 이게 무슨 짓입니까?" 알베르트가 권총을 뺏으면서 소리치더군. "총알이 장전되어 있지 않잖아요." 내가 대답했네. "그렇다고 해도 이게 무슨 짓이오?" 그가 신경질적으로 대답했네. "나는 어떻게 인간이 스스로에게 총을 쏠 정도로 어리석을 수 있는지 도무지 상상할 수가 없습니다. 그런 생각만 해도 혐오스럽습니다."

"당신 같은 사람들은" 하고 나는 소리쳤네. "어떤 일에 대해 곧바로 '이건 어리석다, 저건 현명하다, 이건 좋다, 저건 나쁘다'라고 말해야 한다고 생각하지요! 그런데 그런 판단이라는 것이 대체 무엇입니까? 당신들은 어떤 행동의 내면적인 상황을 면밀히 따져보기나 했습니까? 왜 그런 일이 일어났는지, 왜 일어날 수밖에 없었는지 그 원인을 명확히 밝혀보기나 했단 말입니까? 만일 그랬다면 그렇게 성급한 판단을 내릴 수는 없을 겁니다."

"동기와는 상관없이 언제나 죄악이 되는 행위가 있다는 것을 당신도 인정하겠지요." 알베르트가 말했네.

나는 어깨를 으쓱해 보이며 그의 말을 인정했네. 그러고는 말했지. "하지만 알베르트, 그 경우에도 예외가 있지 않은가요. 도둑질이 죄악인 것은 분명해요. 하지만 어떤 사람이 당장 굶어 죽을 형편에 놓인 자신과 가족을 구하기 위해 도둑질을 했다면, 그는 동정을 받아야 합니까, 벌을 받아야 합니까? 어떤 남편이 부정을 저지른 아내와 그녀를 유혹한 비열한 정부에게 정당한 분노를 터뜨려 단죄했다면 누가 그에게 첫 번째 돌을 던질 수 있겠습니까? 또한 어떤 처녀가 황홀한 순간에 취해 억제할 수 없는 사랑의 기쁨에 자신을 내맡겼다면 누가 그녀에게 돌을 던질 수 있겠습니까? 지나치게 융통성 없는 우리의 법률도 감동을 받아 벌 내리기를 주저할 겁니다."

"그건 전혀 다른 이야기입니다." 알베르트가 반박했네. "격정에 사로잡혀 모든 사고 능력을 상실한 사람은 술 취한 사람이나 미친 사람으로밖에 볼 수 없어요."

"아아, 당신들 이성적인 사람들이란!" 나는 웃으며 소리쳤네. "격정! 술 취함! 광기! 당신들은 조금의 동정심도 없이 태연히 그렇게 말하지요. 당신들 도덕군자들은 술에 취한 사람을 비난하고 미친 사람을 혐오하면서 성직자처럼 그 옆을 지나갑니다. 그리고 마치 바리새인처럼 하느님이 자신을 그들과 같은 인간으로 만들지 않은 것에 감사드리지요. 나는 여러 차례 술에 취한 적이 있고, 내 격정은 거의 광기와 같을 때도 있습니다. 하지만 나는 그것을 후회하지 않습니다. 왜냐하면 무언가 위대한 일이나 불가능한 일을 해낸 비범한 사람들은 옛날부터 모두 한결같이 술 취한 사람이나 미친 사람으로 매도당해왔으니까요.

그런데 일상적인 삶에서도 누군가가 자유롭고 고귀한, 전혀 예상치 못한 행위를 하면 모두들 '저 작자는 취했군! 저 작자는 어리석어!'라고 외쳐대는 걸 들어야 하다니 참을 수가 없습니다. 정신이 말짱하다는 당신들, 창피한 줄 아세요! 현명한 사람을 자처하는 당신들, 부끄러운 줄 아셔야 합니다!"

"그 또한 당신의 지나친 망상입니다." 알베르트가 말했네. "당신은 모든 것을 지나치게 과장하고 있어요. 지금 우리가 이야기하고 있는 자살을 위대한 행위와 비교하는 것은 분명 옳지 않습니다. 왜냐하면 자살은 나약함으로밖에는 볼 수 없기 때문입니다. 고통에 가득 찬 삶을 꿋꿋이 견디는 것보다 죽는 것이 훨씬 더 쉽기 때문이지요."

나는 논쟁을 그만둘 생각이었네. 나는 진심에서 우러나온 말을 하는데 상대방이 그저 그런 상투적 말들을 들이대며 논쟁을 한다면 그것만큼 황당해지는 것도 없으니까. 하지만 그런 말을 벌써 여러 차례 들은 바 있고, 또 화를 낸 적도 몇 번 있기 때문에 이번에는 마음을 가라앉히고 짐짓 활달하게 대꾸를 하였네. "당신은 그것을 나약함이라고 하시나요? 제발 부탁인데 겉모습에 현혹되지 마십시오. 폭군의 참을 수 없는 압제에 신음하는 민중이 마침내 들고일어나 사슬을 끊어버린다면 그래도 당신은 그것을 나약하다 할 수 있겠습니까? 불길이 자신의 집을 덮친 것을 보고 깜짝 놀라서 온 힘을 한데 모아 평소라면 거의 움직일 수도 없었을 물건을 가볍게 들어 올리는 사람이나, 모욕을 당하고 격분해서 여섯 명과 겨루어 그들을 제압하는 사람을 어찌 약하다고 할 수 있겠습니까? 그런데 친애하는 알베르트, 전력을 다하는 것은 강하다고 하면서 어찌해서 과도한 격정은 그 반대라고 하는 겁니까?" 알베르트는 나를 빤히 바라보더니 이러더군. "기분 나쁘게 생각하지 말아요. 하지만 지금 당신이 든 예들은 우리 얘기와는 전혀 상관이 없는 것 같군요." 나는 말했네. "그럴지도 모르지요. 사람들은 종종 나의 비유법이 허황되다고 비난을 해왔으니까요. 그렇다면 좀 다른 방식으로 해보지요. 누군가가 평소에는 잘 견뎌냈던 삶의 짐을 이제 벗어던지겠다고 결심했을 때, 그 사람의 마음이 어찌하여 그리 된 것인지 우리 한번 상상해봅시다. 우리가 공감할 수 있을 때에야 그런 일에 대해 이렇다 저렇다 말할 수 있는 것이니까요."

나는 말을 이어갔네. "인간의 본성에는 한계가 있습니다. 기쁨이나 고뇌 그리고 고통을 어느 정도까지는 참을 수 있지만 그 한계를 넘어서면 파멸하고 맙니다. 여기서의 문제는 그가 강하냐 약하냐가 아니라 그가 자신의 고통을 어느 한도까지 견뎌낼 수 있는가입니다. 그 고통이 도덕적이건 육체적이건 말이지요. 그래서 저는 악성 열병으로 죽는 사람을 겁쟁이라고 부르는 것이 적절치 않은 것처럼, 스스로 목숨을 끊는 사람을 비겁하다 말하는 것이 정말 이상합니다."

"그건 역설이오! 지독한 역설입니다!" 알베르트가 소리쳤네. "당신이 생각하는 것처럼 그렇게 허튼소리는 아닙니다." 내가 대답했네. "우리 몸에 병이 생겨서 기력이 소진되고 기운을 쓸 수 없게 되어 영 회복이 어렵고, 어떤 획기적 조치로도 평상적인 삶의 궤도로 돌아올 수 없는 것을 죽을병이라고 하는 데에 당신도 동의할 것입니다.

알베르트, 이제 그것을 정신에 적용해봅시다. 절박한 상황에 빠져 있는 사람을 자세히 보세요. 그 사람이 어떻게 온갖 인상들에 휘둘리고 이런저런 생각에 빠져버려서는 마침내 점점 커져가는 열정으로 인해 차분한 사고력을 빼앗기고 결국에는 파멸하고 마는지 말입니다.

점잖고 이성적인 사람이 그 불행한 이의 상황을 파악한다 한들, 그에게 충고를 한다 한들 모두 소용없는 일입니다! 환자의 침상 곁을 지키는 건강한 사람이 환자에게 자신의 기운을 손톱만큼도 불어넣어줄 수 없는 것이나 마찬가지지요."

알베르트에게 너무 일반적으로 말한 것 같아 나는 얼마 전에 물에 빠져 죽은 처녀를 상기시키며, 그 이야기를 다시 꺼냈네. "그 착하고 젊은 아가씨는 집안 살림과 매주 정해진 일을 하며 좁은 울타리 안에서 성장했지요. 그녀의 즐거움이란 하나씩 사서 모아둔 나들이옷을 입고 일요일이면 또래 친구들과 교외로 산책을 나가거나, 큰 축제 때마다 한 차례씩 춤을 춘다거나, 이웃집 여자와 몇 시간 동안이나 열을 올리며 동네에서 벌어진 싸움의 동기라든가 나쁜 소문에 대해 수다를 떠는 것이 고작이었어요. 그러다가 그녀의 열정적인 본성이 마침내 좀 더 내면적인 욕망을 느끼게 되고, 그 욕망은 남자들의 아첨으로 더욱 커져버렸습니다. 예전의 즐거움이 점점 따분해지기 시작할 무렵 한 남자를 만나게 되었지요. 그 남자에 대한 알 수 없는 감정에 사로잡힌 그녀는 자신의 온 희망을 그 남자에게 걸고는 주변의 세상은 잊어버린 채 그 남자 외에는 아무것도 듣지도, 보지도, 느끼지도 못하며 오로지 그 사람만을 열망했습니다. 변화무쌍한 허영심이 가져다주는 공허한 쾌락에 물들지 않고 그녀의 갈망은 오로지 하나의 목표만을 향해 나아갔습니다. 그 사람의 여자가 되고, 그 사람과 영원히 결합되어 지금까지 그녀에게 부족했던 모든 행복을 느끼고, 그녀가 꿈꿔왔던 온갖 기쁨을 통째로 맛보고 싶어 한 것입니다. 그 남자의 거듭되는 맹세는 이 모든 희망에 확신을 주었고 과감한 애무는 그녀의 욕망을 더욱 증폭시켜 그녀의 영혼을 온통 사로잡아버렸습니다. 그녀는 아련한 의식 속에서 온갖 기쁨의 예감에 들떠 극도의 흥분 상태가 되었습니다. 마침내 그녀가 모든 소망을 움켜잡으려 두 팔을 내밀었습니다. 그러나 그녀의 애인은 그만 그녀를 떠나버렸습니다. 그녀는 마비되고 넋을 잃은 채 아득한 심연 앞에 서게 되었습니다. 주변은 온통 암흑천지고, 그 어떤 전망도 위안도 기대도 없었습니다! 오로지 그 남자에게서만 자신의 존재를 느꼈는데 그 사람이 자신을 떠났기 때문입니다. 그녀에게는 자신 앞에 놓여 있는 드넓은 세상과 상실감을 보상해줄 많은 사람들이 보이지 않았습니다. 세상 전체로부터 버림받아 오로지 혼자라고 느꼈지요. 극심한 마음의 고통으로 궁지에 몰리고 눈이 멀어버린 그녀는 죽음에 잠겨 모든 고통을 잠재우려 몸을 던지고 말았습니다. 보십시오, 알베르트, 이것은 많은 사람들의 이야기이기도 합니다! 말해보십시오. 이것 역시 앞에서 말한 병의 경우와 마찬가지가 아닐까요? 인간의 본성이 뒤죽박죽이 되고 모순적인 힘들의 미로에서 그 어떤 출구도 찾지 못할 때 그 사람은 죽을 수밖에 없는 거지요.

　그걸 보면서 이렇게 말하는 사람들은 정말이지 비난받아 마땅합니다! '어리석은 여자 같으니! 조금만 기다렸다면, 세월에 몸을 맡겼다면, 절망은 곧 가라앉고 자신을 위로해줄 다른 남자도 나타날 수 있었을 텐데.' 그것은 마치 이렇게 말하는 것이나 마찬가지입니다. '바보 같은 사람, 열병 때문에 죽다니! 조금만 기다리지. 힘이 회복되고 생기를 되찾아, 끓던 피가 가라앉을 때까지 조금만 기다리면 모든 게 잘 풀려서 오늘날까지 살아 있을 텐데!'"

　알베르트는 이 비유도 별로 납득하지 못하겠다는 듯 몇 가지 반론을 펼쳤네. 특히, 내가 이야기한 것은 생각이 단순한 처녀의 경우일 뿐이다, 만일 그 처녀처럼 시야가 좁지 않고 좀 더 넓은 연관관계를 살필 줄 아는 분별력 있는 사람의 경우라면 과연 그 사람도 그렇게 용서해줄 수 있을지 자기로서는 이해하기 힘들다 말하더군. "아, 알베르트." 나는 소리쳤네. "인간은 인간일 뿐입니다. 우리가 지닌 약간의 분별력이란 열정이 몰아치고 인간성의 한계가 닥쳐오면 거의 또는 전혀 소용이 없습니다. 오히려…… 그 이야기는 다음번에 하지요." 나는 그렇게 말하고는 모자를 집어 들었네. 아, 내 가슴은 꽉 막힌 듯했네. 우리는 서로를 이해하지 못한 채 헤어졌네. 이 세상에서 다른 사람을 이해한다는 것이 어찌 이리 힘든지!

8월 15일

분명 이 세상에서 사랑만큼 인간에게 꼭 필요한 것은 아무것도 없네. 나는 로테가 나를 잃고 싶어 하지 않는다는 것을 느낀다 네. 그리고 아이들도 내가 아침이면 언제나 다시 오리라고 생각 하고 있어. 나는 오늘 로테의 피아노를 조율하러 갔는데 그럴 수 가 없었네. 아이들이 동화를 들려달라고 졸랐고, 로테도 내게 아이들의 청을 들어주라고 말했기 때문이지. 나는 아이들에게 저녁 빵을 나눠주었네. 아이들은 이제 로테한테 빵을 받을 때만 큼이나 나한테서도 즐거이 빵을 받아 가네. 그런 다음 나는 수많 은 손들이 나타나서 공주의 시중을 든다는 동화를 들려주었네. 이야기를 하면서 나는 많은 것을 배우고 있네. 정말 그래. 이야 기가 아이들에게 얼마나 큰 인상을 주는지 그저 놀라울 따름이 야. 같은 동화를 두 번째로 다시 들려줄 때면 지엽적인 부분을 잊어버려서 종종 꾸며대곤 하는데, 그럴 때마다 아이들은 곧바 로 지난번에는 그와 달랐다고 말하기 때문이지. 그래서 나는 지 금 그 이야기를 노래하는 듯한 음조로 정확하고 유창하게 암송 하는 연습을 하고 있어. 이를 통해 나는 작가가 자기 작품을 고 쳐서 두 번째 개정판을 내놓을 경우, 비록 그 개정판이 문학적으 로 훨씬 좋아졌다고 할지라도 필경 그 작품을 해칠 수밖에 없다 는 사실을 배웠네. 우리는 늘 첫인상을 받아들일 준비가 되어 있 지. 게다가 우리 인간은 첫인상을 가장 진기한 것이라고 받아들 이곤 하지 않나. 그렇게 되면 그 첫인상이 곧바로 단단히 고착

되어버려서 그것을 다시 긁어내거나 지워버리려는 사람은 애를 먹을 수밖에 없지!

8월 18일

인간에게 행복을 가져다주는 것이 동시에 불행의 원천이 될 수밖에 없단 말인가?

　생생한 자연에서 느끼는 내 마음속의 충만하고 따뜻한 감정은 한때 내게 넘치도록 커다란 기쁨을 주고 주변의 온 세상을 낙원으로 만들어주었지만, 이제는 견딜 수 없는 고통을 주는 존재가 되고 어디를 가든 따라다니며 괴롭히는 악령이 되고 말았네. 예전에 바위에 앉아 강 너머 저쪽 언덕까지 뻗어나간 비옥한 골짜기를 굽어보고 내 주변의 모든 것이 싹트고 솟아나는 것을 볼 때면, 또한 산기슭에서 봉우리까지 커다란 나무로 빽빽하게 덮여 있는 산들을 바라보고 이리저리 굽이치며 뻗어 있는 골짜기에 아름답기 그지없는 숲 그림자가 드리워진 것을 볼 때면, 속삭이는 갈대 사이로 부드러운 강물이 미끄러지고 그 위로 감미로운 저녁 바람에 실려 온 사랑스러운 구름이 비칠 때면, 주변의 새들이 숲에 생기를 불어넣는 소리를 들을 때면, 수많은 모기 떼가 불그스레한 저녁 햇살을 받으며 힘차게 군무를 추고 반짝이는 마지막 햇살이 윙윙대는 딱정벌레를 풀숲에서 풀어놓아줄 때면, 그리고 주변의 웅웅이는 소리와 웅성이는 기척에 땅을 내려다보니 내가 앉아 있는 단단한 바위에서 양분을 빨아올리는 이끼와 그 아래 메마른 모래언덕을 덮고 있는 수풀이 내게 자연의 내밀하고 성스러운 불타는 생명력을 열어 보여줄 때면, 나는 이 모든 것을 내 뜨거운 가슴에 끌어안고 넘쳐흐르는 충만함으로 신이 된 듯한 느낌을 받았다네. 내 영혼 속에서는 무한한 세계의 장려한 형상들이 모든 것에 생기를 불어넣으며 약동하곤 했지. 거대한 산들이 나를 둘러싸고 심연이 내 앞에 놓여 있었으며, 계곡의 물들이 쏟아져 내리고, 발아래에선 강물이 흐르는 소리가 숲과 봉우리에 메아리쳤네. 그리고 알 수 없는 모든 힘들이 대지의 깊은 곳에서 서로 작용하며 활동하고 있는 것을 보았지. 하늘 아래 대지 위에는 온갖 종류의 생명체들이 북적대고 있네. 온갖 생명들이 수천의 형상을 하고 모여 살고 있네. 그런데 인간들은 안전하게 자그만 집에 모여 둥지를 틀고는 드넓은 세상을 지배하고 있다고 생각하지! 불쌍한 바보들 같으니! 스스로가 보잘것없는 존재이기에 모든 것을 하찮게 여기는 것이네. 그러나 영원한 창조주의 정신은 인간이 오를 수 없는 높은 산에서부터 전인미답의 황무지를 넘어 미지의 대양 끝까지 훨훨 날아가고, 당신에게 귀 기울이는 살아 있는 존재라면 한낱 티끌까지도 기뻐하신다네. 아, 그 시절 나는 내 머리 위로 날아가는 학의 날개를 빌려 가없는 대양의 저편 기슭까지 날아가 영원한 존재자의 거품 이는 잔에서 용솟음치는 삶의 기쁨을 들이마시고, 한 순간만이라도 미약하기만 한 내 가슴의 힘으로, 모든 것을 자신 안에서 그리고 자신을 통해 만들어내는 그런 존재의 희열을 한 방울이라도 맛볼 수 있기를 얼마나 자주 동경했던가!

형제여, 그때를 회상하는 것만으로도 나는 행복해지네. 저 말로 표현할 수 없는 느낌을 불러내어 다시 말로 표현해보려는 이러한 노력조차도 내 영혼을 높이 고양시키지. 하지만 그러고 나면 지금 나를 둘러싸고 있는 불안한 상황이 갑절이나 더 절실하게 느껴지네.

내 영혼 앞에 드리워진 장막이 걷힌 것 같네. 끝없는 삶의 무대가 내 앞에서 영원히 입을 벌리고 있는 무덤의 심연으로 변해가고 있어. 모든 것이 다 사라져가는데도 자네는 '존재는 그런 거야!'라고 말할 수 있겠는가? 모든 것이 번개처럼 쏜살같이 지나가고, 존재의 온전한 힘은 거의 지속되지 못하고, 아, 물결에 휩쓸려 가라앉고 바위에 부딪혀 산산조각 나지 않는가? 어느 한 순간도 자신과 주변 사람들을 소모시키지 않는 순간이란 없고, 스스로가 파괴자이거나 파괴자가 되지 않는 순간이란 없다네. 지극히 무해한 산책마저도 수많은 불쌍한 벌레들의 생명을 앗아가고, 발자국 하나가 개미들이 힘들게 지은 집을 파괴하고 그 작은 세계를 끔찍한 무덤으로 만들어버리지 않는가. 아! 내 마음을 흔드는 것은 거대하지만 드물게 일어나는 재난, 마을을 휩쓸어버리는 홍수나 도시를 삼켜버리는 지진 같은 것이 아니네. 내 마음을 뒤흔드는 것은 자연의 우주 속에 숨어 있는 소진시키는 힘이야. 자기 이웃과 자기 자신을 파괴하는 것 말고는 아무것도 하지 않는 그런 힘 말이야. 이런 생각으로 나는 불안에 떨며 비틀거리고 있네. 나를 둘러싼 하늘과 땅 그리고 생동하는 힘들

에서 나는 오로지 영원히 집어삼키고 영원히 되새김질하는 괴
물만을 볼 뿐이네.

8월 21일

아침에 무거운 꿈에서 깨어날 때마다 그녀를 향해 팔을 뻗지만
소용이 없네. 풀밭에서 그녀 옆에 앉아 손을 잡고 수없이 입맞춤
을 퍼붓는 행복하고 순수한 꿈에 황홀해하며 밤마다 침대 속에
서 그녀를 애타게 찾아보지만 역시 헛수고일 뿐이네. 아아, 잠
이 덜 깬 상태로 그녀를 찾아 더듬다가 정신이 들면 억눌린 가슴
에서 눈물이 물밀듯 터져 나온다네. 나는 암담한 미래를 생각하
며 절망해서 하염없이 눈물을 흘린다네.

8월 22일

빌헬름, 참으로 불행한 일이야. 내 활동력이 불안한 게으름으
로 바뀌고 말았어. 빈둥거리며 가만히 있을 수도 없고, 그렇다
고 무언가를 할 수도 없네. 상상력도 고갈되고, 자연에 대한 감
흥도 사라져버렸네. 책을 보면 구역질이 나. 우리는 자신을 잃
어버리면 모든 것을 다 잃는 것이나 마찬가지야. 자네에게 맹세
하건대, 나는 종종 날품팔이 노동자가 되었으면 하고 바랄 때가

많아. 아침에 잠에서 깨어날 때면 그날 하루에 대한 전망과 갈망 그리고 희망을 갖기 위해서 말이야. 서류에 파묻혀 있는 알베르트를 보며 나는 자주 그를 부러워하네. 내가 그의 자리에 있을 수 있다면 얼마나 좋을까 하고 상상하지! 공사관에 자리를 얻기 위해 자네와 장관에게 편지를 써야겠다는 생각이 벌써 여러 번 들었네. 그 자리라면 거절당할 일이 없을 거라고 자네가 확신하고 있는 것처럼 나 또한 그렇게 믿고 있네. 장관은 오래전부터 나를 아껴왔고, 내가 어떤 일이든 일을 해야 한다고 오랫동안 독려해오셨으니까. 잠시 그렇게 해야겠다는 생각이 들기도 했네. 하지만 다시 생각해보니 말에 관한 우화가 생각나는 거야. 자신에게 주어진 자유를 견디지 못해 안장과 마구를 얹어달라 하여 사람을 태우고 달리다가 결국 쓰러져버린 말 이야기 말일세. 어떻게 해야 할지 나도 모르겠어. 친구여, 상황의 변화를 바라는 내 동경이 혹시 내가 어디를 가든 따라다닐 내 내면의 불안한 초조감에서 나온 것은 아닐까?

8월 28일

내 병이 나을 수 있는 것이라면 그 병을 고쳐줄 사람은 분명 이 사람들일 거야. 오늘은 내 생일이네. 아침 일찍 알베르트로부터 작은 소포를 받았네. 소포를 열자 바로 분홍색 리본이 눈에 띄었어. 로테를 처음 만났을 때 그녀가 달고 있던 것이지. 나중에 내가 그걸 달라고 몇 번인가 부탁을 했었지. 상자에는 책도 두 권이 들어 있었네. 베트슈타인 출판사에서 나온 작은 호메로스 책으로, 산책할 때 큼직한 에르네스트 판을 들고 다니기 불편해서 내가 아주 오랫동안 갖고 싶어 하던 것이네. 알겠지? 그들은 내 소망을 미리 알아채고는 우정 어린 호의로 이 모든 세세한 선물을 찾아낸다네. 이러한 선물은 주는 사람의 허영심이나 드러내서 우리에게 굴욕감을 안겨주는 휘황찬란한 선물보다 수천 배나 값지지. 나는 그 리본에 수천 번 입을 맞추며, 숨 쉴 때마다 다시는 돌아오지 않을 저 행복했던 며칠간의 추억, 그때 내 마음을 가득 채웠던 환희의 추억을 들이마시고 있네. 빌헬름, 이런 상황이네. 하지만 나는 인생의 활짝 핀 꽃도 한갓 환영일 뿐이라고 불평하지 않겠네! 얼마나 많은 꽃들이 흔적도 없이 사라지고, 얼마나 적은 수의 꽃들이 열매를 맺으며, 그중에서 또 얼마나 적은 수의 열매만이 무르익는가! 그래도 무르익은 열매는 충분히 많다네. 그러니—아, 내 형제여—우리가 어찌 이 무르익은 열매들을 소홀히 하고, 등한시하며, 맛도 보지 않은 채 썩게 내버려둘 수 있겠는가?

잘 있게나! 참으로 멋진 여름이야. 나는 종종 로테의 정원에서 기다란 막대가 달린 과일따개를 들고 나무에 걸터앉아 꼭대기에 달린 배를 따곤 하지. 그러면 로테는 나무 아래에 서서 내가 떨어뜨리는 열매를 받는다네.

8월 30일

불행한 인간이여! 너는 바보 천치가 아닌가? 너 자신을 속이고 있지 않은가? 이 끝없이 들끓는 격정은 대체 무어란 말인가? 나는 그녀를 향한 기도 말고는 그 어떤 기도도 할 수 없고, 머릿속에는 오직 그녀의 모습밖에 떠오르지 않고, 주변의 세상 모든 일을 오로지 그녀와의 관계 속에서만 바라보고 있네. 그렇게 함으로써 참으로 행복한 시간을 보내지—그녀에게서 다시 떠나야 하는 순간까지는 말이야! 아, 빌헬름! 대체 내 마음이 나를 자꾸 어디로 내모는 것인지! 그녀 곁에 두세 시간쯤 앉아 그녀의 모습과 행동을 보고 그녀의 매혹적인 말을 들으며 기뻐하고 있노라면 내 모든 감각이 점점 옥죄어와서 눈앞이 캄캄해지고 아무 소리도 들리지 않게 된다네. 마치 암살자가 내 목이라도 조르는 것처럼 숨이 막히고, 답답해진 감각에 숨통을 틔워주려 심장이 거칠게 뛰지만, 그게 오히려 가슴의 혼란을 가중시키지. 빌헬름, 그럴 때면 나는 종종 과연 내가 이 세상에 존재하는지조차 알 수가 없어! 그리고 때때로 슬픔이 밀려올 때, 로테의 손에 얼굴을 묻고 실컷 울어서라도 답답한 심정을 떨쳐버리곤 하던 그 가련한 위안조차 내게 허락되지 않을 때면 나는 자리에서 일어나 밖으로 나갈 수밖에 없네. 그러고는 먼 들판을 헤매고 다니지. 가파른 산을 기어오르고, 길도 없는 숲 속을 헤쳐가며 덤불에 긁히고 가시에 찔리는 데서 희열을 느낀다네! 그러면 조금 기분이 나아지지! 조금은 말이야! 그러다 지치고 목이 말라 몇 번이고 중간에 쓰러진 적도 있어. 보름달이 머리 위에 떠 있는 한밤중에, 상처 난 내 발바닥을 잠시 쉬게 해주려고 고요한 숲속 굽은 나무 위에 걸터앉아 있다가 기진하여 어스름한 달빛 속에서 어렴풋이 잠이 들 때도 있어! 아, 빌헬름! 수도원의 고독한 독방과 털로 짠 수도자의 의복 그리고 가시 박힌 허리띠를 내 영혼은 간절히 갈망하고 있네. 잘 있게! 이 비참한 상황을 끝내려면 무덤 외엔 달리 없을 듯하네.

9월 3일

떠나야겠네! 흔들리는 내 결심을 확고히 잡아주어 고맙네, 빌헬름. 벌써 2주 전부터 나는 로테를 떠나야겠다는 생각을 하고 있어. 떠나야만 해. 그녀는 다시 시내의 여자 친구 집에 가 있네. 그리고 알베르트는……. 나는 떠나야만 하네.

9월 10일

힘든 밤이었네, 빌헬름! 이제 모든 것을 견뎌보겠어. 그녀를 다시는 만나지 않을 걸세! 자네의 목에 매달려 눈물을 펑펑 쏟으며 내 가슴속에 휘몰아치는 감정을 털어놓을 수 있으면 좋으련만! 나는 여기에 앉아 가쁜 숨을 고르며 아침을 기다리고 있네.

날이 밝으면 마차가 오기로 했네.

아아, 그녀는 편안히 잠들어 있겠지. 나를 다시는 보지 못하리라고는 전혀 생각도 못 할 거야. 나는 굳게 마음을 먹고 두 시간 동안 이야기를 나누면서도 내 계획을 누설하지 않았고, 그녀에게서 결연히 떠나왔네. 아아, 얼마나 굉장한 대화였던가!

알베르트는 저녁식사 후 곧바로 로테와 함께 정원으로 나오겠다고 약속을 하였네. 나는 커다란 밤나무 아래에 있는 테라스에 서서 마지막으로 사랑스러운 계곡과 부드러운 강물 너머로 지는 태양을 바라보았지. 그녀와 함께 이곳에 서서 자주 이 장엄한 광경을 바라보고는 했는데, 그런데 이제는……. 나는 평소에 좋아하던 가로수길을 이리저리 거닐었네. 로테를 알기 전부터 난 이곳의 어떤 비밀스럽고 정감 가는 기운에 이끌려 머물곤 했지. 우리가 서로 알게 된 지 얼마 안 되었을 때, 우리 둘 다 이곳을 좋아한다는 사실을 알고 얼마나 기뻐했는지. 정말 이곳은 내가 보았던 예술작품 속의 그 어떤 곳보다도 낭만적이라네.

우선 밤나무들 사이로 드넓은 전망이 펼쳐지지. 아, 내 기억으로는 이곳에 대해 자네에게 이미 여러 차례 언급한 것 같은데. 커다란 너도밤나무들이 벽처럼 둘러싸고 있고, 그 앞의 관목숲 때문에 가로수길이 점점 어두워지다가 마침내 사방이 온통 막힌 작은 공간으로 끝나는데 그곳에는 전율을 불러일으키는 적막감이 감돈다고 말이야. 어느 환한 대낮에 내가 처음으로 그곳에 발을 들여놓았을 때 얼마나 은밀한 느낌을 받았는지 아직도 생생하게 느낄 수 있어. 그때 나는 그곳이 장차 지극한 기쁨과 고통의 무대가 되리라는 것을 어렴풋이 예감했었지.

한 30분 정도 이별과 재회의 안타깝고 달콤한 생각에 잠겨 있을 때 그들이 테라스로 올라오는 소리가 들렸네. 나는 그들에게 달려가 전율을 느끼며 로테의 손을 잡고 입을 맞추었지. 우리가 테라스로 올라오자 마침 덤불숲 뒤 언덕 위로 달이 떠올랐어. 우리는 이런저런 이야기를 나누며 어두컴컴한 정자에 이르렀지. 로테가 먼저 안으로 들어가 앉자 알베르트와 내가 그 옆에 앉았네. 하지만 나는 초조해져서 오래 앉아 있을 수가 없었네. 나는 일어나 그녀 앞에서 서성이다가 다시 자리에 앉았어. 그래도 불안하고 초조했지. 그때 로테가 너도밤나무 숲 바로 위로 떠올라 테라스 전체를 비추고 있는 달빛의 멋진 효과로 우리의 주의를 환기시켰네. 우리 주위를 감싼 깊은 어둠 때문에 명암이 더욱 도드라져 참으로 멋진 광경이었지. 우리는 말없이 앉아 있었어. 얼마 후 로테가 말을 꺼냈네. "달빛 속을 산책할 때면 언제나 돌아가신 분들이 생각나요. 그리고 죽음이나 내세에 대한 예감에 사로잡히지요. 그렇지 않은 적이 한 번도 없어요. 우리도 언젠가는 내세에 가겠지요!" 그녀는 황홀한 감정이 깃든 목소리로 계속했네. "그런데 베르터, 우리가 그곳에서 서로를 다시 만날 수 있을까요? 서로를 알아볼 수 있을까요? 어떻게 생각하세요? 말씀해주시겠어요?"

"로테." 나는 그녀의 손을 잡고 눈물이 가득한 채 대답했네. "우리는 다시 보게 될 겁니다! 이승에서도 저승에서도 꼭 다시 만나게 될 겁니다!" 나는 더 이상 말을 이을 수가 없었네. 빌헬름, 내가 가슴속에 이다지도 쓰라린 이별의 근심을 품고 있는 이때 그녀가 바로 그런 질문을 던지다니!

로테가 말을 계속했네. "우리가 사랑했던 고인들은 우리가 어떻게 지내는지 알고 계실까요? 그분들은 우리가 잘 지내고 있다는 것을, 그리고 우리가 언제나 그분들을 따뜻한 사랑으로 기억하고 있다는 것을 알고 계실까요? 아, 고요한 밤에 어머니의 아이들이자 제 아이들인 동생들과 함께 앉아 있을 때면, 동생들이 한때 어머니를 둘러싸고 있던 것처럼 제 주위를 둘러싸고 있을 때면, 전 어머니의 혼령이 제 주위를 맴돌고 있는 것만 같아요. 그러면 그리움에 눈물을 흘리며 하늘을 올려다보고 빌곤 하지요. 어머니의 임종 순간에 아이들의 엄마가 되어주겠다고 한 약속을 제가 얼마나 잘 지키고 있는지 한순간만이라도 어머니가 내려다보실 수 있기를 말이에요. 그러고는 감동에 겨워 이렇게 외치지요. '어머니, 제가 아이들에게 어머니가 해주셨던 것처럼 해주지 못했다면 용서해주세요. 아아, 하지만 제가 할 수 있는 최선을 다하고 있어요. 아이들에게 옷을 입히고, 음식을 차려주고, 그리고 그 무엇보다도 정성껏 보살피고 사랑을 주고 있어요. 사랑하는 어머니! 우리가 화목하게 지내는 모습을 보실 수 있다면, 아마도 어머니는 쓰디쓴 마지막 눈물을 흘리며 아이들의 행복을 간청했던 그 하느님께 뜨거운 감사를 드릴 거예요.'"

그녀는 그렇게 말했네! 아 빌헬름, 그녀가 말한 것을 어느 누가 그대로 재현할 수 있겠는가? 차갑게 죽은 활자로 어떻게 이렇듯 찬란하게 피어나는 정신을 표현할 수 있겠는가! 알베르트가 조심스레 그녀의 말에 끼어들었네. "사랑하는 로테, 너무 과도하게 생각하면 몸에 해로워요! 당신의 영혼이 곧잘 그런 생각에 빠진다는 것은 알지만, 로테 제발 부탁이니……." "아, 알베르트." 그녀가 말했네. "아버지께서 여행 중이실 때 아이들을 재운 뒤 우리가 작은 원탁에 함께 앉아 있던 그 밤들을 당신은 잊지 않으셨을 거예요. 당신은 종종 좋은 책을 손에 들고 왔지만 그걸 읽는 일은 드물었어요. 어머니의 고결한 영혼과 교감하는 것이 그 무엇보다 중요해서였지 않나요? 어머니는 아름답고 인자하며 밝고 활동적인 분이셨지요! 하느님은 제 눈물의 의미를 아실 거예요. 제가 침대에서 자주 하느님 앞에 엎드려 눈물을 흘리며 어머니처럼 되게 해달라고 기도하곤 했으니까요."

"로테!" 나는 외치며 그녀 앞에 무릎을 꿇고 손을 잡아 한없는 눈물로 그 손을 적셨네. "로테! 하느님의 축복이 당신에게 내리고 어머님의 영혼이 당신을 굽어볼 겁니다." "당신도 우리 어머니를 아셨더라면 좋았을 텐데"라고 말하면서 그녀는 내 손을 꼭 쥐었네. "우리 어머니는 당신 같은 분이 아셔야 할 만큼 훌륭한 분이셨어요." 나는 너무나 감동해서 쓰러질 지경이었네. 나에 대해 그보다 더 위대하고 자랑스러운 찬사는 들어보지 못했으니까. 그녀는 말을 계속했네. "어머니는 한창 나이일 때 돌아가셨어요. 막내가 여섯 달도 채 안 되었을 때였지요! 병을 오래 앓지는 않으셨어요. 어머니는 의연히 운명에 순종하셨어요. 다만 아이들, 특히 막내 때문에 가슴 아파 하셨지요. 마지막 순간이 다가오자 어머니는 '아이들을 데려오렴' 하고 제게 말씀하셨어요. 동생들이 들어왔어요. 작은 애들은 무슨 영문인지 몰랐고, 큰 애들은 어찌해야 할지 모른 채 침대 주위에 둘러섰지요. 어머니는 두 손을 모아 아이들을 위해 기도드린 후 동생들에게 차례차례 입맞춤을 해주시고는 밖으로 내보내셨어요. 그러고는 제게 '저 아이들의 엄마가 되어주렴!' 하고 말씀하셨지요. 저는 어머니의 손을 잡고 맹세했어요. '내 딸아, 네가 한 약속은 힘든 것이란다. 어머니의 가슴과 어머니의 눈을 가져다오. 그게 무엇인지 네가 느끼고 있다는 것을 나는 종종 네가 흘리는 감사의 눈물에서 알 수 있었단다. 그 마음을 잃지 말고 동생들을 잘 보살피고 아버지를 아내와 같은 성실과 순종으로 모셔다오. 아버지를 잘 위로해드리려무나.' 그리고 어머니는 아버지를 찾으셨어요. 하지만 아버지는 참을 수 없는 슬픔을 우리에게 보이지 않으려고 밖에 나가 계셨어요. 아버지는 상심이 무척 크셨어요.

알베르트, 그때 당신은 방 안에 있었지요. 어머니는 인기척을 듣고 누구냐고 물으신 후 당신을 가까이 부르셨어요. 그리고 당신과 나를 가만히 바라보셨어요. 어머니의 조용한 안도의 눈길은 우리가 행복하리라는 것을, 함께 행복하게 잘 살리라는 것을 말하고 있었지요." 알베르트는 로테의 목을 끌어안고 입을 맞추고는 큰 소리로 말했네. "그래요, 우리는 지금 행복해요! 앞으로도 행복할 거고요!" 평소 침착한 알베르트도 평상심을 잃었고, 나도 어찌해야 할지 모를 지경이었네.

"베르터." 그녀가 말을 이었네. "그런 어머니가 돌아가신 거예요! 아아, 우리 인생에서 가장 소중한 것을 빼앗긴다는 것이 무엇일지 가끔 생각해요. 자식들만큼 그것을 더 절절히 느끼진 못할 거예요. 나중에까지 아이들은 오랫동안 검은 옷을 입은 남자들이 어머니를 데려갔다고 슬퍼했어요!"

로테가 일어났네. 나는 정신을 차렸지만 감동에 겨워 그녀의 손을 잡은 채로 앉아 있었네. "우리 이제 가요. 시간이 되었어요." 그녀가 말했네. 그녀가 손을 빼려고 했지만 나는 더욱 힘주어 잡았네. "우리는 다시 보게 될 겁니다." 나는 소리쳤네. "우리는 다시 만날 수 있을 거예요. 우리가 어떤 모습을 하고 있건 우리는 서로를 알아볼 수 있을 겁니다. 나는 떠나렵니다." 나는 계속했네. "나는 기꺼이 떠나렵니다. 하지만 영원한 작별이라고 말해야 한다면 견딜 수 없을 거예요. 로테, 부디 안녕히! 잘 있어요, 알베르트! 우리 다시 만나기로 해요." "그러니까 내일 말이지요." 그녀는 농담조로 대답했네. 나는 그 내일을 가슴 깊이 느꼈네! 그녀는 아무것도 모른 채 내게서 손을 뺐네. 두 사람은 가로수길을 따라 내려갔고 나는 그 자리에 서서 달빛 속을 걸어가는 그들을 바라보았네. 그러고는 바닥에 몸을 던져 흐느껴 울었지. 그러다 벌떡 일어나 테라스 위로 뛰어 올라갔네. 저기 커다란 보리수나무 그늘 속에서 정원 문으로 다가가는 그녀의 하얀 옷이 보였네. 나는 두 팔을 뻗어 잡으려 했지만 그녀의 모습은 이미 사라지고 없었네.

제2부

1771년 10월 20일

어제 우리는 이곳에 도착했네. 공사는 몸이 좋지 않아 며칠간 쉴 모양이야. 그가 그렇게 불친절하지만 않아도 모든 일이 잘 풀릴 텐데. 아무래도 운명이 내게 가혹한 시련을 주려고 작정한 것만 같네. 하지만 용기를 내야지! 쾌활한 마음이 모든 것을 견디게 해주니까! 쾌활한 마음이라고? 어찌하여 이 단어가 내 펜 끝에서 흘러나왔는지 웃음이 나네. 내가 약간만이라도 좀 더 경쾌한 기질을 가졌다면 하늘 아래 가장 행복한 사람이 될 수도 있었을 텐데. 그런데! 다른 이들은 보잘것없는 능력과 재주를 지니고도 뻐기면서 내 앞을 활보하고 다니는데 왜 나는 내 능력과 재능에 대해 절망하고 있단 말인가? 이 모든 것을 제게 주신 자비로운 하느님, 어찌하여 당신은 차라리 제 재능의 절반을 가져가시고 대신 자신감과 자족감을 주지 않으셨습니까?

참자! 참아야지! 그러면 나아질 거야. 사랑하는 친구여, 자네가 옳았어. 매일매일 사람들 사이에서 부대끼며, 그들이 무슨 일을 어떻게 하고들 있는지 보고 난 다음부터는 나를 훨씬 더 잘 추스를 수 있게 되었네. 분명 우리는 모든 것을 우리 자신과 비교하고, 우리를 다른 모든 것과 비교하도록 만들어진 존재이기에 행복과 불행이란 우리가 비교하는 대상에 달려 있는 것 같네. 그렇기에 고독보다 더 위험한 것은 없지. 우리의 상상력은 그 본성상 꼬리에 꼬리를 물고 이어지는 데다 문학작품 속 인물들의 환상적 모습에 영향을 받아 우리는 사람들을 여러 층위로 나누곤 하지. 그런데 자기 자신을 제일 낮은 곳에 위치시키고는 자신을 제외한 다른 모든 이들은 자기보다 훌륭하고 완전하다고 여기는 것이야. 이는 아주 자연스러운 일이지. 우리는 종종 스스로에게는 많은 것이 부족하다고 느끼면서 다른 사람은 그것을 갖고 있다고 생각해. 우리가 지니고 있는 모든 것은 물론 더 나아가 이상적인 행복마저 그 사람에게 부여한단 말이네. 그렇게 해서 가장 행복한 사람이 만들어지는 것인데, 실상 그것은 우리 스스로가 만들어낸 존재일 뿐이야.

그와는 반대로 우리가 아무리 약점이 많고 힘들어도 꿋꿋하게 앞으로 나아간다면, 비록 느리고 구불구불 가더라도 궁극적으로는 돛을 달고 노를 저어가는 사람들보다 앞서 갈 수 있음을 알게 된다네. 그리하여 다른 사람과 비슷해지거나 앞서 나갈 때 비로소 자기 자신에 대해 자신감을 갖게 되는 것이지.

1771년 11월 26일

어떻든 이 정도면 여기서도 견딜 만할 수 있게 되었어. 무엇보다 할 일이 잔뜩 있다는 것이 제일 다행이야. 그리고 각양각색의 사람들이 내 영혼에 다채로운 구경거리를 보여주고 있지. C백작을 알게 되었는데, 시간이 지날수록 더욱 존경하지 않을 수 없는 그런 분이네. 그분은 폭넓은 사고와 뛰어난 머리, 통찰력을 지녔음에도 성격은 전혀 차갑지 않네. 우정과 사랑에 대한 그분의 풍부한 감수성은 일단 교류를 해보면 금방 드러나네. 업무차 처음 만났을 때 그분은 벌써 첫마디에서 우리가 서로를 잘 이해하고, 그 어떤 사람보다도 이야기가 잘 통한다는 것을 알고는 내게 관심을 갖게 되었다네. 내게 보여준 그분의 솔직한 태도 또한 아무리 칭송해도 모자랄 정도야. 다른 사람에게 마음을 터놓는 위대한 영혼을 보는 것만큼 따뜻하고 참다운 기쁨은 이 세상 어디에도 없을 걸세.

1771년 12월 24일

미리 예견은 했지만 공사는 나를 너무 불쾌하게 만든다네. 그는 세상에서 가장 고집이 세고 꽉 막힌 인물이야. 매사를 자로 재듯 좀스럽게 처리하고, 늙은 시어머니처럼 깐깐하기 그지없네. 결코 자신에게 만족하지 못하는 인간이기에 그 누구에게도 감사할 줄을 모르지. 나는 일을 신속히 처리하기를 좋아하고 일단 처리한 것은 그냥 내버려두는 편인데 공사는 내게 서류를 되돌려주면서 이렇게 말한다네. "이것도 좋기는 하지만 다시 꼼꼼히 검토해보게. 좀 더 나은 단어나 좀 더 깔끔한 표현을 찾을 수 있을 걸세." 그러면 나는 미칠 것 같네. '그리고' 같은 접속사 하나도 빠져서는 안 된다는 거지. 내가 종종 사용하는 도치법을 그는 불구대천의 원수처럼 대한다네. 조금이라도 관례에서 벗어나서 복잡한 문장을 쓰기라도 하면 전혀 이해를 못 해. 이런 인간과 일을 해야 한다니 정말 괴로울 따름이야.

C백작의 신뢰가 그나마 내게는 유일한 위안이야. 지난번에 그는 공사의 느리고 지나치게 꼼꼼한 일처리 방식이 마음에 들지 않는다고 내게 솔직하게 털어놓았네. "그런 사람들은 자기 자신뿐만 아니라 다른 사람들까지 힘들게 하지요." 그가 말했네. "하지만 산을 넘어야만 하는 나그네처럼 어쩔 수 없이 참고 견디는 수밖에 없습니다. 물론 산이 없다면 가는 길이 훨씬 수월하고 거리도 한결 가깝겠지요. 하지만 산이 가로막고 있다면 그걸 넘어가는 수밖에 없지 않겠소!"

그런데 늙은 공사도 백작이 자기보다 내게 더 호감을 가지고 있음을 눈치챈 모양일세. 그게 그를 화나게 하는지 기회 있을 때마다 내 앞에서 백작의 험담을 늘어놓는다네. 당연히 나는 그 말에 반박을 하지만 그로 인해 상황은 점점 더 나빠질 뿐이야. 어제는 그가 나까지 함께 싸잡아 비난하는 바람에 울화통이 치밀었네. 백작이 세속적인 일처리를 잘하지만 그것은 일을 너무 가볍게 처리하기 때문이며, 글을 잘 쓰기는 하지만 모든 문필가가 그렇듯 근본적인 학식이 부족하다나. 그런 다음에 공사는 마치 '어때, 자네도 뜨끔하지?'라고 말하는 듯한 표정을 지었네. 하지만 그런 것은 내게 아무런 영향도 끼치지 못했네. 그런 생각과 행동을 하는 인간을 나는 경멸하거든. 나는 굽히지 않고 상당히 과격하게 맞섰네. 백작은 성품으로 보나 학식으로 보나 우리가 존경해야 마땅한 그런 분이라고 말했지. "저는 백작처럼 자신의 정신을 확장시켜서 그것을 수많은 대상에 적용하는 것은 물론 이러한 정신 활동을 일상의 삶에서도 계속 성공적으로 견지하는 분을 아직 만나본 적이 없습니다." 하지만 공사에게는 쇠귀에 경 읽기였네. 나는 쓸데없는 말로 더 이상 분란을 일으키지 않기 위해 작별을 고하고 물러 나왔네.

이렇게 된 것은 모두 자네들 책임이야. 자네들이 내게 이런 멍에를 지라고 떠들어댔고, '일, 직업적 활동' 운운하며 노래를 부르지 않았나. 일이라니! 감자를 심고 시내에 곡식을 내다 파는 농부가 지금의 나보다 더 많은 일을 하고 있네. 만일 그렇지 않다면 그 벌로 나는 지금 내가 묶여 있는 이 노예선에서 앞으로 10년은 더 일하도록 하겠네.

서로 눈치나 보는 이곳 역겨운 인간들의 겉만 번지르르한 천박함과 그 따분함이라니! 서로 한 발짝이라도 앞서겠다고 감시하고 동정을 살피는 그들의 출세욕, 비참하고 천박하기 짝이 없는 병적인 집착. 한 여인을 예로 들어보지. 그녀는 만나는 사람들한테마다 자신의 귀족 가문과 영지에 대해 자랑을 늘어놓는

다네. 그래서 사정을 잘 모르는 사람까지도, 별 볼일 없는 가문과 영지를 마치 대단한 듯 자랑하다니 어리석은 여자로군 하고 생각할 정도네. 그런데 더 황당한 것은 그녀가 이곳 근처에 사는 어느 관청 서기의 딸이라는 것이네. 나는 정말 그렇게 아무 생각도 없이 천박하게 자신을 마구 드러내는 인간들을 이해할 수가 없네.

친구여, 물론 나도 자신의 기준으로 다른 사람들을 평가하는 것이 얼마나 어리석은 일인지 매일 절실히 느끼고 있어. 내 일도 잔뜩 쌓여 있고, 내 마음도 이처럼 거칠게 일렁이고 있으니, 만일 다른 사람들이 내가 내 길을 가도록 그냥 내버려둔다면 나도 그들이 어떤 길을 가든 상관하고 싶지 않네.

나를 가장 화나게 하는 것은 사람들의 운명 같은 계급 관계야. 물론 나도 신분의 차이가 필요하고 그것이 나 자신에게도 이득을 가져다준다는 것을 잘 알고 있네. 하지만 그것이 내가 이 세상에서 약간의 기쁨과 일말의 행복을 누리려 할 때 방해가 되지는 않았으면 좋겠어. 최근 산책길에서 나는 B양을 알게 되었네. 그녀는 이 힘겹고 빡빡한 세상 속에서도 애초의 본성을 그대로 간직하고 있는 사랑스러운 아가씨였네. 이야기를 나눠보니 서로에게 호감이 생겨서 헤어질 때 나는 그녀의 집을 방문해도 좋겠는지 물어보았네. 그녀가 너무도 선뜻 허락을 하는 바람에 나는 그녀를 방문할 적당한 시기까지 기다릴 수가 없었네. 그녀는 이 지방 출신이 아니어서 친척 아주머니 집에 살고 있더군. 그 노부인은 인상이 마음에 들지 않았네. 하지만 나는 그 부인에게 신경을 써서 대부분의 대화를 그녀와 나누었네. 그래서 30분 도 안 되어 나중에 B양이 털어놓은 사실을 벌써 알게 되었네. 그 러니까 그녀의 아주머니는 그 정도 나이임에도 여러모로 형편 이 좋지 않고, 이렇다 할 재산이나 재주도 없어서 조상들의 족보 외에는 의지할 데가 없다는 것이었네. 그래서 알량한 신분만이 그녀의 유일한 방패막이고, 유일한 낙이라야 2층에서 지나가는 사람들을 내려다보는 것이 고작이라 하네. 젊은 시절에는 꽤 미 인이었다고 하는데 변덕스러운 마음으로 불쌍한 청년들을 여럿 울리며 지냈다더군. 그러다 나이가 들자 어느 나이 지긋한 장교 에게 순종하며 지냈다 하고. 장교는 그 대가로 상당한 생활비를 대주며 마지막 시기를 함께 지내다 세상을 떠났다 하네. 이제 그 부인도 오십 줄에 들어 혼자 살고 있는데, 조카딸이 그렇듯 다정 하지 않았다면 아마 돌봐줄 이가 아무도 없었을 걸세.

1772년 1월 8일

온통 격식에만 연연하면서 오로지 조금 더 높은 자리로 올라가 려고만 기를 쓰는 인간들이란 대체 어떤 족속들이란 말인가! 그 밖에 다른 할 일이 없는 것도 아닌데. 아니, 오히려 사소한 일에 신경 쓰느라 정작 중요한 일은 팽개쳐놓아서 일이 산더미처럼 쌓이곤 하지. 지난주에는 썰매를 타다가 논쟁이 벌어지는 바람 에 그만 모든 즐거움을 망치고 말았네.

원래 지위라는 것이 전혀 중요치 않으며, 최고의 자리에 있는 이가 최고의 역할을 하는 것도 아니라는 사실을 알지 못하는 바보들 같으니! 얼마나 많은 왕들이 재상들에게, 그리고 얼마나 많은 재상들이 비서들에게 조종되고 있는가! 그렇다면 대체 제일 높은 자리에 있는 자는 누구란 말인가? 내 생각에는 다른 이들을 잘 파악해서 그들의 힘과 열정을 자신의 계획 실행을 위해 발휘하도록 만드는 능력과 머리를 가진 사람이라네.

1월 20일

사랑하는 로테, 지금 나는 당신에게 편지를 쓰지 않을 수 없습니다. 이곳은 내가 심한 눈보라를 피해 들어온 초라한 농가의 자그만 방입니다. 암울한 보금자리인 D시에서는, 내게는 너무 낯설기만 한 사람들 사이에서 지낼 때에는, 당신에게 편지를 쓸 마음의 여유가 없었습니다. 눈보라와 우박이 창문으로 몰아치는 여기 이 오두막의 고독 속에 잠기니 당신이 제일 먼저 떠올랐습니다. 오오, 로테, 이곳에 발을 들여놓자마자 불현듯 당신의 모습과 당신 생각이 떠올랐습니다! 이토록 성스럽고 이토록 따스하게! 아아! 당신을 처음 보았던 행복한 순간이 다시 떠올랐습니다.

사랑하는 로테, 허망함의 늪에 빠진 내 모습을 당신이 보신다면! 내 마음은 얼마나 메말랐는지! 한순간도 마음의 충만함을 느낄 수 없고 행복한 시간 역시 한순간도 없습니다! 아무것도, 정말 아무것도 없습니다! 마치 작은 인간들과 작은 말들이 빙빙 돌아가는 요지경 안을 들여다보고 있는 것만 같아요. 그래서 종종 내 눈이 잘못 보고 있는 것은 아닐까 자문해보곤 합니다. 나도 그 연기에 동참하지만 오히려 꼭두각시처럼 누군가에게 조종당하는 것만 같습니다. 그래서 옆에 있는 사람의 손을 잡아보았다가 그것이 나무로 된 손이라 깜짝 놀라 뒷걸음질 치기도 하지요. 저녁이면 다음 날의 해돋이를 구경하리라 다짐하지만 아침이 되면 침대에서 일어나지 않고, 낮에는 밤의 달빛을 즐기리라 마음먹지만 밤이 되면 방 안에 틀어박혀 있어요. 무엇을 위해 일어나고 무엇 때문에 잠자리에 드는지 정말 알 수가 없습니다.

내 삶에 활력을 주었던 효모가 이젠 사라지고 없습니다. 깊은 밤까지 나를 깨어 있게 했고, 아침이면 바로 눈뜨게 해주었던 흥분과 자극이 사라져버렸습니다.

이곳에서 제대로 된 여성은 한 명밖에 만나지 못했습니다. B라는 아가씨인데, 사랑하는 로테, 만일 누군가가 조금이라도 당신을 닮을 수 있다면 그녀가 당신과 닮았다고 말할 수 있습니다. "아이, 그런 아첨을 다 하시다니요!"라고 당신은 말씀하시겠지요. 그것도 아주 틀린 말은 아닙니다. 얼마 전부터 나는 어쩔 수 없이 사교적이 되고 유머도 조금 늘었어요. 그래서 여자들은 나처럼 그렇게 세련되게 칭찬할 줄 아는 사람은 없을 거라고 하더군요. ("당신처럼 거짓말을 잘하는 사람도요"라고 당신은 덧붙이겠지요. 거짓말이 아니고서야 그런 칭찬을 어찌 잘할 수 있겠습니까, 그렇지요?) 아, B양에 대해 말하려 했지요. 그녀의 풍부한 영혼은 푸른 눈을 보면 잘 드러납니다. 그녀는 자신의 신분이 마음의 소망을 하나도 충족시켜주지 않기에 자신의 귀족 신분을 오히려 짐으로 여기고 있습니다. 그녀는 주변의 시끌벅적함에서 벗어나길 간절히 바라고 있기에 우리는 순수한 행복으로 가득 찬 시골에서의 삶의 풍경을 몇 시간이고 함께 그려보곤 합니다. 아, 그리고 당신 이야기도 해요! 그녀가 당신을 얼마나 칭송하는지, 그것도 마음에서 우러나오는 칭송을. 그녀는 당신 이야기를 즐겨 듣고, 당신을 흠모하고 있습니다.

아, 정겹고 친숙한 그 방에서 당신 발치에 앉아 있을 수 있다면, 우리의 사랑스러운 동생들이 내 주위를 에워싸고 뛰어다닌다면 얼마나 좋을까요. 아이들이 너무 시끄럽게 굴면 옆으로 불러 앉혀 무서운 이야기를 들려주면서 얌전히 있게 할 텐데요.

눈이 하얗게 덮인 들판 위로 장엄하게 해가 지고 있습니다. 눈보라는 지나갔습니다. 이제 나는 다시금 새장 속에 갇혀야만 하겠지요. 안녕히! 알베르트가 당신 곁에 있는지요? 그리고 어떤 모습으로? 이런 질문을 하다니, 미안합니다!

2월 8일

일주일 전부터 몹시도 지독한 날씨가 계속되고 있지만 내게는 그게 오히려 낫네. 여기로 온 이후 화창한 날이면 어김없이 누군가가 내 기분을 망쳐놓거나 상처를 주었기 때문이야. 하지만 비가 오거나 눈보라가 휘날리거나 날이 으슬으슬 추워지거나 눈이 녹아 질퍽해지면 '그래, 집에 있다고 밖에 나가 있는 것보다 나쁠 건 없지. 아니 오히려 더 나을 거야. 그러니 잘됐군' 하고 생각한다네. 아침에 눈부신 태양이 떠오르고 청명한 날씨를 예고하면 이렇게 외치지 않을 수 없네. "오늘도 하늘의 은총이 내렸건만 사람들은 다들 무언가를 서로 차지하려고 난리들을 치겠군!" 그들이 서로 차지하려 다투지 않는 것이란 없지. 건강, 좋은 평판, 즐거움, 휴식 등 모든 것이 그렇다네. 대부분 어리석고 이해심이 없고 속이 좁아서 그런 것인데도 그들의 말을 들어보면 무슨 좋은 의도로 그런 것이라나. 나는 종종 그들 앞에 무릎을 꿇고 제발 그렇듯 미쳐 날뛰며 자신들의 영혼과 속마음을 휘젓지 말아달라고 애원하고 싶어진다네.

2월 17일

이제 공사와 나의 관계가 더 이상 지속될 수 없을 것 같네. 정말이지 참으려야 참을 수가 없는 인간이야. 그가 일하는 방식이나 용건을 처리하는 방식을 보면 너무도 유치해서 이의를 제기하지 않을 수 없네. 그래서 내 생각과 방식으로 일을 처리할 때가 많은데 당연히 공사는 그게 또 기분 나쁜 거야. 최근에는 궁정에다 나에 대한 불만을 토로하는 바람에 나는 그 일로 장관에게서 가벼운 질책을 들었네. 가볍다 해도 어떻든 질책은 질책이지. 그래서 사직서를 내려 생각하고 있었는데 그때 마침 장관한테서 개인적인 편지*를 한 통 받았네. 나는 그 편지에 담겨 있는 고매하고 고상하며 현명한 생각에 공경심이 절로 들어 머리가 숙여졌네. 장관은 나의 지나치게 예민한 감수성을 나무라면서도 합리성이나 다른 사람에 대한 영향력, 철두철미한 업무 처리를 강조하는 나의 견해는 다소 과도한 면이 있긴 하지만 젊은이다운 훌륭한 배짱이라고 칭찬을 해주었네. 그런 생각들을 사장시키지 말고 조금 완화시켜서 진가를 발휘하는 방향으로, 그래서 좋은 효과를 얻을 수 있도록 잘 이끌어보라고 하셨네. 그 덕분에 나는 일주일간 원기를 다시 돋우고, 마음의 안정을 되찾았네. 영혼의 안정이란 참 좋은 것이야. 그 자체가 기쁨이지. 그런데 친구여, 이처럼 아름답고 귀중한 보석이 쉽사리 깨지지도 않는 것이라면 얼마나 좋을까.

2월 20일

사랑하는 이들이여, 하느님의 축복이 그대들에게 있기를, 그리고 하느님이 내게서 거두어 간 좋은 나날을 모두 그대들에게 내려주시기를!

*〔원주〕이 훌륭한 분에 대한 존경심에서, 이 편지와 뒤에 언급할 또 다른 편지를 이 서간집에서 제외하였습니다. 독자들이 아무리 따뜻한 감사를 보내주신다 해도 그처럼 지나친 행동은 용서받을 수 없다고 생각하기 때문입니다.

알베르트, 당신이 나를 속인 것에 감사를 드려야겠군요. 나는 그대들의 결혼식 날짜를 알리는 소식을 기다리고 있었습니다. 그러면 그날, 벽에 붙여놓은 로테의 실루엣을 엄숙하게 떼어내서 다른 서류들 속에 넣어두어야겠다고 생각하고 있었지요. 하지만 지금 그대들은 부부가 되었고, 로테의 그림은 아직 그대로 있습니다! 이제 그냥 걸어두렵니다! 안 될 이유가 뭐가 있겠습니까? 나는 그대들과 함께 있는 것입니다. 당신에게 아무런 피해도 주지 않고 로테의 마음속에 들어가 있으렵니다. 로테의 마음에서 나는 두 번째 자리를 차지하게 되는 것이지요. 앞으로도 그러고 싶고 또 그래야만 할 것 같습니다. 아아, 로테가 나를 잊는다면 미쳐버리고 말 겁니다. 알베르트, 그런 생각을 하면 지옥 같습니다. 안녕히 계십시오, 알베르트! 하늘의 천사여, 부디 안녕히! 로테, 부디 안녕히!

3월 15일

최근에 당한 불쾌한 일로 인해 나는 이곳을 떠나야 할 것 같네. 이가 갈릴 정도라네! 제기랄! 이 불쾌감을 무엇으로도 진정시킬 수가 없어. 이게 모두 자네들 책임이야. 자네들이 나를 자극하고 몰아치고 괴롭히면서까지 적성에 맞지 않는 자리에 앉혔으니. 이제 나는 끝장일세! 자네들도 마찬가지고! 나의 과격한 생각이 모든 것을 망쳐놓았다고 자네가 말하지 않도록, 친구여,

이제 나는 연대기 서술자가 서술하듯 분명하고 확실하게 이 사건의 전말을 이야기해주겠네.

C백작이 나를 좋아하고 각별히 아껴준다는 것은 익히 알려진 사실이고 자네에게도 이미 여러 번 이야기했었지. 어제 나는 백작 집에서 저녁식사를 했네. 그런데 그날이 마침 상류계급의 신사숙녀분들이 그 집에서 모이는 날이었네. 그런 모임이 있다는 것을 나는 전혀 알지 못했고, 더욱이 우리 같은 하급 관리는 거기에 낄 수도 없다는 사실은 상상조차 못 했네. 어떻든 나는 백작과 저녁을 함께 하고, 식사 후에 커다란 홀로 가서 백작과 그리고 나중에 합류한 B대령과 이야기를 나누고 있었네. 그러는 동안 모임 시작 시간이 다가왔지. 나는 정말이지 아무것도 눈치채지 못했네. 그때 꽤나 거들먹거리는 S부인이 남편과 그리고 빈약한 가슴에 귀여운 코르셋을 입은, 이제 막 부화한 거위 새끼 같은 딸과 함께 들어왔네. 그들은 조상 대대로 내려왔을 거만한 눈초리에다 콧방울까지 벌름거리며 내 옆을 지나가더군. 나는 이런 족속들을 몹시도 혐오하기 때문에 자리를 뜨기로 작정하고 백작이 시답잖은 잡담에서 놓여나기만을 기다리고 있었네. 그때 저번에 이야기했던 B양이 들어왔네. 그녀를 보면 언제나 마음이 고무되기 때문에 나는 떠나지 않고, 그녀의 의자 뒤로 가서 섰네. 그런데 얼마 안 가 그녀가 평소와는 달리 마음을 터놓지도 않고, 나와 이야기를 나눌 때 약간 당황해한다는 걸 느꼈네. 그게 좀 이상했지. 그녀 역시 다른 인간들과 마찬가지란 생각에 마음의 상처를 입고 자리를 뜨려고 했네. 하지만 그녀를 기

꺼이 이해해주고 싶은 마음과, 그녀가 그럴 리 없다고 믿고 싶은 마음, 혹시라도 그녀로부터 호의적인 말을 들을 수 있지 않을까 하는 기대 때문에 그 자리에 머물러 있었네. 그러는 동안 사람들이 많이 모였네. 프란츠 1세 대관식 때의 복장을 한 F남작, 직책으로 이곳에서 귀족 칭호를 받는 궁중고문관 R씨와 그의 귀머거리 부인, 그 밖에도 낡아빠진 고대 프랑켄풍 의상을 요즘 유행하는 천 조각으로 기워 입은 초라한 옷차림의 J씨도 잊을 수 없네. 이런 사람들이 무더기로 모여들었지. 나는 안면이 있는 몇몇 사람들과 이야기를 나누었지만 모두들 아주 짤막하게만 응대를 하더군. 나는 의아하게 생각하며 B양에게만 신경을 썼네. 그래서 홀 구석에 있는 여자들이 귓속말을 주고받고 그것이 남자들에게까지 전달되고 급기야는 S부인이 백작과 이야기 나눈 것을(이 모든 것을 나중에 B양이 이야기해주었네) 마침내 백작이 다가와 창가로 데려갈 때까지도 전혀 눈치채지 못했네. "당신도 아시겠지만" 하고 백작이 말했네. "우리 모임의 특별한 관계 말입니다. 여기 모인 분들이 당신이 여기에 있는 것을 탐탁지 않게 여기는 것 같습니다. 나는 결코 그렇지가……." "백작님." 내가 중간에 말을 끊었네. "정말로 죄송합니다. 용서해주십시오. 미리 알아차렸어야 했는데. 백작님은 이런 저의 실례를 용서해주시리라 믿습니다. 진작부터 물러나려고 했는데 무언가에 홀려 붙잡혀 있었나봅니다." 나는 웃으며 덧붙여 말하고는 허리를 숙여 인사했네. 백작은 힘주어 내 두 손을 잡았는데, 거기에는 모든 것을 말해주는 감정이 들어 있었네. 나는 고상하신 분들의 모임에서 슬며시 빠져나와 이륜마차를 타고 M으로 갔네. 거기 언덕에서 해가 지는 것을 바라보며 호메로스를 꺼내 오디세우스가 저 훌륭한 돼지치기 목동한테 융숭한 대접을 받는 멋진 대목을 읽었지.* 그때까지는 모든 것이 다 좋았네.

저녁에 나는 식당엘 들렀네. 식당에는 아직 손님들이 몇 명 남아 있었네. 그들은 구석에서 식탁보를 뒤집어놓고 주사위 놀이를 하고 있었지. 그때 정직한 성품의 아델린이 들어왔네. 나를 바라보며 모자를 벗고는 다가와 나지막이 "불쾌하셨지요?"라고 말하더군. "나 말입니까?" 내가 말했네. "백작이 당신을 모임에서 쫓아냈다던데요." "그깟 모임이야 뭐, 밖에 나가 자유로운 공기를 쐬는 게 더 좋습니다." "당신이 그렇게 대수롭지 않게 여긴다니 다행이네요. 다만 그 소문이 벌써 쫙 퍼졌습니다. 기분 나쁜 방식으로 말입니다." 그러자 나도 화가 나기 시작했네. 그래서 식당에 온 사람들이 모두 나를 그렇게 빤히 쳐다본 것이었군! 그런 생각이 들자 피가 부글부글 끓어올랐네.

오늘은 어디를 가나 사람들이 나를 불쾌하게 여기고, 나를 시기하는 사람들이 의기양양해서 말하는 소리가 들리네. '좀 똑똑하다고 잘난 체하며 신분 관계쯤은 넘어설 수 있다고 생각하는 건방진 작자가 어떤 꼴을 당하는지 잘 보라고.' 그런 역겨운 험담을 들어야 하다니 그만 단도로 내 심장을 찔러버리고 싶을 지경이네.

*오디세우스는 마침내 모든 시련을 극복하고 20년 만에 고향인 이타카로 돌아오는 길에 자신의 하인이었던 돼지치기 에우마이오스의 오두막을 찾아간다. 자신이 오디세우스임을 밝히지 않고 거지꼴로 찾아갔지만 에우마이오스는 오디세우스를 융숭하게 대접하고 잠자리까지 마련해준다.

자기 하고 싶은 대로 소신 있게 처신하면 된다고들 하는데, 야비한 인간들이 조금 유리한 입장에 있다고 이러쿵저러쿵하는 것을 참을 수 있는 사람이 있다면 한번 만나보고 싶네. 차라리 그들의 험담이 근거 없는 것이라면, 아아, 가볍게 넘겨버릴 수 있을 텐데.

3월 16일

모든 것이 나를 몰아대고 있네. 오늘 큰길에서 B양을 만났네. 나는 그녀에게 말을 걸었고 우리가 일행에게서 조금 벗어나자마자 그녀가 최근에 보여준 행동으로 내가 상처를 입었다고 말하지 않을 수 없었네. "오, 베르터 씨." 그녀는 진실한 목소리로 다음과 같이 말했네. "제 마음을 아시면서 어쩜 제가 당황한 이유를 그런 식으로 받아들일 수가 있으세요? 홀 안으로 들어선 순간부터 당신 때문에 제가 얼마나 애를 끓었는데요! 어찌 될지 앞이 훤히 보였으니까요. 그걸 당신에게 말해주고 싶은 생각이 수백 번도 더 들었어요. S부인과 T부인은 당신과 같은 자리에 남아 있으니 차라리 남편과 먼저 자리를 뜰 사람들이고, 백작은 그들과의 우정을 저버릴 수 없다는 것을 저는 알고 있었어요. 그래서 소동이 난 거예요!" "뭐라고요?" 나는 그렇게 말하며 애써 놀라움을 숨겼네. 그 순간 엊그제 아델린이 해준 모든 이야기가 마치 끓는 물처럼 내 혈관 속을 뜨겁게 달구었네. "제가 그 때문에 어떤 대가를 치렀는데요!" 다감한 그녀는 눈물을 글썽이며 말했네. 나는 자제력을 잃고 그만 그녀의 발치에 엎드리고 싶었네. "말해주세요!" 나는 소리쳤네. 눈물이 그녀의 뺨을 타고 흘러내렸네. 나는 당혹스러워 어찌할 바를 몰랐지. 그녀는 눈물을 감추려고도 하지 않고 그냥 손으로 훔치고만 있었네. "제 아주머니를 아시지요?" 그녀가 말을 시작했네. "아주머니도 그 자리에 있었어요. 그리고, 아아, 당신을 바라보는 아주머니의 눈빛이 어땠는지! 베르터 씨, 저는 어제 밤새 그리고 오늘 아침까지도 당신과 교제하는 문제로 아주머니의 장황한 설교에 시달렸어요. 당신을 깎아내리고 멸시하는 소리를 듣고 있어야만 했어요. 당신을 옹호하는 말은 반도 할 수가 없었어요. 그럴 형편도 되지 않았고요."

그녀의 한 마디 한 마디가 내 가슴에 비수처럼 꽂혔네. 차라리 이 모든 말을 하지 않고 침묵하는 게 오히려 내게 자비를 베푸는 것임을 그녀는 알지 못했네. 그녀는 사람들이 앞으로 어떤 험담들을 늘어놓을지, 또 어떤 이들이 그것을 고소해할지까지 덧붙여 말했네. 또한 내가 오만하고 다른 사람들을 업신여긴다고 오랫동안 비난해왔던 사람들이 내가 이제 그 벌을 받았다고 얼마나 기뻐할지도 이야기했지. 그런 말들을, 빌헬름, 진정으로 연민에 찬 그녀의 목소리로 들어야 하다니. 나는 그만 정신을 잃을 지경이었네. 아직도 가슴속에 분노가 남아 있어. 누군가 내 면전에서 나를 비난해주기를, 그래 내가 그의 몸에 비수를 꽂아버릴 수 있기를 나는 간절히 바랐네. 피라도 보면 조금 나아지련만. 답답한 가슴에 숨통이라도 틔게 하려고 수백 번도 더 칼자루를 움켜쥐었네. 고귀한 혈통의 말들은 너무 과도하게 몰아쳐서 온몸이 과열되면 본능적으로 자신의 혈관을 물어뜯어서 숨통을 틔운다고 하지. 나 또한 스스로 혈관을 열어서 영원한 자유를 얻고 싶을 때가 많네.

3월 24일

나는 궁정에 사직서를 냈고, 곧 수리되길 바라고 있어. 자네들에게 먼저 양해를 구하지 못한 점 용서해주리라 믿네. 이제는 정말 이곳을 떠날 수밖에 없어. 나를 여기에 붙들어두려고 자네들이 어떤 말을 할지도 잘 알고 있네. 어머니께는 좋은 말로 잘 설명해주게나. 지금 나는 나 자신도 추스를 형편이 못 되네. 내가 어머니를 보살펴드리지 못한다 해도 이해해주실 걸세. 물론 어머니는 상심을 하시겠지. 당신의 아들이 추밀고문관이나 공사가 되려고 이제 막 멋진 행진을 시작했는데, 갑자기 그만두고 초라한 말 한 마리 데리고 마구간으로 되돌아온 것을 보셔야 하니! 어떻든 자네들 좋을 대로 생각하게나. 내가 이곳에 머무를 수 있었고 머물렀어야만 했을 모든 경우를 마음대로 헤아려보게나. 하지만 나는 떠나야겠네. 내가 어디로 갈지 자네들도 아는 게 좋겠지. 이곳에 ○○ 영주라는 분이 있는데 나와 대화하는 것을 좋아한다네. 내 계획을 듣더니 함께 자신의 영지로 가서 아름다운 봄을 즐기자고 제안하더군. 모든 것을 내 마음 내키는 대로 해도 된다고 약속도 해주었어. 우리는 어느 정도까지는 서로를 잘 이해할 수 있는 사이라 운을 하늘에 맡기고 그와 함께 가기로 했네.

몇 가지 소식
4월 19일

자네의 편지 두 통 잘 받았네. 고맙네. 답장을 보내지 않은 것은 궁정에서 사직서를 수리할 때까지 이 편지를 부치지 않고 있었기 때문이야. 혹시나 어머니께서 장관에게 청탁을 해서 내 계획을 어렵게 만드시지나 않을까 걱정했었지. 이제 일이 잘되어 사직서가 수리되었네. 궁정에서 마지못해 내 사직을 허락했고 장관이 내게 편지를 보냈는데 그 내용이 무엇인지는 자네들에게 말하지 않겠네. 그걸 들으면 아마도 자네들은 다시 애통해할 테니까. 황태자께서 내게 송별금으로 25두카텐과 눈물이 날 정도로 감동적인 고별의 인사말을 보내주셨네. 이제 일전에 어머니께 부탁드렸던 돈은 필요 없게 되었어.

5월 5일

내일 나는 이곳을 떠나네. 마침 가는 길에서 10킬로미터 거리에 내가 태어난 고향이 있기에 그곳에 들러 행복한 꿈을 꾸던 옛 시절을 회상해볼 생각이네. 아버지가 돌아가신 후 어머니는 정든 그곳을 떠나 참을 수 없는 도시로 옮겨 오셨지. 그때 어머니와 함께 마차를 타고 떠나왔던 그 성문 안으로 다시 들어가려는 것이야. 잘 있게, 빌헬름, 여행 중에 다시 소식 전하겠네.

5월 9일

순례자의 경건함으로 나는 고향 순례를 마쳤네. 예기치 못했던 수많은 감정들이 밀려오더군. S시 방향으로 15분 정도 떨어진 곳에 커다란 보리수나무 한 그루가 서 있는데, 거기서 나는 마차를 세우고 내렸어. 마차는 먼저 가라고 보냈지. 길을 걸으며 옛 추억 하나하나를 생생하게 다시금 되새기고 싶었기 때문이야. 나는 먼저 보리수나무 아래에 서보았네. 어린 시절 내 산책길의 목적지이자 한계점이기도 했던 나무라네. 얼마나 많이 변했는지! 그 시절 나는 아무것도 모른 채 행복하게 미지의 세계를 동경했었지. 그 미지의 세계에서 나는 갈망하고 갈구하는 내 가슴을 가득 채워주고 만족시켜줄 풍부한 자양분과 크나큰 기쁨을 얻을 수 있으리라 생각했지. 이제 나는 그 넓은 세상에서 다시 이곳으로 돌아왔네. 아, 친구여, 얼마나 많은 희망이 무너지고, 얼마나 많은 계획이 수포로 돌아갔던가! 내 앞에는 산들이 펼쳐져 있네. 그 산들은 지난날 내가 수천 번도 더 꿈꾸고 소망하던 대상이었네. 그 시절 나는 몇 시간이고 여기에 앉아 그 산 너머에 있는 세상을 꿈꾸곤 했지. 정겹고 아련하게 저물어가는 저 계곡과 숲을 절절한 마음으로 바라보곤 했었어. 그러다 시간이 흘러 집으로 돌아가야만 했을 때 이 사랑스러운 장소를 나는 얼마나 떠나기 싫어했던가! 나는 시내 쪽으로 좀 더 가까이 가보았네. 낯익은 옛 집들에게 일일이 인사를 건넸지. 하지만 새로 지은 집들은 영 마음에 들지 않았어. 그동안 바뀐 여러 변화들도 좋아 보이지 않았네. 성문 안으로 들어가자마자 나는 바로 옛날의 나 자신을 완전히 되찾았네. 사랑하는 친구여, 세세한 부분까지 다 묘사하진 않겠네. 아무리 매력적인 것이라 해도 묘사를 해놓으면 아주 단조롭기 그지없을 테니까. 나는 시장 광장의 옛날 우리 집 옆에다 숙소를 정하기로 결정했네. 그쪽으로 가면서 보니 예전의 학교가 잡화상으로 바뀌었더군. 고지식하고 나이 많은 여선생이 우리의 유년 시절을 가두어놓았던 곳이었지. 그 굴 속 같은 교실에서 견뎌내야만 했던 불안과 눈물, 숨 막힐 듯한 답답함과 두려움이 다시 떠올랐네. 한 발 한 발 걸음을 옮길 때마다 감회가 새로웠네. 성지를 방문한 순례자라 해도 종교적 기억을 불러일으키는 장소를 나처럼 많이 마주치지는 못할 것이고, 그의 영혼도 이렇듯 성스러운 감동으로 가득 차진 않을 것이네. 하고 싶은 말은 수도 없이 많이 있지만 한 가지만 더 이야기하겠네. 나는 강을 따라 걸어 내려가 어떤 농가에 다다랐네. 그곳도 내가 예전에 다니던 길이었고, 우리 남자애들이 납작한 돌멩이로 강물에 물수제비뜨는 연습을 하던 곳이었지. 종종 그곳에 서서 강물을 바라보며 신비로운 예감에 사로잡혀 강물을 눈으로 좇던 것이 지금도 생생히 기억나네. 이 강물이 흘러갈 여러 지방들이 얼마나 진기하고 모험에 가득 찬 세계일지 상상하고는 했었지. 나의 상상력은 곧 한계를 드러냈지만 그래도 마음만은 더 멀리 계속 뻗어나가 보이지 않는 아득히 먼 곳에 이르러서 길을 잃고는 했었어. 친구여, 보게나, 우리 훌륭한 조상들은 그렇듯 좁고 한정된 세계에 살면서도 얼마나 행복했던가! 그들의 감정, 그들의 문학은 또 얼마나 순진무구했던가! 오디세우스가 측량할 길 없이 광대한 바다와 끝없이 펼쳐진 대지에 대해 말한 것은 얼마나 진실하고, 인간적이고, 경건하고, 친밀하며, 신비로웠던가. 내가 지금 학생들에게 지구는 둥글다고 말해본들 무슨 소용이 있겠나? 인간이 지상에서의 삶을 즐기기 위해서는 약간의 흙덩이만 있으면 되고, 지하에서 잠들기 위해서는 그보다 적은 양의 흙만 필요할 뿐이야.

지금 나는 영주의 사냥용 별장에 와 있네. 영주와는 아주 잘 지낼 수 있을 것 같아. 진실하고 꾸밈없는 분이라네. 그런데 그분을 둘러싸고 있는 이상한 사람들의 정체는 도무지 모르겠네. 나쁜 사람들 같지는 않은데 그렇다고 진실한 사람들 같지도 않아. 가끔은 진실해 보일 때도 있지만 도통 믿음이 가질 않네. 유감스러운 것은 영주가 종종 남에게 들었거나 책에서 읽은 것을 이야기하는데, 그것도 그 이야기를 해준 다른 사람의 관점 그대로 이야기한다는 것이야.

또한 영주는 내 마음보다는 내 이성과 재능을 더 높이 평가하고 있네. 마음이야말로 내가 유일하게 자부심을 느끼는 것이고,

모든 것의 원천, 모든 힘과 행복 그리고 불행의 원천인데 말일세. 아, 내가 알고 있는 것은 누구나 다 알 수 있지만, 내 마음만은 오로지 나 혼자만의 것이네.

5월 25일

내게 계획이 하나 있었는데 실행에 옮기기 전까지는 자네들에게 일절 말하지 않으려 했네. 하지만 이제 그 계획이 허사가 되었으니 말해도 상관없겠지. 나는 전쟁터로 갈 생각이었네. 오랫동안 가슴에 품고 있던 생각이었지. 바로 그 때문에 이곳으로 영주를 따라온 것이네. 영주는 ○○처에 근무하는 장군이거든. 산책길에 그분께 내 계획을 털어놓았는데, 영주는 나를 말리더군. 내 계획은 열정이라기보다는 아마도 변덕스러운 생각이었을 뿐인가보네. 그렇지 않았다면 영주가 제기하는 반대 이유에 귀를 기울이지 않았을 테니까.

6월 11일

자네가 무어라 하든 나는 여기 더 머무를 수가 없네. 여기서 내가 무엇을 할 수 있단 말인가? 지루하기 짝이 없는 시간들뿐이야. 영주는 할 수 있는 한 최선을 다해 내게 잘해주지만 내가 있

120

을 자리가 아닌 것 같네. 근본적으로 우리 두 사람 사이엔 아무런 공통점이 없어. 영주는 이성적인 사람이지만 아주 평범한 이성을 지닌 사람일 뿐이네. 그와의 교제는 그저 잘 쓴 책을 읽는 것보다 그리 나을 게 없어. 일주일만 더 머물다가 다시 여기저기 떠도는 유랑길에 나서려 하네. 내가 여기서 한 일 중 그래도 제일 잘한 일이 그림 그리기네. 영주는 예술에 조예가 좀 있다네. 젠체하는 학자적 기질과 범속한 전문 용어에 얽매이지만 않는다면 예술을 훨씬 더 잘 느낄 수 있을 텐데. 내가 상상력을 동원하여 그를 자연과 예술의 세계로 이끌어가려 하면 그는 갑자기 그것들을 잘 이해한다고 여기고는 진부한 예술 용어들을 들먹여 망쳐놓는 바람에 이가 갈릴 지경이네.

6월 16일

그래, 나는 방랑자라네. 이 지상을 떠도는 순례자이지! 그런데 자네들은 그 이상의 존재란 말인가?

6월 18일

내가 어디로 갈 생각이냐고? 자네를 믿고 털어놓겠네. 일단 여기에 두 주는 더 머물러 있어야 해. 그다음에는 ○○에 있는 광산을 찾아갈 생각이지만 근본 속마음은 따로 있네. 오로지 로테 곁으로 다시 가까이 가려는 것, 그것이 전부야. 이런 내 마음을 나 스스로 비웃으면서도 마음이 시키는 대로 하고 있다네.

6월 29일

아니, 괜찮아! 이제 모든 게 다 괜찮아! 내가, 내가 만일 그녀의 남편이라면! 오, 저를 창조하신 하느님, 제게 그런 행복을 베풀어주셨더라면 평생 동안 쉼 없이 감사기도를 드렸을 것입니다. 당신께 따지려는 것이 아닙니다. 제 눈물을 용서해주십시오, 저의 이 헛된 소망을 부디 용서해주십시오! 그녀가 내 아내라면! 아아, 세상에서 가장 아름다운 그녀를 내 품에 안을 수만 있다면……. 알베르트가 그녀의 날씬한 몸을 껴안고 있다고 생각할 때면, 아 빌헬름, 내 온몸에 전율이 인다네.

　이런 말을 해도 될까, 빌헬름? 안 될 것도 없겠지. 그녀는 알베르트보다는 나와 결혼했다면 더욱 행복했을 것이네! 아, 그는 그녀가 바라는 마음의 소망을 모두 채워줄 수 있는 그런 인물이 못 되네. 감수성에 약간의 문제가 있어. 감수성의 부족, 그게 무언지는 물론 자네 좋을 대로 생각하게나. 그의 마음은 공감이라는 걸 잘 모르네. 아아, 멋진 책을 함께 읽다가 로테와 내 마음이 하나가 되는 대목에서도 그렇고, 다른 수많은 경우에서 제3자의 행동에 감동하여 우리가 탄성을 지를 때에도 그는 무덤덤하다네. 사랑하는 빌헬름! 물론 그는 온 영혼을 다해 로테를 사랑해. 그런 사랑이라면 어떤 보답인들 못 받겠는가!

귀찮은 인간이 찾아오는 바람에 편지를 중단할 수밖에 없었네. 이제 눈물은 말라버렸고 마음도 심란해졌어. 잘 있게, 친구!

8월 4일

나 혼자만 이렇게 사는 것은 아닌가보네. 모두들 희망에 속고 기대에 배신당하며 살고 있으니 말일세. 보리수나무 아래에 사는 그 마음씨 좋은 부인을 찾아갔네. 첫째 아이가 내게 달려오고, 기쁨에 겨워 소리를 지르자 어머니가 나타났는데 매우 낙담한 것처럼 보였어. "선생님, 한스가 그만, 한스가 죽고 말았어요." 이것이 그녀의 첫마디였네. 한스는 그녀의 막내아들이었지. 나는 아무 말도 못 하고 가만히 있었네. 그녀가 말을 이었지. "그리고 제 남편이 스위스에서 돌아오긴 했는데 빈손으로 왔어요. 오는 도중에 열병에 걸려서 주위의 좋은 분들이 도와주지 않았다면 구걸까지 할 뻔했대요." 나는 그 부인에게 아무런 말도 해줄 수가 없어서 아이에게 약간의 돈을 쥐여주었네. 그러자 사과라도 몇 개 가져가라고 권하기에 받아 들고는 그 슬픈 추억의 장소를 떠나왔네.

8월 21일

내 기분은 손바닥 뒤집듯 쉽게 변한다네. 가끔 내 삶에 기쁨의 빛이 비치는 때가 있지만, 아아, 그것은 단지 잠시의 순간뿐이야! 몽상에 잠겨 있을 때면 자꾸 이런 생각이 드는 것을 어찌할 수가 없어. 만약에, 알베르트가 죽는다면? 그러면 내가! 그래 그녀는…… 그런 망상을 좇다가 낭떠러지 끝에 이르러서야 나는 뒷걸음질을 치고는 하네.

내가 로테를 무도회에 데려가기 위해 마차를 타고 성문을 지나 처음 지나갔던 이 길에 다시 와보니 전과는 정말 완전히 달라져버렸네! 모든 것이, 모든 것이 다 지나가버렸어! 그 당시의 흔적은 찾아볼 길 없고, 그때 느꼈던 내 감정의 맥박도 모두 사라져버렸네. 마치 어느 영주가 전성기에 성을 건축하고 모든 화려함을 다해 꾸며놓은 뒤, 임종할 때 사랑하는 아들에게 안심하고 물려주었는데, 혼령이 되어 다시 돌아와보니 그만 성은 불에 타 무너져버리고 만 것을 보았을 때의 그 기분이야.

9월 3일

내가 오직 그녀만을, 이렇듯 온 마음을 다해 그녀만을 사랑하는데, 그녀 외에는 그 누구도 알지 못하고, 그녀 말고는 아무것도 가진 것이 없는데 어떻게 다른 사람이 그녀를 사랑할 수 있는지,

사랑해도 되는지 도무지 이해할 수가 없네!

9월 4일

그래, 그런 것이지. 자연이 가을로 기울어가듯 내 마음과 내 주
변 세계도 점차 가을로 접어들고 있어. 내 마음의 잎은 노랗게
물들었고, 주위의 나뭇잎들은 벌써 지고 말았네. 내가 전에 이
곳에 온 지 얼마 되지 않았을 때 어떤 농가의 젊은 머슴에 대해
이야기한 적이 있지? 발하임에서 나는 다시금 그의 안부를 물어
보았네. 일하던 집에서 쫓겨났다고 하는데 아무도 그 후에 어떻
게 되었는지 알지 못하더군. 어제 다른 마을로 가는 길에 우연히
그를 만났네. 내가 먼저 말을 걸었지. 그러자 그는 자신의 이야
기를 들려주었네. 그의 이야기에 나는 몹시도 감동하고 말았네.
내가 전해주는 이야기를 들으면 자네도 이해가 될 걸세. 하지만
무엇 때문에 이 모든 이야기를 하는 거지? 나를 불안하게 하고
마음 아프게 만드는 이야기를 왜 나는 가슴에 묻어두지 못하는
것일까? 왜 나는 자네까지 우울하게 만드는 것일까? 왜 나는 언
제나 자네에게 나를 동정하고 질책할 빌미를 주는 것일까? 그렇
다고 해도, 이 또한 내 운명이겠지!
　처음에 그는 나직한 슬픔에 잠겨 약간은 경계하는 듯한 태도
로 내 질문에 대답을 하더군. 하지만 곧 자기가 누구인지 또 내
가 누구인지 새삼 깨닫기라도 한 듯, 더 솔직히 자신의 잘못을

고백하고 자신의 불행을 한탄했네. 친구여, 그의 말 한 마디 한 마디에 대한 자네의 판단을 들을 수 있으면 좋으련만! 그는 고백했네, 아니 추억을 되씹으며 일종의 기쁨과 행복 속에서 모든 이야기를 털어놓았네. 여주인에 대한 그의 열정이 나날이 점점 커져서 마침내는 자신이 무엇을 하는지, 무슨 말을 하는지, 고개를 어디로 돌려야 할지조차 모르게 되었다더군. 먹지도, 마시지도, 잠을 잘 수도 없었고, 목구멍이 꽉 막혀버렸으며, 해서는 안 되는 일을 하는가 하면 해야 할 일은 잊어버리기 일쑤였다는군. 그러던 어느 날 여주인이 이층 방에 있는 것을 알고는 무슨 악령에라도 홀린 듯 뒤따라 올라갔다 하네, 아니 그녀에게 이끌려 갔다는 게 더 적절한 표현일 게야. 그녀가 그의 간청을 들어주려 하지 않자 그는 완력으로 그녀를 차지하려 했네. 어떻게 그런 일이 일어났는지 자신도 잘 모르겠다는 거야. 그녀에 대한 자신의 의도는 언제나 순수했고, 그가 진심으로 바란 것은 그녀가 자신과 결혼해서 평생을 함께하는 것뿐이었음을 하느님께 맹세해도 좋다고 했네. 얼마 동안 이야기를 하더니 그는 무언가 더 해야 할 말이 있는데 선뜻 말할 용기가 없는 사람처럼 머뭇거리기 시작하더군. 그러다 마침내 수줍게 고백하기를 자신이 그녀에게 친밀하게 굴거나, 어느 정도 가까이 가는 것도 그녀는 허락해준 바 있었다는 거였네. 그는 두세 번쯤 말을 중단하고는 되풀이해서 열심히 변명하기를, 자신이 이런 말을 하는 것은 그녀를 나쁜 사람으로 만들기 위해서가 아니라, 전과 마찬가지로 그녀를 사랑하고 존경하고 있음을 알리기 위해서라는 것이었네. 그리고 이런 이야기는 한 번도 입 밖에 낸 적이 없고 나한테만 말하는 것이라 했네. 자신이 이상하거나 개념 없는 인간이 아니라는 점을 내게 확인시켜주기 위해서라는 것이지. 친구여, 여기서 나는 앞으로도 계속 되풀이할 옛 노래를 다시 시작해야겠네. 내 앞에 서 있던 그대로의 그의 모습, 그리고 지금도 내 앞에 서 있는 그의 모습을 그대로 자네에게 보여줄 수 있다면 얼마나 좋을까! 그의 운명에 내가 얼마나 공감하고 있으며 또 공감할 수밖에 없는지 자네가 생생히 느낄 수 있도록 이 모든 것을 제대로 묘사할 수 있다면 얼마나 좋을까! 하지만 이것으로 충분하네. 자네는 나와 내 운명을 잘 알고 있으니 왜 내가 모든 불행한 사람들, 특히 이 불행한 젊은이에게 이토록 마음이 끌리는지 잘 이해할 걸세.

편지를 다시 읽어보니 이 사건의 결말을 깜빡했더군. 결말이야 쉽게 짐작할 수 있지 않겠나. 그녀는 저항을 했고, 그때 마침 그녀의 오빠가 찾아왔네. 그는 오래전부터 이 젊은이를 미워해서 어떻게든 집에서 쫓아내고 싶어 했지. 왜냐하면 누이동생에게 아이가 없으니 자기 자식들이 유산을 상속받으리라 기대하고 있었는데, 누이가 재혼을 하면 그 유산이 날아가버릴까 두려웠기 때문이야. 그래서 오빠는 젊은이를 바로 집에서 내쫓고 이 일을 여기저기 크게 떠벌려서 그녀가 그를 원한다 해도 다시 받아들일 수 없게 만들어버렸다고 하네. 그녀는 지금 다른 머슴을 들였는데 그 사람 때문에 오빠와 사이가 틀어졌다고들 하더군. 사람들은 그녀가 틀림없이 그 머슴과 결혼할 거라고 하지만 그 젊은이는 그렇게는 안 될 거라며 단단히 결심하고 있다네.

내가 자네에게 한 이야기는 결코 과장되거나 꾸민 것이 아니네. 오히려 사실보다 약하게, 아주 약하게 이야기한 것이라고 할 수 있지. 우리의 고리타분한 도덕적인 어휘를 써서 이야기하다 보니 너무 성기게 표현한 것만 같네.

이런 사랑, 이런 진실함, 이런 열정은 결코 문학적으로 꾸며낸 것이 아니네. 이런 것은 살아 있는 것이라네. 우리가 교양이 없다거나 거칠다고 부르는 그런 계층의 사람들 사이에 가장 순수하게 살아 있는 것이야. 그런데 우리 교양 있는 사람들은…… 아무런 쓸모도 없는 그릇된 교육을 받은 자들이지! 제발 부탁이네. 이 이야기를 경건한 마음으로 읽어주게나. 오늘 이 편지를 쓰면서 마음이 차분해졌네. 여느 때와는 달리 황급히 휘갈기지 않은 내 필적을 보면 알 수 있을 걸세. 사랑하는 친구여, 이것이 또한 자네 친구의 이야기라 생각하고 읽어주게나. 그래, 나는 그렇게 살아왔고 앞으로도 그렇게 살아갈 것이네. 하지만 나는 그 가엾고 불행한 젊은이에 비해 용기에서나 결단력에서나 절반도 미치지 못해. 감히 그 젊은이와 나를 비교할 수도 없겠지만.

9월 5일

일 때문에 시골에 머물고 있는 남편에게 로테가 짧은 편지를 썼어. 편지는 이렇게 시작되지. "소중한 당신, 사랑하는 당신, 가능한 한 빨리 오세요. 한없이 기쁜 마음으로 당신을 기다리고 있어요." 그런데 한 친구가 들어와서 그녀의 남편에게 사정이 생겨서 곧바로 돌아오지 못할 것 같다는 소식을 전해주었네. 그래서 그 편지가 책상 위에 그대로 놓여 있게 되었고, 저녁에 내 손에 들어온 것이지. 내가 그 편지를 읽고 미소를 짓자 로테가 왜 웃느냐고 묻더군. "상상력이란 정말 신이 주신 선물인가봅니다." 나는 큰 소리로 말했네. "비록 한순간이긴 하지만 나는 그 편지를 나한테 쓴 것이라 상상했습니다." 그러자 그녀는 입을 다물었네. 내 말이 언짢은 모양이었나봐. 그래 나도 잠자코 있었네.

9월 6일

처음으로 로테와 춤을 추었을 때 입었던 푸른색의 수수한 연미복을 벗어버리기로 결심하기까지 아주 힘들었네. 그 옷은 정말이지 이제 너무나도 낡아 후줄근해졌어. 그래서 이전 것과 똑같은 연미복을 한 벌 맞추었네. 옷깃과 소매까지 전과 똑같은 것으로. 노란 조끼와 바지도 다시 맞추었네.

　하지만 전과 같은 느낌은 나질 않아. 왜 그런지는 모르겠지만. 아마도 시간이 지나면 이 옷도 차츰 마음에 들겠지.

9월 12일

로테는 알베르트를 마중하러 며칠간 여행을 다녀왔네. 오늘 그녀의 집으로 갔더니 마침 그녀가 나를 맞이해주더군. 나는 너무나 기뻐서 그녀의 손에 입을 맞추었네.

카나리아 한 마리가 거울에서 날아와 그녀 어깨에 앉았네. "새로운 친구예요." 그녀가 말하며 그 새를 자기 손 위에 앉히더군. "아이들을 위해 데려왔어요. 정말 너무 사랑스러워요! 한번 보세요! 빵조각을 주면 날개를 퍼덕이며 아주 귀엽게 쪼아 먹어요. 그리고 내게 키스도 해요. 자, 보세요!"

그녀가 새를 향해 입을 내밀자 새는 그녀의 달콤한 입술에 사랑스럽게 입을 맞추더군. 마치 자기가 지극한 행복을 누리고 있다고 느끼는 듯했네.

"당신도 키스를 받아야지요." 그녀는 말하며 새를 내게로 넘겨주었네. 새의 작은 부리가 그녀의 입술에서 내 입술로 옮겨 왔네. 입술을 쪼아대는 감촉은 사랑으로 충만한 즐거움의 숨결이나 예감과도 같았네.

"이 새의 키스에는 무언가 욕망 같은 것이 느껴집니다." 내가 말했네. "먹잇감을 찾다가 공허한 애무만 받고 실망해서 돌아가는 것 같군요."

"이 새는 제 입에서 먹이를 받아먹기도 해요." 이렇게 말하고 그녀는 입술에 빵부스러기를 물고 새에게 내밀었네. 그녀의 입술에서는 순수하고 천진난만한 사랑의 기쁨이 황홀한 미소로 피어올랐지.

　나는 얼굴을 돌려버렸네. 그녀는 그런 행동을 하지 말았어야 했어. 천사처럼 순수하고 지극히 행복한 모습으로 나의 상상력을 자극하여 삶에 대한 무관심으로 잠들어 있던 내 마음을 깨우지 말았어야 했어! 그런데 왜 안 된다는 말인가? 그녀는 나를 이렇듯 믿고 있네! 내가 그녀를 얼마나 사랑하는지도 알고 있다네!

9월 15일

빌헬름, 이 세상에 아직 남아 있는 소수의 가치 있는 것들을 알지도 느끼지도 못하는 인간들이 있다는 사실이 나를 미치게 만드네. 자네는 내가 성 ○○ 마을의 신실한 목사님 집에 갔을 때 로테와 함께 앉아 있었던 호두나무를 기억하고 있겠지. 언제나 크나큰 기쁨과 만족감으로 내 영혼을 가득 채워주던 멋진 나무들이었지! 그 나무들이 목사관 마당을 얼마나 정답고 시원하게 만들어주었던가! 가지들은 또한 얼마나 근사했던지! 그리고 아주 오래전에 그 나무들을 심었던 존경스러운 목사님들에 대한 추억도 생각나게 해주었지. 교장 선생님은 자신의 할아버지한테 들었다며 우리에게 종종 그중 한 분의 이름을 말해주곤 했네. 아주 훌륭한 분이셨음이 틀림없어. 나무 아래에서 그분을 생각하면 늘 거룩한 기분이 들었네. 어제 우리가 이야기를 나누다 나무가 잘려버렸다는 화제에 이르자 교장 선생님의 눈에 눈물이 고였네. 나무가 베어졌다니! 정말 미칠 것만 같네. 나무에 첫 번째 도끼질을 한 그 개자식을 죽여버리고 싶은 심정이야. 내 정원에 있는 나무들 중 하나가 늙어 죽는다 해도 슬픔을 느낄 내가 아닌가. 그런 내가 속수무책으로 바라보고만 있어야 하다니. 사랑하는 친구, 하지만 아직 남아 있는 게 한 가지 있어. 바로 인간의 감정이라네! 온 마을 사람들이 불평을 토로하고 있네. 목사 부인이 버터나 계란 그리고 다른 선물이 줄어든 것을 보고 자신이 이 마을에 얼마나 큰 상처를 입혔는지 깨달았으면 좋겠네. 그러니까 바로 그녀가, 새로 온 목사(우리의 노목사님도 돌아가셨네)의 부인이 나무를 베어버린 장본인이라네. 삐쩍 마르고 병약한 그녀가 세상에 냉담해진 데에는 나름대로의 이유가 있네. 세상 사람 아무도 그녀에게 관심을 보이지 않기 때문이지. 이 어리석은 여인은 박식한 척하며 성서 연구에 덤벼들고, 새로 유행하는 기독교의 도덕비판 개혁운동에 심취하여 라바터*의 광신주의를 업신여기기도 했다고 하네. 그러다 완전히 건강을 해쳐, 하느님이 마련해준 이 지상에서 아무런 기쁨도 느끼지 못하게 된 것이네. 그런 인간이니 내 소중한 호두나무를 베어버릴 수 있었던 거지. 알겠지, 나는 도무지 납득이 가질 않네! 생각해보게. 나뭇잎이 떨어져 마당을 지저분하고 질척질척하게 만들고, 잎이 무성할 땐 햇볕을 가리

*요한 카스파 라바터(1741~1801). 스위스 출신의 개신교 목사이자 신비주의 신학자.

며, 호두가 익으면 아이들이 돌멩이를 던져대는 게 신경을 건드린다는 거야. 그녀가 케니콧*과 젬러**와 미하엘리스***를 비교 연구할 때의 깊은 사색을 방해한다는 거지. 나는 마을 사람들, 특히 노인들이 불만스러워하는 것을 보고 물어보았네. "왜 가만히들 계셨습니까?" 그러자 노인들이 대답했지. "마을 이장이 하겠다는데 누가 뭘 어떻게 할 수 있겠소?" 그런데 재미있는 일이 하나 벌어졌네. 늘 멀건 수프나 끓여주는 마누라의 심술에 화가 난 목사가 이장과 짜고 나무 판 돈을 반반씩 나눠 갖기로 작당했다는 거야. 그런데 관청 회계국에서 그걸 알고 "나무를 관청으로 보내시오!"라고 통보했다네. 왜냐하면 호두나무가 서 있던 목사관의 땅에 대한 관할권이 여전히 관청에 속해 있었기 때문이지. 관청은 그 나무들을 최고 입찰자에게 팔아넘겼네. 어떻든 그 나무들은 쓰러지고 말았어! 아, 내가 영주라면! 목사 부인과 이장과 관청을 그냥…… 내가 영주라면! 그런데 내가 정말 영주라면 내 영지 안에 있는 나무들에 과연 신경이나 쓸까!

*벤저민 케니콧(1718∼1783). 텍스트 비평 방식을 구약성서 연구에 도입한 영국의 신학자.
**요한 잘로모 젬러(1725∼1791). 성서와 신의 말씀이 차이가 있음을 강조한 독일의 신학 교수.
***요한 다비드 미하엘리스(1717∼1791). 성서를 텍스트로 바라보는 비판적인 신학을 지지한 독일의 동양언어학 교수.

10월 10일

그녀의 검은 눈을 바라보기만 해도 나는 벌써 행복해지네! 그런데 내가 화가 나는 것은, 알베르트가 자신이 ……하기를 바라는 만큼, 그리고 만일 내가 ……라면 ……텐데라고 생각하는 만큼 그렇게 행복해 보이지 않는다는 거네. 나는 이런 식의 말줄임표를 별로 좋아하지 않지만 여기서는 어떻게 달리 표현할 길이 없네. 이것만으로도 충분히 명백한 듯해.

10월 12일

오시안이 내 마음에서 호메로스를 밀어내고 말았네. 이 위대한 시인이 인도해주는 세계란 얼마나 대단한 곳인가! 어스름한 달빛이 비치는 자욱한 안개 속에서, 조상들의 혼령을 이끌고 가는 폭풍우 소리 사방에서 들으며 황야를 이리저리 떠도는 세계. 숲속 시냇물의 굉음 속에 반쯤 묻힌 혼령들의 신음 소리가 산속 동굴에서 들려오고, 전쟁터에서 고결하게 죽은 이가 묻혀 있는 묘석, 이끼 끼고 잡초 무성한 네 개의 묘석 주위에선 사랑하는 이를 애타게 그리는 처녀의 통곡 소리가 들려오지. 그리고 백발의 음유시인이 광활한 황야에서 선조들의 자취를 찾아 헤매다가, 아, 그들의 묘석을 발견하고는 슬픔에 잠겨, 파도치는 바닷속으로 잠겨드는 정겨운 저녁별을 바라보네. 그러면 그 영웅의 마음속에는 친근한 빛이 아직도 용사들의 모험길을 밝혀주고, 승리를 거두고 화환으로 둘러싸여 돌아오는 배를 달빛이 비춰주던 과거의 시절이 생생하게 되살아나지. 그의 이마에 깃든 깊은 고통을 읽고 있노라면 최후의 용사가 기진맥진하여 비틀거리며 무덤 쪽으로 걸어가는 모습이 보인다네. 먼저 죽은 이들의 그림자가 떠도는 그곳에서 영웅은 고통스럽게 불타오르는 새롭고 영원한 기쁨을 맛보고, 차가운 대지와 바람에 흔들리는 키 큰 풀들을 내려다보며 이렇게 외치네. "방랑자는 오리라. 나의 멋진 모습을 알고 있는 방랑자가 와서 이렇게 물으리라. '핑갈*의 훌륭한 아들, 그 음유시인은 어디에 있는가?' 그의 발길은 내 무덤을 지나치리니 이 지상에서 헛되이 나를 찾아 헤매리라." 아, 친구여! 나는 고귀한 용사처럼 칼을 뽑아, 서서히 죽어가는 쓰라린 고통으로부터 나의 영웅을 단칼에 해방시켜주고 싶네. 그리고 해방된 그 신과 같은 영웅을 따라 내 영혼도 떠나보내고 싶네.

10월 19일

아, 이 허전함! 마음속 깊이 느끼는 이 견딜 수 없는 허전함! 그녀를 한 번만, 단 한 번만이라도 내 품에 안아볼 수 있다면 이 허전함은 가득 채워질 텐데.

*전설 속 스코틀랜드 왕국의 왕으로 오시안의 아버지.

10월 26일

그래, 이제 확실해, 친구여, 인간의 존재란 보잘것없다는 것을,
아주 보잘것없다는 것을 점점 확실히 느끼고 있네. 로테의 여자
친구가 찾아와서 나는 옆방으로 책을 가지러 갔네. 그러나 책이
읽히지 않아 글을 쓰려고 펜을 들었지. 그때 그들이 나직이 이
야기하는 소리가 들렸네. 누구누구가 결혼했고, 누가 병에 걸
렸는데 매우 심각하다는 등의 그저 그런 이야기와 시내의 새로
운 소식을 주고받았네. "글쎄 그 여자는 마른기침을 해대고, 얼
굴에는 뼈만 앙상하고, 가끔 기절까지 한대. 아무래도 오래 살
지 못할 것 같아." 친구가 말했네. "○○ 씨도 건강이 아주 안 좋
다던데." 로테가 말하자 친구가 대답했네. "그 사람 벌써 몸이 퉁
퉁 부어올랐대." 그러자 내 상상력은 나래를 펴고 그 불쌍한 환
자들의 침대가로 나를 데려갔네. 그들이 이 삶과 이별하는 것을
얼마나 힘들어하는지 생생히 보였어. 그들이 얼마나……. 빌헬
름! 그런데 이 여인들은 마치 생판 모르는 낯선 사람이 죽어가
고 있는 것처럼 말하고들 있지 않은가. 주위를 둘러보며 방 안을
살펴보니 로테의 옷가지와 알베르트의 서류들 그리고 이제는
내게 몹시 친숙해진 가구들과 잉크병이 보였네. 그러고는 생각
에 잠겼지. 과연 너는 이 집에서 어떤 존재인가! 어쨌든, 이 집
의 네 친구들은 너를 존경한다! 너는 종종 그들에게 기쁨을 선
사하며 네 마음도 그들 없이는 살 수 없을 것처럼 느낀다. 그런
데 네가 떠난다면, 네가 그들 주변에서 사라져버린다면? 너를

잃은 상실감이 그들의 운명에 새겨놓을 공허함을 그들은 얼마나 오랫동안 느낄까? 얼마나 오랫동안이나? 아, 인간은 이렇듯 덧없는 존재라네. 자신의 존재를 분명히 확인할 수 있는 곳, 자신의 존재에 대한 유일하고 참된 인상을 심어줄 수 있는 곳, 그러니까 사랑하는 사람의 기억과 영혼 속에서도 인간은 흔적도 없이 소멸되고 사라져버리는 것이 아닌가, 그것도 순식간에!

10월 27일

사람들이 서로 이처럼 냉정하다니, 나는 종종 가슴을 갈가리 찢고 머리통을 부숴버리고 싶네. 아아, 사랑도, 기쁨도, 온정도, 즐거움도 내가 남에게 베풀지 않는 한 남도 내게 베풀어주지 않는다. 내 마음이 행복으로 가득 차 있다 해도 내 앞에 서 있는 사람이 냉담하고 무기력하다면 그 사람을 행복하게 해줄 수 없다.

10월 27일 저녁

내가 많은 것을 가지고 있어도, 로테를 향한 그리운 감정이 모든 것을 삼켜버리고 만다. 내가 많은 것을 가지고 있어도, 그녀가 없으면 모두가 다 소용없는 것들이다.

10월 30일

벌써 나는 수백 번이나 그녀의 목을 끌어안으려 했다네! 이토록 사랑스러운 사람이 눈앞에 아른거리는데도 붙잡아서는 안 되는 심정이 어떨지는 하느님만이 아시겠지. 손을 내밀어 무언가를 붙잡는 것은 인간의 가장 자연스러운 본능이 아닌가. 아이들은 마음에 드는 것이면 무엇이든 붙잡지 않는가? 그런데 나는?

11월 3일

하느님은 아시겠지! 나는 종종 다시 깨어나지 않기를 소망하며, 아니 그렇게 되기를 기대하며 잠자리에 든다네. 그런데 아침이 되어 눈을 뜨고, 다시 태양을 바라보면, 비참한 기분이 들곤 해. 아아, 내가 변덕스러울 수만 있다면, 그래서 모든 책임을 날씨나 제3자, 또는 잘못된 일에 돌릴 수 있다면, 이 견딜 수 없는 불만의 짐이 반쯤은 덜어질 텐데. 아아, 불쌍한 인간! 모든 잘못이 전적으로 내게 있다는 것을 나는 너무도 분명하게 느끼고 있네. 아니, 잘못이 아니지! 그래, 예전에 모든 행복의 원천이 내 마음속에 있었듯이 지금의 모든 불행의 원천 역시 내 마음속에 있는 거야. 예전에는 넘쳐흐르는 감정에 겨워 모든 걸음마다 낙원이 뒤따르고, 온 세상을 가득한 사랑으로 껴안으려는 마음을 지녔었는데, 그런 예전의 나와 지금의 나는 같은 존재가 아니란 말인가? 이제 그 마음은 죽어버렸고, 더 이상 어떤 환희도 솟아나지 않는다네. 나의 눈은 메말라버렸고, 내 감각은 이제 더 이상 속을 후련하게 해주는 눈물로도 원기를 회복할 수 없게 되어 불안스레 내 이맛살만 찌푸리게 한다네. 내 삶의 유일한 기쁨이었던 성스러운 생명의 힘이 사라져버렸기에 나는 몹시도 괴롭네. 그 힘으로 나는 내 주위의 세상을 창조했었는데, 이제 그 힘이 사라져버렸어! 창가에 서서 저 먼 언덕을 바라보면 아침 해가 안개를 뚫고 언덕 위로 떠올라 고요한 초원을 비추고, 잔잔한 강물은 잎 떨어진 버드나무 사이로 나를 향해 유유히 흘러오지. 아, 그런데 이 멋진 자연도 내 눈에는 래커 칠을 한 그림처럼 생기 없이 펼쳐져 있을 뿐이고, 이 모든 환희의 풍경도 내 심장으로부터 내 머릿속으로 단 한 방울의 행복도 길어 올리지 못하네. 이 못난 자식은 말라버린 샘물처럼, 깨져버린 물통처럼 하느님 앞에 서 있네! 나는 종종 바닥에 엎드려, 눈물을 흘릴 수 있게 해달라고 애원한다네. 머리 위 하늘이 놋쇠처럼 시뻘겋게 달궈지고 주변의 대지가 타들어갈 때 간절히 비를 기원하는 농부처럼 말이야.

아아, 그러나 나는 느끼고 있네. 우리의 간절한 애원에도 불구하고 하느님은 비도 햇볕도 내려주시지 않으리라는 것을. 생각만 해도 괴로운 그 시절, 그때는 왜 그리도 행복했던가. 인내심을 가지고 성령을 기다리면서 하느님이 내게 내려주시는 기쁨을 마음을 다해 기꺼이 받아들였기 때문이 아닐까!

11월 8일

내가 무절제하다고 그녀가 나무랐네! 아, 그것도 너무나 사랑스럽게! 나의 무절제란 가끔 포도주 한 잔에서 시작해 한 병을 다마셔버리는 것이지. "그러지 마세요!" 그녀가 말했네. "로테를 생각하셔야지요!" "당신을 생각하라고요? 그런 말을 할 필요가 있을까요? 나는 늘 당신을 생각하고 있어요! 아니, 나는 생각하고 있지 않아요! 당신은 언제나 내 영혼 속에 들어와 있으니까요. 오늘도 나는 당신이 최근에 마차에서 내린 그 장소에 앉아 있었습니다." 그녀는 내가 그런 이야기에 더 깊이 빠져들지 못하도록 화제를 바꾸었네. 나는 이렇게 되어버렸어! 그녀는 나를 원하는 대로 마음대로 다룰 수가 있네.

11월 15일

빌헬름, 자네의 진심 어린 관심과 호의적인 충고 고맙네. 하지만 걱정하지 말게. 내가 스스로 견뎌낼 수 있도록 해주게. 몹시 지치긴 했지만 아직 헤쳐나갈 힘은 충분하다네. 내가 종교를 존중한다는 것은 자네도 알고 있지. 종교가 수많은 지친 사람들에게 지팡이가 되어주고, 죽어가는 사람들에게는 청량제가 되어준다는 것을 잘 알고 있어. 그런데 종교가 모든 이에게 그럴 수 있고 또 그래야만 하는 걸까? 자네가 이 넓은 세상을 자세히 살

퍼본다면, 설교를 들었건 안 들었건 간에 종교가 그런 영향을 끼치지 못하였고, 앞으로도 그러지 못할 수많은 사람들을 볼 수 있을 걸세. 그렇다면 과연 종교가 내게 그런 영향을 끼칠 수 있을까? 하느님의 아들마저도 아버지 하느님이 보내주신 자들만이 자기 주변에 모여들 것이라고 말하지 않았던가? 그런데 만일 내가 그에게 보내진 자가 아니라면? 내 마음이 알려주듯 아버지 하느님이 나를 당신 곁으로 부르고자 하신다면? 제발 부탁이니 오해는 말아주게. 순진한 내 말 속에 조소가 섞여 있다고 생각하지는 말아줘. 지금 나는 자네에게 내 온 마음을 보여주고 있는 것이네. 그렇지 않았다면 차라리 입을 다물고 있었을 거야. 나나 다른 사람이나 모두들 잘 모르고 있는 일에 대해 쓸데없이 이런저런 말을 하고 싶지는 않네. 인간의 운명이란 자신의 한계를 감내하며 자신에게 주어진 잔을 마셔야 하는 것이 아닐까? 그 잔은 하느님의 아들인 예수의 입술에도 쓰디쓴 것이었는데 내가 왜 허세를 부리며 달콤한 척하겠는가? 나의 온 존재가 사느냐 죽느냐의 갈림길에서 벌벌 떨고, 번개처럼 과거가 미래의 어두운 심연 위로 번쩍이고, 내 주변의 모든 것이 가라앉아 나와 함께 온 세상이 몰락하려는 이 무서운 순간에 내가 꺼릴 것이 무엇 있겠나? 이것은 온통 궁지에 몰려 어찌할 바 모르고 속수무책으로 추락해가는 인간이 힘을 다 소진한 후 내면 깊은 곳에서부터 "하느님, 하느님, 어찌하여 저를 버리시나이까?"라고 울부짖는 소리와 같지 않은가? 그러니 내가 그런 표현을 부끄러워할 필요가 무엇 있겠나? 하늘을 보자기처럼 둘둘 말 수 있는 그분조차도 피하지 못한 그 순간을 난들 어찌 두려워하지 않을 수 있겠는가.

11월 21일

그녀는 자신과 나를 파멸시킬 독약을 스스로 준비하고 있다는 사실을 알지도, 느끼지도 못한다네. 그런데 나는 그녀가 내미는, 나를 파멸시킬 그 잔을 기쁨에 몸을 떨며 남김없이 들이마신다네. 그녀가 자주―자주?―아니 자주는 아니지. 하지만 가끔 나를 바라보는 그 다정한 눈길은, 나도 모르게 표출되는 내 감정을 정답게 받아들이는 그녀의 호의는, 그리고 내가 참고 견디고 있는 것을 바라볼 때 그녀의 이마에 나타나는 연민은 대체 무슨 의미일까?

　어제 내가 돌아가려 하자 그녀는 내게 손을 내밀며 말했네. "잘 가요, 사랑하는 베르터!" 사랑하는 베르터! 그녀가 나를 사랑하는 사람이라 부른 것은 이번이 처음이네. 그 말은 내 골수에 사무쳤네. 나는 그 말을 수백 번도 더 되뇌었어. 어젯밤에는 잠자리에 들며 혼잣말을 중얼거리다 그만 엉겁결에 "잘 자요, 사랑하는 베르터!"라는 말이 튀어나왔네. 그러고는 혼자 웃을 수밖에 없었네.

11월 22일

"그녀를 제게 보내주세요!"라고 기도할 수는 없네. 하지만 가끔은 그녀가 내 여자처럼 느껴져. "그녀를 제게 주세요!"라고 기도할 수도 없네. 그녀는 다른 남자의 여자니까. 이렇듯 나는 내 고통을 가지고 농담을 하고 있네. 이렇게라도 하지 않는다면 온갖 반대 푸념만 줄줄이 늘어놓을 테니까.

11월 24일

그녀는 내가 힘들게 참아내고 있다는 것을 느끼고 있네. 오늘 그녀의 눈빛이 내 마음 깊숙이 뚫고 들어왔네. 집에 갔더니 그녀 혼자 있더군. 나는 아무 말도 하지 않았고, 그녀는 나를 가만히 바라보기만 했지. 나는 그녀에게서 더 이상 사랑스러운 아름다움이나 멋진 정신의 광채 같은 것을 보려 하지는 않아. 그런 것은 모두 내 눈앞에서 사라져버렸지. 그보다 훨씬 황홀한 그녀의 눈길이 내 마음을 울렸네. 진심 어린 관심과 감미롭기 그지없는 연민으로 가득한 눈길이. 왜 나는 그녀의 발치에 몸을 던지면 안 되는가? 그녀의 목을 끌어안고 한없는 키스로 화답하면 왜 안 되는가? 그녀는 피아노 쪽으로 몸을 피해 가더니 반주에 맞추어 감미로운 목소리로 나지막이 노래했네. 그녀의 입술이 그토록 매력적으로 보인 적은 처음이었네. 그녀의 입술은 피아노에서 울려 나오는 감미로운 음조를 들이마시려는 갈망으로 벌어져 있었고, 순결한 입에서는 신비한 울림이 메아리쳐 나왔네. 아, 이 모습을 자네에게 생생히 그려 보여줄 수 있다면 얼마나 좋을까! 나는 더 이상 견딜 수가 없어서 고개를 숙이고 맹세하였네. 나는 결코 저 입술에, 하늘의 정령이 감돌고 있는 저 입술에 감히 입 맞추려 하지 않으리라. 하지만…… 아아, 키스하고 싶어! 그런 소망이 내 영혼 앞에 장벽처럼 가로놓여 있다네. 그런 지극한 기쁨을 맛볼 수만—그럴 수만—있다면, 설령 그 죄를 씻기 위해서는 죽어야만 한다고 해도…… 그런데 그것이 죄일까?

11월 26일

가끔 나는 스스로에게 말하지. '너의 운명은 유일무이하다. 다른 사람들의 행복을 찬미하라. 그 누구도 이런 고통을 당하지는 않았으니.' 그러고 나서 옛 시인의 시를 읽으면 마치 내 마음을 들여다보는 것 같아. 나는 이렇듯 숱한 고통을 견뎌내야 하네. 아아, 나처럼 비참한 사람이 전에도 또 있었을까?

11월 30일

정말이지 나는, 마음의 평정을 찾을 수가 없네. 어디를 가든 내 마음을 흩뜨려놓는 사건과 마주치니. 오늘도! 아, 운명이여! 아, 인간이여!

무얼 먹고 싶은 생각도 없어서 점심때 강변으로 산책을 나갔네. 모든 것이 황량했어. 산 쪽에서 차고 축축한 저녁바람이 불어오고 잿빛 비구름이 계곡으로 몰려들고 있었지. 저 멀리 남루한 녹색 외투를 입은 사람이 보였는데, 바위 사이를 기어 다니며 약초를 찾고 있는 듯했네. 내가 가까이 가자 그는 기척을 듣고 뒤를 돌아다보았는데 인상이 아주 흥미롭더군. 애잔한 슬픔이 기저를 이루고 있으면서 올곧고 선량한 마음씨가 엿보이는 인상이었어. 검은 머리는 핀을 꽂아 두 갈래로 나누고, 나머지는 굵직하게 땋아서 등 뒤로 늘어뜨렸네. 옷차림으로 보아 낮은 신분의 사람인 듯하여, 그가 무얼 하는지 물어보아도 언짢게 여기지 않으리라 생각하고 무엇을 찾느냐고 물어보았네. "꽃을 찾고 있습니다." 깊은 한숨을 내쉬며 그가 대답했네. "그런데 하나도 찾을 수가 없네요." "지금은 제철이 아니니까 그렇지요." 나는 웃으며 말했네. "아니, 꽃은 많이 피어 있어요." 그는 내가 있는 곳으로 내려오면서 대답했네. "우리 집 정원에는 장미와 인동초가 있어요. 하나는 아버지가 주신 건데, 둘 다 잡초처럼 잘 자랐어요. 벌써 이틀 동안이나 꽃을 찾고 있는데 보이질 않아요. 이 근처에도 늘 꽃이 있었는데. 노란 꽃, 푸른 꽃, 붉은 꽃. 용담초 꽃도 아주 예쁘고요. 그런데 하나도 찾을 수가 없어요." 나는 무언가 이상한 낌새를 느끼고는 에둘러 물어보았네. "그 꽃으로 무얼 하시려고?" 묘하게 실룩거리는 미소로 그의 얼굴이 일그러졌네. "당신이 아무한테도 말하지 않는다면" 하고 그는 손가락을 입에 대며 말했네. "애인에게 꽃다발을 만들어주기로 약속했어요." "그것 참 멋진 일이군요." 내가 말했네. "그녀는 다른 것들도 많이 갖고 있어요. 아주 부자예요." "그래도 당신의 꽃다발은 좋아할 겁니다." "아, 그녀는 보석도 많고 왕관도 하나 있어요." "그녀 이름이 뭐지요?" "네덜란드 정부가 내게 돈을 지불했더라면" 하고 그가 대답했네. "나는 다른 사람이 되었을 거예요! 내게도 한때 좋은 시절이 있었지요. 그런데 지금은 끝장나버렸어요. 이제 나는……." 하늘을 올려다보는 그의 젖은 눈빛이 모든 것을 말해주고 있었네. "예전에는 행복했군요?" 내가 물었네. "아아, 다시 한 번 그전으로 돌아가고 싶어요. 그럴 수만 있다면! 그때는 행복하고 즐거웠지요. 물을 만난 물고기처럼 신났었지요!" "하인리히!" 그때 한 노파가 우리 쪽으로 다가오며 소리쳤네. "하인리히, 대체 어디에 있었던 거니? 한참 찾았잖아. 자, 밥 먹으러 가자." "아드님이신가요?" 그녀에게 다가서며 내가 물었네. "예, 불쌍한 제 아들놈입니다. 하느님이 제게 무거운 십자가를 지우셨어요." "언제부터 이렇게 되었습니까?" "이렇게 조용해진 지는 한 반 년쯤 되었어요. 이만한 것도 참 다행이에요. 그전에는 근 1년을 미쳐 날뛰는 바람에 정신병원에서 사슬에 묶여 있었어요. 이제는 아무한테도 해를 끼치지 않아요. 오직 왕이나 황제들에게 빠져 살고 있지요. 전에는 제 살림도 잘 도와주고 글씨도 곧잘 쓰는 착하고 얌전한 아들이었는데. 그런데 갑자기 우울증에 빠지고 심한 열병을 앓고 나더니 그만 미쳐버리고 말았답니다. 그리고 지금은 선생님이 보시는 것처럼 이런 상태지요. 굳이 말씀을 드리자면……" 나는 홍수처럼 쏟아지는 그녀의 말을 가로막으며 물었네. "아드님이 정말 행복하고 좋았다고 자랑하는 시절이 언제를 말하는 것입니까?" "불쌍한 녀석!" 그녀는 연민으로 가득한 미소를 지으며 말했네. "그건 정신이 나갔을 때를 말하는 겁니다. 늘 그 시절을 자랑하는 거예요. 정신병원에서 아무것도 모르는 채 갇혀 있던 시절을 말입니다." 이 말이 내게 마치 천둥소리처럼 울렸네. 나는 그녀의 손에 약간의 돈을 쥐여주고는 급히 그 자리를 떠났네.

그대는 그때가 행복했었구나! 시내 쪽으로 걸어가며 나는 혼잣말로 소리쳤네. 그대는 그때 물을 만난 물고기처럼 행복했구나! 하늘에 계신 하느님! 당신은 우리가 이성을 갖기 전이나 그것을 다시 잃어버렸을 때 말고는 행복을 느끼지 못하게끔 인간의 운명을 만들어놓으셨군요! 불행한 사람이여! 하지만 나는 그대의 우울증과 그대를 파멸시키는 정신착란이 오히려 부럽네! 이 한겨울에 그대의 여왕에게 꽃을 꺾어주려고 희망에 가득 차서 밖으로 나오고, 꽃을 찾지 못해 슬퍼하면서도 정작 왜 그런지는 모르니. 하지만 나는, 나는 아무런 희망도 아무런 목표도 없이 집을 나왔다가 그 상태로 다시 집으로 돌아가고 있구나. 그대는 네덜란드 정부가 돈을 지불해주었다면 어떤 사람이 되었을지 상상하지! 자신이 행복하지 못한 것을 세상의 방해 탓으로 돌릴 수 있으니 그대는 천복을 받은 사람이다! 그대는 알지 못하는구나. 그대의 불행은 그대의 무너진 마음과 부서진 머리에서 기인하기에 이 세상의 어떤 왕들도 그대를 구해줄 수 없다는 것을, 그대는 깨닫지 못하는구나.

먼 곳의 온천으로 여행을 떠났다가 오히려 병이 악화되어 더욱 고통스럽게 살아가는 환자를 비웃는 인간이거나, 양심의 가책을 덜고 영혼의 고뇌를 떨쳐버리려고 성자의 무덤으로 순례를 떠나는 절박한 마음을 멸시하는 인간은 비참한 죽음을 당해야 마땅하네! 길도 없는 길을 걷다가 발바닥을 베어도, 내딛는 걸음 한 발 한 발이 괴로운 영혼에게는 한 방울의 진정제가 되고, 참고 견디어낸 하루하루의 고행이 마음의 괴로움을 덜어줄 것이네. 그런데 당신들, 푹신한 의자에 앉아 현학적인 말만 늘어놓는 당신들이 그것을 어찌 망상이라 부를 수 있단 말인가? 망상이라! 아아, 하느님, 당신은 저의 눈물을 보고 계시지요! 당신은 인간을 너무도 가련한 존재로 창조하시고는, 그것도 모자라 보잘것없는 우리의 소유물은 물론 당신에 대한 자그만 믿음마저 빼앗아 가는 형제들까지 붙여주셔야만 했습니까. 만물을 사랑하시는 하느님! 병을 치유해주는 나무뿌리나 포도즙의 효험을 믿는 것은 곧 당신을 믿는 것이 아니겠습니까? 당신이 우리를 둘러싸고 있는 만물에 우리가 늘 필요로 하는 치유와 위안의 힘을 부여해놓았기 때문이지요. 제가 알 수 없는 아버지 하느님! 지난날엔 제 영혼을 가득 채워주시더니 지금은 제게서 얼굴을 돌리신 아버지, 저를 당신에게로 불러주세요! 더 이상 침묵하지 말아주세요! 이 목마른 영혼은 당신의 침묵을 견딜 수가 없습니다. 예기치 않게 다시 돌아온 아들이 목을 껴안으며 이렇게 외칠 때 그것을 노여워할 사람이, 분노할 아버지가 어디 있겠습니까. "아버지, 제가 다시 돌아왔습니다. 당신의 뜻대로 좀 더 오래 견뎠어야 했는데, 그만 여행을 중단하고 돌아온 것을 노여워하지 마세요. 세상은 어디나 마찬가지인 것 같습니다. 수고와 노동에는 대가와 기쁨이 따릅니다. 하지만 그런 것이 제게 무슨 소용이 있겠습니까? 저는 오직 당신이 계신 곳에서만 행복을 느낄 수 있습니다. 저는 기쁨도 슬픔도 당신 앞에서 느끼고 싶습니다." 하늘에 계신 아버지, 그런데도 당신은 그 아들을 쫓아내려 하십니까?

12월 1일

빌헬름! 지난번 편지에 쓴 그 남자, 그 행복하고도 불행한 사람은 로테 아버지의 서기였다는군. 로테에 대한 열정을 남몰래 키워오다 마침내 그 사실을 털어놓는 바람에 해고를 당했고, 그 때문에 미쳐버렸다네. 그 이야기가 내게 얼마나 커다란 충격을 주었는지 자네도 이 무미건조한 글에서나마 느껴보시게. 알베르트는 내게 그 이야기를 태연하게 들려주었는데, 자네도 아마 이 글을 태연하게 읽고 있겠지.

12월 4일

제발 부탁이네. 자네도 알겠지만, 나는 이제 끝장이네. 더 이상 견딜 수가 없어! 오늘 나는 그녀 옆에 앉아 있었어—그녀 옆에—그녀는 피아노를 연주했지—다양한 멜로디를, 자신의 온 감정을 실어서! 모든, 모든 감정을 말일세!—내가 지금 무엇을 바라고 있지?—그녀의 어린 여동생은 내 무릎 위에 앉아 인형에게 옷을 입혀주고 있었네. 내 눈에 눈물이 고였어. 그래 고개를 숙였지. 그녀의 결혼반지가 눈에 들어왔네—눈물이 주르륵 흘렀네. 그녀가 갑자기 감미로운 예전의 멜로디를 연주하기 시작했네, 갑자기 말이야. 그러자 내 마음속엔 위안의 감정과 지난날의 추억이 밀려왔어. 그 노래를 즐겨 듣던 시절, 로테와 헤어져 암울했던 분노의 시간들, 그리고 좌절된 희망의 추억들이 떠올랐네. 나는 방 안을 이리저리 서성거렸지만 감정이 복받쳐 숨이 막힐 지경이었네. "제발." 나는 감정이 격해져서 그녀에게 달려가며 소리쳤네. "제발, 그만하세요!" 그녀는 연주를 멈추고 나를 물끄러미 바라보았네. "베르터." 그녀는 미소를 지으며 말했네. 그녀의 미소는 내 영혼 깊숙이 파고들었네. "베르터, 몹시 편찮은가봐요. 당신이 제일 좋아하던 곡마저 싫어하니 말이에요. 그만 돌아가보세요! 제발 안정을 취하도록 해요." 나는 서둘러 그녀에게서 떠나왔네. 하느님, 당신은 제 고통을 아실 테니, 이제 제발 이 고통을 끝내주십시오.

12월 6일

어디를 가나 그녀의 모습이 늘 나를 따라다니고 있네! 자나 깨나 온통 내 영혼을 가득 채우고 있어! 눈을 감으면 여기, 내면의 시력이 모이는 이 머릿속에 그녀의 검은 눈동자가 나타난다네. 아, 어떻게 설명해야 하나. 눈을 감으면 그녀의 눈동자가 나타나는 거야. 마치 바다처럼, 무슨 심연처럼 그녀의 눈동자가 내 앞에, 내 안에 나타나 내 머릿속을 가득 채운다네.

반쯤은 신이라고 찬양받는 우리 인간이란 대체 어떤 존재인가? 가장 힘이 필요한 순간에 정작 그 힘이 부족하지 않은가? 기쁨에 겨워 들뜨거나 슬픔에 잠겨 있을 때에도 인간은 그 감정에 온전히 머물러 있지 못하네. 무한한 자의 충만함 속으로 녹아들어가 자신을 잊어버리길 간절히 원하면서도 인간은 곧바로 무감각하고 차가운 의식으로 다시 돌아오지 않는가?

편저자가 독자에게

우리 친구 베르터의 저 독특한 마지막 며칠과 관련한 자필 기록이 많이 남아 있기를 얼마나 바랐는지 모릅니다. 그러면 제가 이런 이야기로 그가 남긴 편지를 중단시킬 필요도 없을 테니까요.

저는 그의 이야기를 알 법한 사람들의 입을 통해 정확한 정보를 수집하려고 노력했습니다. 그 이야기는 간단했고, 사소한 부분을 제외하고는 거의 일치하였습니다. 단지 베르터와 관련된 다른 당사자들의 심리 상태에 대해서는 의견이 분분하고 판단 또한 엇갈렸습니다.

우리에게 남은 일은 계속 노력해서 정보를 얻고, 그것을 솔직하게 전달하고, 고인이 남긴 편지를 중간중간 끼워 넣으며, 그간 발견된 쪽지는 아무리 사소한 것이라도 소홀히 다루지 않는 것뿐입니다. 평범하지 않은 사람들의 사건에서는 그 행위의 독특하고도 본질적인 동기를 찾아내기가 특히나 힘들기 때문입니다.

베르터의 마음에는 불만과 불쾌함이 점점 더 깊이 뿌리를 내리고 더욱 단단하게 뒤엉켜서 점점 더 그의 전 존재를 사로잡게 되었습니다. 정신의 조화는 완전히 깨져버렸고, 내면의 울화와 흥분이 그의 천성이 지닌 모든 힘을 뒤흔들어놓아 가장 나쁜 영향을 미쳤습니다. 그래서 결국 그는 탈진하고 말았습니다. 그는 이 상태에서 벗어나려고 지금까지 모든 불행과 싸웠던 때보다 더 안절부절못하며 애를 썼습니다. 마음의 불안은 그의 정신에 남아 있던 힘은 물론이고 활력과 통찰력마저 소진시켜버렸고, 그는 다른 사람과의 모임에서도 슬픔에 잠겨 점점 더 불행해졌습니다. 그리고 불행해지면 질수록 점점 더 부당한 행동을 하였습니다. 적어도 알베르트의 친구들은 그렇게 말합니다. 그들의 주장에 따르면 순수하고 점잖은 알베르트가 오랫동안 소망하던 행복을 성취하였고, 그 행복을 앞으로도 유지하려고 한 것인데 베르터는 그런 그의 태도를 제대로 헤아릴 수 없었다는 것입니다. 그리고 베르터는 날마다 전 재산을 탕진하고 저녁이면 곤경에 처해 괴로워하는 그런 사람이었다는 것이지요. 그들은 또한 알베르트가 그렇게 짧은 시간에 변할 사람이 아니라고 말합니다. 알베르트는 베르터가 처음 알게 되었을 때부터 매우 높이 평가하고 존경했던 바로 그 사람으로 남아 있었으며, 무엇보다 로테를 사랑하고 그녀를 자랑스러워하며, 모든 사람들한테 가장 훌륭한 여인으로 인정받기를 원했다는 것입니다. 그가 조금의 의심마저 모두 떨쳐버리려 했다 해서, 그리고 아무리 순수한 방식이라고 할지라도 자신의 값진 보물을 그 어느 누구와도 나누지 않으려 했다 해서 그를 비난할 수 있겠느냐는 것이지요. 그들은 베르터가 로테와 함께 있으면 알베르트가 종종 방에서 나가곤 했다는 사실을 인정합니다. 하지만 이는 베르터에 대한 증오나 혐오 때문이 아니라 베르터가 자신의 존재를 부담스럽게 여기는 것을 느꼈기 때문이라고 말합니다.

로테의 아버지가 병환으로 집 밖을 나설 수 없게 되었기 때문에 로테를 부르는 마차를 보냈습니다. 그녀는 마차를 타고 집을 나섰지요. 멋진 겨울날이었습니다. 첫눈이 제법 많이 내려서 온 세상을 덮고 있었습니다.

다음 날 아침 베르터가 그녀에게 갔습니다. 알베르트가 그녀를 데리러 오지 않을 경우 자신이 그녀와 동행하기 위해서였지요.

청명한 날씨도 그의 우울한 기분을 덜어주지 못했습니다. 숨이 막힐 듯 답답한 생각들이 그의 머리를 짓눌렀고, 슬픈 전망만이 확실해 보였으며, 그의 기분은 온통 고통스러운 상념에서 상념으로 쉼 없이 요동쳤습니다.

스스로에 대한 끊임없는 불만 속에서 살아가고 있던지라 베르터에게는 다른 사람들의 상태도 점점 의심스럽고 혼란스레 보였습니다. 그는 자신이 알베르트와 로테 사이의 좋은 관계를 깨뜨렸다고 생각하며 스스로를 책망했습니다. 그런데 그 책망 속에는 그녀의 남편 알베르트에 대한 남모르는 반감도 어느 정도 섞여 있었습니다.

길을 가면서도 그는 온통 그 생각에 잠겼습니다. "그래, 그래." 그는 이를 갈며 혼잣말을 했습니다. "이런 것이 어떻게 친밀하고 우호적이며 모든 것을 함께 나누는 다정한 관계란 말인가! 조용히 오래 지속되는 신의란 말인가! 아니야, 그것은 권태이자 무관심일 뿐이야! 그는 지금 귀하고 소중한 자기 아내보다 온갖 쓸데없는 일에 더 신경을 쓰고 있지 않은가? 그는 자신의 행복이 얼마나 값진지 제대로 알고 있기나 할까? 로테가 받아 마땅한 그런 존중을 제대로 하고 있단 말인가? 그런데도 그는 그녀를 차지하고 있어. 그래, 그녀를 소유하고 있어. 그것은 당연하고 그 사실을 나는 잘 알고 있지. 나는 그런 생각에 이미 익숙해져 있어. 하지만 그런 생각을 하면 미칠 것 같고 죽을 것만 같아. 대체 나를 대하는 그의 우정이 올바르다 할 수 있을까? 내가 로테에게 집착하는 것을 보고 자신의 권리가 침해당했다고 생각하고, 내가 로테에게 관심을 기울이는 것을 자신에 대한 무언의 질책이라 여기지 않을까? 나는 잘 알고 느끼고 있어. 그는 나와 만나는 것을 기꺼워하지 않아. 그는 내가 사라져주기를 바라고 있는 거야. 내 존재 자체가 그에게는 부담인 것이야."

베르터는 몇 번이나 서둘러 가던 걸음을 멈추고 가만히 서 있곤 했는데, 다시 되돌아가고 싶어 하는 것 같았습니다. 그러나 그의 발걸음은 계속 앞으로 나아갔습니다. 그는 생각에 잠겨 혼잣말을 하면서 결국은 자기도 모르는 사이에 수렵관에 도착했습니다.

그는 문 안으로 들어가 로테 아버지와 로테의 안부를 물었습니다. 그런데 집안 분위기가 어수선한 것을 느꼈습니다. 큰아이가 와서 저 건너 발하임에서 불행한 사건이 일어났는데 어떤 농부가 맞아 죽었다는 것이었습니다! 그 말은 베르터에게 아무런 인상도 남기지 못했습니다. 그가 방 안에 들어서자 로테가 열심히 아버지를 설득하고 있는 것이 보였습니다. 아버지는 병중인 것도 아랑곳 않고 범행을 조사하러 직접 사건 현장으로 가야겠다는 것이었습니다. 범인은 아직 밝혀지지 않았고, 피살자는 아침에 대문 앞에서 발견되었습니다. 피살자는 어느 과부의 머슴이었습니다. 사람들의 추측으로는 그 과부가 전에 다른 머슴을 고용한 적이 있는데, 그가 그 집에서 쫓겨난 것에 상당한 불만을 품고 있었다는 것이었습니다.

베르터가 그 말을 듣자 벌떡 일어나며 소리쳤습니다. "어떻게 그런 일이! 그리로 가봐야겠습니다. 한시도 지체할 수가 없어요!" 그는 서둘러 발하임으로 갔습니다. 온갖 기억이 생생히 떠올랐습니다. 바로 그 사람, 그가 자주 이야기를 나누었고 소중하게 여겼던 그 사람이 범행을 저질렀으리라는 것을 그는 조금도 의심치 않았습니다.

시체가 놓여 있는 음식점으로 가기 위해서는 보리수나무 사이를 지나가야만 했는데 예전에는 그렇게 좋았던 그곳이 왠지 무섭게 느껴졌습니다. 동네 아이들이 자주 모여 놀던 문지방은 피로 물들어 있었습니다. 인간의 가장 아름다운 감정인 사랑과 신의가 폭력과 살인으로 변한 것이었습니다. 커다란 보리수나무들은 잎이 다 떨어져 서리에 덮여 있었고, 교회의 나지막한 담장을 아치형으로 휘감고 있던 아름다운 울타리도 잎이 다 떨어져서 그 사이로 눈 덮인 묘석들이 들여다보였습니다.

온 마을 사람들이 모여 있는 음식점으로 가까이 갔을 때 갑자기 소란한 소리가 크게 들렸습니다. 멀리 무장한 남자들의 무리가 보였는데, 범인을 잡아 오고 있다며 저마다 큰 소리로 외치고 있었습니다. 베르터가 그쪽을 바라보니 더 이상 의심할 여지가 없었습니다. 그렇습니다. 범인은 바로 그 여주인을 그렇듯 사랑했고, 조용한 분노와 남모를 절망을 품고 이리저리 방황하던, 자신이 얼마 전에 만났던 그 머슴이었습니다.

"대체 무슨 짓을 저지른 것인가, 이 불행한 사람아!" 베르터는 잡혀 온 사람에게 다가가며 소리쳤습니다. 그 남자는 그를 가만히 바라보며 묵묵히 있다가 마침내 아주 차분하게 대답했습니다. "그 누구도 그녀를 가질 수 없어요. 그녀 역시 어떤 남자도 가질 수 없습니다." 사람들이 그를 음식점 안으로 끌고 들어갔고 베르터는 황급히 그 자리를 떠났습니다.

이 놀랍고도 강력한 충격으로 그의 내면에 도사리고 있던 감정들이 온통 뒤흔들려버렸습니다. 그는 잠시나마 자신의 슬픔과 불만, 냉담한 자포자기 상태에서 벗어나게 되었습니다. 그 남자를 동정하는 마음이 견딜 수 없을 정도로 강해져서 그를 구해야겠다는 강렬한 욕망에 사로잡혔습니다. 그 남자가 너무도 불쌍했습니다. 그가 범인이라지만 죄가 없다는 생각이 들었습니다. 베르터는 너무도 깊숙이 그 사람의 입장에 빠져버렸기에 다른 사람에게도 그의 무죄를 설득시킬 수 있으리라고 확신했습니다. 그는 그 남자를 위해 변호할 수 있기를 바랐습니다. 그러자 그를 위한 생생한 변론이 벌써 베르터의 입술로 솟아 나왔습니다. 그는 수렵관을 향해 서둘러 달려갔습니다. 가는 길에 이미 그는 자신이 행정관에게 말하고자 하는 모든 말들을 반쯤 소리 내어 입 밖에 내지 않을 수 없었습니다.

그가 방 안으로 들어섰을 때 알베르트가 와 있는 것을 발견하고는 잠시 기분이 언짢았습니다. 하지만 곧 마음을 다시 가다듬고 행정관에게 자신의 의견을 열렬히 토로했습니다. 행정관은 몇 번이나 머리를 가로저었습니다. 베르터가 엄청난 활력과 열정 그리고 진실을 다해 한 사람이 다른 사람을 위해 변호할 수 있는 모든 말을 다 늘어놓았음에도, 쉽게 짐작할 수 있듯 행정관은 전혀 감동하지 않았습니다. 그는 오히려 우리 친구의 말을 중간에 가로막고 강하게 반박하며 살인자를 두둔한다고 베르터를 꾸짖기까지 하였습니다. 그런 식으로라면 모든 법률이 무효가 되고 국가의 안전 또한 무너질 것이라고 지적하였습니다. 그러고는 이런 사건에서는 자신이 가장 막중한 책임감을 지니고 모든 것을 정해진 규정과 절차에 따라 처리할 수밖에 없다고 덧붙였습니다.

베르터는 그래도 포기하지 않고 누군가가 그 사람이 도망가게 도와줄 경우 행정관께서는 눈감아달라고 간청을 하였습니다. 행정관은 그것마저 거절했습니다. 마침내 그 이야기에 끼어든 알베르트도 행정관의 편을 들었습니다. 베르터는 다수결에서도 밀리고, 행정관이 몇 번이나 "아니, 그자를 구할 길은 없네!"라고 말하자 말할 수 없는 고통을 안고 자리를 떴습니다.

이 말이 그에게 얼마나 큰 충격을 주었는지는 그의 서류에서 발견된 종이쪽지에서 알 수 있습니다. 그 쪽지는 분명 그날 쓴 것이 틀림없습니다.

"자네는 구원받을 수 없네, 불행한 이여! 나는 우리가 구원받지 못하리라는 것을 잘 알고 있네."

행정관이 있는 자리에서 알베르트가 범인에 대해 한 말이 베르터의 심기를 심히 건드렸습니다. 그 말 속에는 자신에 대한 몇 가지 반감이 들어 있다고 생각했기 때문이었습니다. 예리한 분별력을 지닌 베르터가 곰곰이 생각해보고서는 두 사람이 옳다는 것을 알긴 했지만, 그걸 시인하고 인정한다면 자신의 가장 깊은 내면의 존재를 부정해야 할 것만 같은 생각이 들었습니다.

이 일과 관련하여 우리는 알베르트와 그의 관계를 잘 드러내주는 쪽지 한 장을 그의 서류 속에서 발견했습니다.

"그가 훌륭하고 선량한 사람이라고 나 자신에게 자꾸 되풀이해서 말해본들 무슨 소용이 있겠는가. 이렇게 나의 오장육부가 찢어질 듯한데. 그래서 나는 공정해질 수가 없다."

포근한 저녁이었고 눈이 녹을 정도의 날씨였기에 로테는 알베르트와 걸어서 돌아왔습니다. 도중에 그녀는 이리저리 주위를 둘러보곤 했습니다. 아마도 베르터가 함께 오지 않아서 아쉬워하는 듯했습니다. 알베르트는 베르터에 대해 이야기를 시작했습니다. 그는 베르터가 공명정대하지 못하다고 비난했습니다. 베르터의 불행한 열정에 대해 말하고는 가능하다면 그를 멀리했으면 좋겠다고 말했습니다. "우리를 위해서도 그렇게 했으면 좋겠소." 알베르트가 말했습니다. "당신에게 부탁하고 싶소" 하고 그는 말을 이었습니다. "당신에 대한 그의 태도를 바꿀 수 있도록 해봐요. 그리고 그가 너무 자주 찾아오는 것도 삼갔으면 좋겠소. 사람들이 이상하게 여기는 것 같소. 벌써 여기저기서 그런 이야기를 수군거리는 모양이오." 로테가 아무 말도 하지 않자, 알베르트는 그녀의 침묵이 마음에 걸리는 모양이었습니다. 적어도 그 이후부터는 더 이상 베르터에 대한 이야기를 하지 않았고, 그녀가 베르터의 이야기를 꺼내도 말을 중단시키거나 화제를 다른 데로 돌렸습니다.

베르터가 그 불행한 남자를 구하려 했던 헛된 시도는 꺼져가는 촛불이 마지막으로 타오른 불꽃이었습니다. 그는 점점 더 심한 고통과 무력감에 빠져들었습니다. 특히 그 남자가 지금 범행을 부인하고 있어서 사람들이 자신을 반대증인으로 부를지도 모른다는 소리를 들었을 때는 거의 정신을 잃을 지경이었습니다.

지금까지 그가 살아오면서 마주쳤던 불쾌한 일들, 공사관에서의 기분 나쁜 사건, 실패로 돌아간 일들, 가슴 아팠던 모든 일들이 마음속에 떠올랐다가 사라졌습니다. 이 모든 일이 지금 그가 아무 일도 하지 못하는 데 대한 핑계가 되었습니다. 모든 미래 전망에서 스스로를 차단시키고, 평범한 생활을 해나갈 계기를 잡을 능력도 없다고 느꼈습니다. 그는 이렇게 기이한 감정과 생각 그리고 끝없는 열정 속으로 점점 빠져들었고, 자신으로 인해 삶의 안정이 깨진 사랑하는 여인과의 비극적인 만남을 끝없이 지속하며, 아무런 목적도 전망도 없이 자신의 힘을 소진시키면서 서서히 비극적 종말을 향해 다가갔습니다.

그의 정신적 혼란과 열정, 쉼 없는 충동과 노력, 삶의 피로감 등에 대해서는 그가 남긴 몇 통의 편지가 가장 확실한 증거가 될 것이기에 여기에 그것을 소개하고자 합니다.

"12월 12일

사랑하는 빌헬름, 나는 지금 사람들이 악령에 쫓기고 있다고 말하는 그런 불행한 이들과 같은 상태에 처해 있다네. 무언가가 종종 나를 사로잡는데, 그것은 불안도 아니고 욕망도 아니네. 알 수 없는 내면의 광란이 내 가슴을 갈기갈기 찢어버리고 목구멍을 조르곤 하네! 아아! 괴롭네! 그럴 때면 나는 인간에게 적대적인 이 계절의 섬뜩한 밤 풍경 속을 이리저리 헤매고 다닌다네.

어젯밤 나는 외출할 수밖에 없었네. 날씨가 갑자기 따뜻해져 눈이 녹는 바람에 강물이 범람하고, 모든 시냇물이 불어나 발하임에서부터 내가 좋아하는 계곡까지 모두 물에 잠겼다는 말을 들었네! 밤 열한 시가 넘어서 나는 밖으로 뛰쳐나갔네. 바위 위에서 거센 물줄기가 달빛을 받으며 소용돌이치는 광경을 보고 있노라니 정말 무시무시했네. 밭과 초원과 울타리까지 모두 물에 잠기고 넓은 계곡의 저 멀리까지 온통 폭풍이 휘몰아치는 바다가 되어 바람 속에서 울부짖고 있었네! 그러다 달이 다시금 검은 구름 위로 모습을 드러내자 내 눈앞에서는 물줄기가 너무도 장엄하게 달빛을 반사하며 소리쳐 흘러가고 있었네. 그때 온몸에 전율이 일었고 다시금 그리움이 솟아올랐네! 아아, 나는 두 팔을 활짝 벌리고 심연을 향해 마주 서서 깊은 숨을 내쉬었네. 아래로! 저 아래로! 나의 고통과 나의 슬픔이 저 물결처럼 쏴쏴 소리를 내며 아래로 휩쓸려 내려가는 듯한 희열에 나는 넋을 잃었네! 아아! 하지만 너는 땅바닥에서 발을 떼어 이 모든 괴로움을 끝내버리지 못하는구나! 나는 내 운명의 시계가 아직 다 돌아가지 않았음을 느끼네! 아, 빌헬름! 저 폭풍우로 구름을 찢고 거센 물결을 움켜쥘 수 있다면 인간으로서의 내 삶을 기꺼이 던져버릴 수 있을 텐데! 그래! 언젠가는 그런 환희가 감옥에 갇혀 있는 이 몸에게도 주어지지 않겠는가?

무더운 여름날 산책길에서 로테와 함께 쉬곤 하던 버드나무 아래 아늑한 장소를 내려다보면서 나는 얼마나 가슴이 아프던지. 그곳 또한 물에 잠겨 버드나무조차 알아볼 수가 없었네! 빌헬름! 그녀가 사는 초원과 그녀의 수렵관 주변은 어떻게 되었을까 생각했지! 우리의 정자도 지금 저 거친 물결에 휩쓸려 얼마나 엉망이 되었을까! 그리고 감옥에 갇힌 죄수가 가축과 목장 그리고 명예로운 지위를 꿈꾸듯, 지난 시절의 추억이 햇살처럼 내 안을 비추었네. 나는 거기 그렇게 서 있었네!—나는 죽을 용기가 있으니 나 자신을 탓하지 않겠네. 차라리 내가…… 그런데 나는 지금 여기 노파처럼 앉아 있네. 기쁨도 모른 채, 죽어가고 있는 삶을 잠시나마 연장시키고, 고통을 덜어보겠다고 울타리에서 땔감을 긁어모으고, 이 집 저 집에서 빵을 구걸하는 노파처럼 앉아 있네."

"12월 14일

사랑하는 친구여, 이게 무슨 일인지? 나도 스스로가 놀라울 뿐이네! 그녀에 대한 나의 사랑은 가장 신성하고 순수하며 형제와 같은 사랑이 아니었던가? 지금까지 한 번이라도 죄가 될 만한 소망을 내 마음속에 품은 적이 있었던가?—단언할 수는 없지만 말일세. 그런데 꿈이란! 아아, 알 수 없는 낯선 힘이 이처럼 모순된 마음의 작용을 불러일으킨다고 생각한 사람들의 지적은 얼마나 진실된가! 어젯밤 꿈이었네! 이 말을 하려니 몸이 떨리네. 나는 두 팔로 그녀를 꼭 안은 채, 사랑을 속삭이는 그녀의 입술에 끝없는 키스를 퍼부었지. 나의 눈은 사랑에 취한 그

162

녀의 눈 속에 흠뻑 잠겼지! 아, 하느님! 저 불타는 듯한 기쁨을 마음속 깊이 되새기며 지금도 지극한 행복을 느끼고 있다면 지금 저는 죄를 짓고 있는 것입니까? 로테! 로테! 이제 나는 끝났어요! 나의 감각은 혼란스러워졌고, 벌써 일주일째 생각할 힘을 잃고, 두 눈에는 끝없이 눈물이 흐르네. 그 어디에서도 행복을 느끼지 못하면서 동시에 어디에 있든 행복하네. 바라는 것도, 원하는 것도 없네. 차라리 떠나버리는 것이 낫겠네."

세상을 하직하고자 하는 베르터의 결심은 점점 더 확고해졌습니다. 로테에게 돌아온 이후 그러한 생각은 언제나 그의 마지막 가능성이자 희망이었습니다. 하지만 너무 서두르거나 성급한 행동이어서는 안 되고, 확고한 확신을 가지고 가능한 한 차분하게 결단을 내린 상태에서 마지막 발걸음을 내디뎌야 한다고 그는 자신에게 타일렀습니다.

그의 망설임 그리고 자신과의 싸움은 그가 남긴 쪽지에 잘 나타나 있습니다. 그것은 아마도 빌헬름에게 보내려고 쓰기 시작한 편지인 듯한데, 날짜도 없는 채로 그의 서류 속에서 발견되었습니다.

"그녀의 현존재와 그녀의 운명 그리고 내 운명에 대한 그녀의 연민이 다 타버린 내 머리에서 마지막 남은 눈물을 짜내고 있다네.

장막을 걷어 올리고 그 안으로 들어가는 거야! 그러면 돼! 그런데 왜 머뭇거리며 망설이고 있는가? 장막 뒤의 모습이 어떨지 몰라서? 다시 돌아올 수 없기 때문에? 우리가 전혀 알지 못하는 불확실한 곳에는 혼란과 암흑이 있으리라고 지레 짐작하는 것이 우리 정신의 특성이지 않은가."

마침내 베르터는 이러한 암울한 생각에 점점 익숙해지고 친숙해졌으며, 그의 각오는 더욱 확고해져 되돌릴 수 없을 정도가 되었습니다. 그에 대해서는 친구에게 쓴 다음과 같은 의미심장한 편지가 잘 입증해주고 있습니다.

"12월 20일

빌헬름, 내 말을 그렇게 이해해주었다니, 자네의 애정에 고마움을 전하네. 그래, 자네가 옳아. 내가 떠나는 게 좋을 거야. 하지만 자네들에게로 바로 돌아오라는 제안은 썩 마음에 들지는 않네. 적어도 나는 먼 길을 돌아서 가고 싶네. 요즘 계속 날씨가 추워서 길 상태도 좋을 테니까. 자네가 나를 데리러 온다니 아주 기쁘네. 하지만 두 주만 연기해주게. 자세한 것은 다음에 편지로 알릴 테니 그때까지만 기다려주게. 모름지기 무엇이든 무르익기 전에는 따지 않는 법이네. 두 주 더 있고 덜 있는 것의 차이는 크다네. 어머니께는 아들을 위해 기도해달라고, 그리고 내가 어머니께 여러모로 걱정을 끼친 것에 대해 용서를 빌고 있다고 말씀드려주게. 기쁘게 해주어야 할 사람들을 오히려 슬프게 만드니, 그것도 내 운명인가보네. 내 가장 소중한 친구여, 안녕히!

자네에게 하늘의 온갖 축복이 내리기를! 부디, 안녕히!"

그 당시 로테가 무슨 생각을 하고 있었는지, 남편과 그녀의 불행한 친구에 대한 감정이 어떠했는지는 말로 표현하기가 어렵습니다. 다만 우리가 알고 있는 그녀의 성격에 비추어 어느 정도 짐작은 할 수 있습니다. 아름다운 영혼을 지닌 여성이라면 그녀의 생각과 감정에 공감할 수 있을 것입니다.

로테가 무슨 수를 써서라도 베르터를 멀리하기로 굳게 결심한 것만은 분명합니다. 그동안 그녀가 주저해왔던 것은 친구를 아끼는 진실한 마음 때문이었습니다. 그를 멀리하려는 자신의 행동이 베르터에게 얼마나 힘들지, 그런 이별이 그에게는 거의 불가능하리라는 것을 잘 알고 있었기 때문입니다. 하지만 이 무렵 그녀는 좀 더 진지하게 처신해야 한다는 생각에 사로잡혔습니다. 이런 관계에 대해 그녀는 줄곧 침묵해왔는데, 남편 역시 그에 대해 철저히 침묵으로 일관했습니다. 그럴수록 그녀는 더욱더 자신의 생각이 남편의 생각과 다르지 않다는 것을 행동으로 증명해 보여주어야 한다고 생각했습니다.

이 책에 마지막으로 수록된 앞의 편지는 베르터가 친구에게 크리스마스 직전의 일요일에 쓴 것이었습니다. 그날 저녁 베르터가 로테를 찾아갔을 때 그녀는 혼자 있었습니다. 그녀는 자신의 동생들에게 크리스마스 선물로 주려고 장만한 장난감들을 정리하고 있었습니다. 베르터는 아이들이 아주 기뻐할 거라고 말하며 자신의 어린 시절 이야기를 꺼냈습니다. 그 시절 갑자기 문이 열리면서 양초와 사탕, 사과로 장식된 크리스마스트리가 눈앞에 나타나 마치 천국에서와 같은 황홀감에 빠졌던 이야기 말입니다. "당신도요." 로테는 사랑스러운 미소로 당혹감을 감추면서 말했습니다. "당신도 점잖게 구시면 선물을 받을 수 있을 거예요. 양초나 그 밖의 다른 것들을요." "점잖게 군다는 게 무슨 뜻입니까?" 베르터가 큰 소리로 말했습니다. "어떻게 해야 합니까? 어떻게 하면 그렇게 할 수 있지요? 사랑하는 로테!" "목요일 저녁이 크리스마스이브예요. 그날 아이들도 오고 아버지도 오셔서 각자 선물을 받을 거예요. 그날 당신도 오셔요. 하지만 그전에 오시면 안 돼요." 베르터가 흠칫하자 로테가 말을 계속했습니다. "제발 부탁이에요. 한번 그렇게 해봐요. 제 마음의 안정을 위해 부탁드리는 거예요. 이렇게는 안 돼요. 이런 식으로 계속할 수는 없어요." 베르터는 그녀에게서 눈길을 돌린 채 방 안을 왔다 갔다 하면서 중얼거렸습니다. "이런 식으로 계속할 수는 없다!" 자신의 말이 베르터를 끔찍한 상황으로 몰아넣은 것을 느낀 로테가 이런저런 질문을 던져 그의 생각을 돌리려 했지만 소용이 없었습니다. "그렇게 하겠어요, 로테." 그가 소리쳤습니다. "다시는 당신을 만나지 않겠습니다." "그게 무슨 말씀이세요?" 로테가 응답했습니다. "베르터, 당신은 우리를 다시 만날 수 있고, 다시 만나야만 해요. 그저 조금만 자제를 해주세요. 당신은 어째서 이토록 격한 성격과 한번 시작한 일은 끝장을 봐야만 하는 열정을 갖고 태어난 건가요! 제발 부탁이에요." 그녀는 베르터의 손을 잡고 말을 계속했습니다. "조금만 자제를 해주세요. 당신의 정신, 당신의 학식, 당신의 재능이 다채로운 즐거움을 가져다줄 거예요! 그러니 남자답게 대범해지세요. 당신을 애처로이 여기는 것 말고는 아무것도 할 수 없는 저 같은 존재에 대한 애절한 집착을 다른 데로 돌리세요." 베르터는 이를 악물고 우울하게 그녀를 바라보았습니다. 그녀가 그의 손을 잡았습니다. "잠시나마 마음을 진정시켜보세요, 베르터! 당신이 스스로를 속이고, 자신을 의도적으로 파멸로 이끌고 있다는 것을 느끼지 못하시나요! 하필이면 왜 저를, 베르터? 다른 남자의 아내가 된 저를? 바로 그런 저를 말이에요. 저는 두려워요, 저를 소유할 수 없다는 그 불가능성이 당신의 소망을 이토록 자극하는 것은 아닌가 두려워요." 베르터는 굳은 표정으로 그녀를 물끄러미 바라보다 그녀의 손에서 자신의 손을 빼냈습니다. "아주 현명하십니다!" 그가 말했습니다. "아주 현명해요! 알베르트가 그렇게 말했나보지요? 그거 참 실용적이군요! 아주 실용적이네요!" "그런 말은 누구나 할 수 있는 거예요." 그녀가 대답했습니다. "이 넓은 세상에 당신 마음의 소망을 충족시켜줄 여인이 한 사람도 없겠어요? 마음을 다잡고 한번 찾아보세요. 맹세컨대 당신은 분명 그런 여자를 찾을 수 있을 거예요. 당신이 요즘 스스로를 몰아넣은 한계 상황이 당신을 위해서나 저를 위해서나 오래전부터 많이 걱정스러워요. 마음을 다잡아보세요. 여행이라도 하면 분명 기분이 나아질 거예요! 당신의 사랑을 받을 만한 소중한 사람을 찾아서 돌아오세요. 그런 다음 우리 함께 진정한 우정의 행복을 누리도록 해요."

"그런 말씀은 인쇄를 해서 모든 가정교사들에게 추천해주면 좋겠군요." 베르터는 차갑게 웃으며 말했습니다. "사랑하는 로테! 내게 조금만 더 여유를 주세요. 모든 것이 다 잘될 거예요!" "좋아요, 베르터, 하지만 크리스마스이브 전까지는 오시면 안 돼요!" 그가 대답하려는 순간 알베르트가 방 안으로 들어왔습니다. 두 사람은 냉랭하게 인사를 나눈 뒤 어쩔 줄 몰라 하며 방 안을 서성댔습니다. 베르터가 별 의미 없는 이야기를 꺼냈다가 곧 중단해버렸고, 알베르트도 마찬가지였습니다. 이어서 그는 자기가 전에 시킨 일이 어떻게 되었는지 로테에게 물어보았습니다. 그 일을 아직 처리하지 못했다는 말을 듣자 알베르트는 그녀에게 몇 마디 했는데 그 말이 베르터에게는 너무도 차갑고, 거의 매정하게까지 들렸습니다. 그는 가려고 했지만 그러지 못하고 여덟 시까지 머뭇거렸습니다. 그의 불만과 불쾌감은 점점 커졌고, 결국 저녁 식탁이 차려졌을 때에야 모자와 지팡이를 집어 들었습니다. 알베르트가 계속 있으라고 권했지만 그 말이 의미 없는 겉치레 같아서 차갑게 고맙다는 인사를 남기고 자리를 떴습니다.

베르터는 집으로 갔습니다. 하인이 등불을 비춰주려 하자 그는 하인의 손에서 등불을 받아 들고 혼자서 자신의 방으로 들어갔습니다. 그러고는 소리 내서 울고 흥분해서 혼자 중얼거리다가 격하게 방 안을 서성댔고, 마침내는 옷을 입은 채로 침대에 몸을 던졌습니다. 열한 시쯤에 하인이 장화를 벗겨주어야 할지 물어보기 위해 방으로 들어갔을 때 베르터는 그 상태로 침대에 누워 있었습니다. 그는 장화를 벗기라고 하면서 내일 아침에 자신이 부를 때까지는 절대 방에 들어오지 말라고 일렀습니다.

12월 21일 월요일 아침 일찍 베르터는 로테에게 다음과 같은 편지를 썼습니다. 그 편지는 그가 죽은 뒤에 책상 위에서 봉인된 상태로 발견되어 로테에게 전해졌습니다. 여러 정황으로 미루어보아 그가 이 편지를 띄엄띄엄 나누어 쓴 것 같기에 저도 이편지를 단락별로 나누어 소개하려 합니다.

"결정했습니다. 로테, 나는 죽을 생각입니다. 이 편지를 나는 그 어떤 낭만적 과장도 없이 담담하게 당신을 마지막으로 보게 될 날 아침에 쓰고 있습니다. 사랑하는 로테, 당신이 이 편지를 읽을 때쯤이면 인생의 마지막 순간까지 당신과 이야기를 나누는 것 말고는 그 어떤 다른 즐거움도 알지 못했던 불안하고 불행했던 사람의 굳어버린 몸뚱이를 차가운 무덤이 덮고 있을 겁니다. 나는 어제 끔찍한 밤을 보냈습니다. 하지만 고마운 밤이기도 했습니다. 내 결심을 굳히고 확고하게 만들어준 밤이었으니까요. 나는 죽으렵니다! 어제 끔찍하게 흥분한 상태로 당신을 떠났을 때 온갖 생각이 내 마음속에 밀려왔고, 희망도 기쁨도 없이 당신 곁에 머물러야 하는 내 존재가 소름 끼칠 정도로 차갑게 나를 사로잡았습니다. 방 안에 들어서자마자 나도 모르게 무릎을 꿇었습니다. 아, 하느님! 당신은 제게 마지막 위안으로 쓰라린 눈물을 흘릴 수 있게 해주셨습니다! 수많은 생각과 희망이 내 머릿속을 휘저었지만 결국에는 온통 단 하나의 생각, 죽어야겠다는 생각만이 확고하게 마지막까지 남았습니다. 나는 자리에 누웠습니다. 아침이 되어 평온한 상태로 깨어났는데도 그 생각은 여전히 확고하고 강렬하게 내 마음에 자리 잡고 있습니다. 나는 죽으리라! 그것은 절망이 아닙니다. 확신입니다. 모든 것을 끝까지 참고 견뎌낸 내가 당신을 위해 스스로를 희생하겠다는 확신입니다. 그래요, 로테! 숨길 필요가 무엇 있겠습니까? 우리 셋 중에서 누군가 사라져야 한다면 내가 그 사람이 되겠습니다! 아아, 소중한 내 사랑! 갈가리 찢긴 내 가슴속에서는 때때로 이런 생각이 요동을 쳤습니다. 당신의 남편을 죽일까! 당신을! 아니면 나를! 그것이 아니라면! 아름다운 여름날 저녁 당신이 산 위로 올라가거든, 그토록 자주 그 골짜기에 올랐던 나를 기억해주십시오. 그리고 저무는 햇빛을 받으며 높다란 풀이 이리저리 흔들리거든, 교회 묘지 저편에 있는 내 무덤도 바라봐주세요. 이 편지를 쓰기 시작했을 때는 평온했는데 지금, 지금 나는 어린아이처럼 울고 있습니다. 이 모든 것이 너무도 생생하게 눈앞에 떠오르기 때문입니다."

베르터는 열 시쯤 하인을 불렀습니다. 옷을 입으면서 며칠 후에 여행을 떠날 테니 옷들을 손질하고 짐을 꾸릴 준비를 잘 해놓으라고 일렀습니다. 또한 지불해야 할 계산서가 있다면 모두 받아 오고 빌려준 책은 찾아올 것이며, 그가 매주 얼마간의 돈을 보내주던 가난한 이들에게는 두 달치를 미리 주라고 지시했습니다.

그는 아침을 방으로 가져오라고 했습니다. 식사 후에 말을 타고 행정관에게 갔지만 그는 집에 없었습니다. 베르터는 깊은 생각에 잠겨 정원을 이리저리 거닐었습니다. 마치 슬픈 추억들을 마지막으로 가슴속에 차곡차곡 쌓아두려는 듯 보였습니다.

아이들은 그를 가만히 내버려두지 않았습니다. 그에게 달려와서는 펄쩍 뛰어 올라타기도 하고, 내일, 모레 그리고 글피가 되면 로테 집에 가서 크리스마스 선물을 받을 거라며 아이들다운 상상력을 발휘해 그날 벌어질 기적에 대해 종알거렸습니다. "내일!" 그는 소리쳤습니다. "모레! 그리고 글피가 되면!" 그러고는 아이들 모두에게 진심 어린 키스를 해주고 막 떠나려는데 한 아이가 그의 귀에다 무언가 속삭였습니다. 아이는 형들이 멋진—무지하게 큰!—연하장을 썼는데, 하나는 아버지에게 다른 하나는 로테와 알베르트에게 그리고 마지막 하나는 베르터를 위한 것이라고 귀띔해주었습니다. 아이들은 그 연하장을 새해 아침에 전해줄 것이라고 했습니다. 그 말이 베르터의 마음을 울렸습니다. 그는 아이들에게 돈을 조금씩 나누어주고 말에 올랐습니다. 아버님에게 안부를 전해달라고 하고는 눈물이 그렁그렁한 채 그곳을 떠났습니다.

다섯 시경에 그는 집으로 돌아와 하녀에게 불을 살펴보고 한밤중까지 꺼지지 않게 하라고 일렀습니다. 하인에게는 책과 속옷을 여행 가방에 넣고, 옷들은 잘 싸놓으라고 시켰습니다. 그러고는 아마도 로테에게 보내는 마지막 편지의 다음 구절을 쓴 것 같습니다.

"당신은 내가 오리라 기대하지 않고 있겠지요! 당신이 말한 대로 크리스마스이브에나 당신을 보러 오리라 생각하고 있겠지요. 아, 로테! 오늘 아니면 영영 다시 볼 수 없어요. 크리스마스이브에 당신은 이 편지를 손에 든 채로, 떨면서 당신의 사랑스러운 눈물로 이 편지를 적시겠지요. 나는 죽으렵니다. 그래야만 합니다! 아아, 확고하게 결심을 하고 나니 마음이 편합니다."

로테는 그동안 기묘한 상태에 빠져 있었습니다. 베르터와 마지막으로 이야기를 나눈 이후 그와 헤어지는 것이 얼마나 힘들고, 베르터 또한 그녀와 떨어지면 얼마나 괴로워할지 깨달았기 때문입니다.

그녀는 지나가는 말로 알베르트에게 베르터가 크리스마스이브 전에는 다시 오지 않을 것이라고 말했습니다. 그는 말을 타고 이웃 마을에 사는 관리에게 갔습니다. 그와 처리해야 할 일이 있어서 알베르트는 그곳에서 하룻밤을 묵어야 했습니다.

로테는 혼자 있었고, 동생들도 주변에 없었습니다. 그녀는 자연히 생각에 잠겨 조용히 자신의 처지를 이리저리 헤아려보았습니다. 그녀는 자신이 남편과 영원히 맺어져 있음을 느꼈습니다. 남편의 사랑과 신의를 잘 알고 있기에 남편을 진심으로 좋아했습니다. 남편의 차분하고 믿음직한 성격은 성실한 부인이 그 위에 인생의 행복을 쌓을 수 있도록 하늘이 정해준 것 같았습니다. 그녀는 남편이 자신과 아이들에게 영원히 그런 존재가 될 것이라고 느꼈습니다. 다른 한편으로 베르터 역시 그녀에게 아주 소중한 존재가 되었습니다. 처음 만난 순간부터 서로의 마음과 정서가 멋지게 일치한다는 것을 느꼈고, 오랫동안 그와 사귀면서 함께 경험한 여러 일들이 그녀의 마음에 지울 수 없는 인상을 남겼습니다. 그녀가 흥미롭게 느끼거나 생각한 것을 모두 그와 나누는 데 익숙해져서, 베르터와의 이별이 그녀의 온 존재에 다시는 메울 수 없는 구멍을 낼 것만 같아 두려웠습니다. 아, 이 순간 그를 오빠로 바꿀 수 있다면 얼마나 행복할까! 그를 자신의 친구와 결혼시킬 수 있다면, 그리고 그와 알베르트의 관계도 다시 좋아질 수 있다면 얼마나 좋을까!

그녀는 자신의 친구들을 차례차례 떠올려보았지만 모두가 다 어딘가 부족하다고 느꼈습니다. 그래서 베르터에게 어울릴 만한 여인을 한 명도 찾을 수가 없었습니다.

이런 생각들을 하고 있노라니 뭐라 분명하게 설명할 수는 없지만 그를 자신 곁에 붙잡아두고 싶은 것이 그녀의 진심 어린 은밀한 소망임을 처음으로 깊이 깨닫게 되었습니다. 동시에 그녀는 자기가 그를 붙잡을 수도 없고 붙잡아서도 안 된다고 스스로에게 타일렀습니다. 평소 같으면 매사를 밝고 긍정적으로 처리하던 그녀의 순수하고 아름다운 마음도 이제는 그 어떤 행복도 기대할 수 없다는 우울한 기분에 사로잡혔습니다. 무언가가 가슴을 짓누르는 듯했고, 눈에는 먹구름이 잔뜩 덮였습니다.

그러다 여섯 시 반쯤 되었을 때 그녀는 베르터가 계단을 올라오는 소리를 들었습니다. 그녀는 그의 발소리와 그녀를 찾는 목소리를 금방 알아차렸습니다. 그녀의 가슴은 몹시 뛰었습니다.

그가 왔을 때 이토록 가슴이 뛴 것은 처음이었습니다. 자신이 집에 없다고 속이고 싶을 정도였습니다. 그가 방에 들어오자 그녀는 흥분하여 당황한 말투로 소리쳤습니다. "약속을 지키지 않으셨어요." "나는 약속한 적이 없습니다." 그가 대답했습니다. "그래도 최소한 제 부탁을 들어주셨어야죠." 그녀가 말했습니다. "우리 두 사람의 마음의 안정을 위해 부탁했던 거예요."

그녀는 자신이 무슨 말을 하고 있는지도 잘 몰랐습니다. 베르터와 단둘이 있는 상황을 피해보려고 친구를 부르러 보냈을 때도 자신이 지금 무슨 행동을 하고 있는지 제대로 알지 못했습니다. 그는 가져온 몇 권의 책을 내려놓고는 다른 가족들에 대해 물었습니다. 그녀는 친구들이 오기를 바랐다가, 금방 또 오지 않았으면 했습니다. 하녀가 돌아와서 두 친구 모두 올 수 없다는 전갈을 전했습니다.

로테는 하녀에게 옆방에서 일을 하라고 시키려다가 다시 생각을 바꿨습니다. 베르터는 방 안을 이리저리 서성였습니다. 그녀는 피아노 앞으로 가서 미뉴에트를 연주하기 시작했습니다. 하지만 제대로 칠 수가 없었습니다. 그녀는 정신을 가다듬고 가만히 베르터 옆에 앉았습니다. 그는 평소에 즐겨 앉던 긴 안락의자에 앉아 있었습니다.

"읽을 게 없으세요?" 그녀가 말했습니다. 그는 손에 아무것도 들고 있지 않았습니다. "저기 제 서랍 안에 당신이 번역한 오시안의 시가 있어요. 아직 그걸 읽지 않았어요. 당신이 읽어주는 것을 직접 듣고 싶었거든요. 지금까지 그럴 기회가 없었고,

기회를 만들 수도 없었어요." 그는 미소를 지으며 시 원고를 가져왔습니다. 원고를 손에 들자 전율이 온몸을 사로잡았고, 그걸 들여다보니 두 눈에 가득 눈물이 고였습니다. 그는 자리에 앉아 읽기 시작했습니다.

"저물어가는 저녁녘의 별이여, 그대 아름답게 서쪽에서 반짝이누나. 구름 속에서 그대의 머리를 들어 올려 장엄하게 언덕 위를 거니는구나. 그대 무엇을 찾으려 황야를 바라보는가? 폭풍우는 잦아들었고 개울물 굽이치는 소리 멀리서 들려온다. 일렁이는 물결이 먼 바위와 희롱하고, 날벌레들의 윙윙대는 소리가 들판을 가득 채우고 있다. 아름다운 별빛이여, 그대는 어디를 바라보고 있는가? 그대는 미소 지으며 지나가려 하지만, 물결이 기쁨에 넘쳐 그대를 감싸 안고, 그대의 사랑스러운 머리카락을 씻겨주는구나. 잘 있으라, 그대 고요한 빛이여. 나오라, 그대 오시안의 영혼이 내뿜는 장려한 빛이여!

이제 그 빛이 강렬하게 나타난다. 세상을 떠난 벗들의 모습이 보인다. 그들은 지나간 시절에 그랬던 것처럼 다시 로라로 모여든다. 핑갈은 축축한 안개 기둥처럼 등장하고, 그의 주위를 영웅들이 에워싼다. 보라! 노래하는 시인들을. 백발 성성한 울린! 위풍당당한 리노! 사랑스러운 시인 알핀! 그리고 그대, 부드럽게 탄식하는 미노나! 사랑하는 친구들이여, 셀마에서의 축제날 이후 그대들은 얼마나 변하였는가. 그때 우리는 노래의 영예를 놓고 겨루었었지. 봄바람이 이 언덕 저 언덕을 넘나들며 나직이

속삭이는 풀잎을 눕히듯이.

그때 아름다움을 뽐내며 미노나가 등장했다. 눈물 가득 머금은 눈으로 시선은 내리깐 채로. 언덕에서 불어오는 변덕스러운 바람에 그녀의 머리카락이 무겁게 출렁거렸다. 그녀의 사랑스러운 목소리가 울리자 영웅들의 마음은 음울해졌다. 그녀의 노래에서 때로는 살가르의 무덤을, 때로는 창백한 콜마의 불 꺼진 집을 보았기 때문. 그윽이 울리는 목소리를 지닌 콜마는 언덕 위에 버려졌었지. 돌아오겠다고 살가르는 약속했건만, 사방에는 이미 밤이 내려앉았네. 언덕 위에 홀로 앉아 있는 콜마의 노랫소리를 들어보라.

콜마

이제 밤이구나! 나 여기 비바람 몰아치는 언덕 위에 홀로 앉아 있다. 바람은 산속에서 윙윙대고, 물줄기는 포효하며 바위 위로 쏟아져 내린다. 이 폭풍우 몰아치는 언덕에서, 버림받은 내겐 비를 피할 오두막 한 채 없다.

구름 뚫고 나타나라, 달이여, 나타나라, 밤하늘의 별들이여! 어떤 빛이든 좋으니 나를 그곳으로 데려가다오. 내 사랑이 사냥에 지쳐 잠시 활시위를 풀어놓고 쉬고 있는 곳, 사냥개들이 그의 주변에서 킁킁거리는 그곳으로! 하지만 나는 여기 수풀 우거진 강가 바위 위에 혼자 앉아 있어야 하는구나. 강물과 폭풍우는 요란하게 울부짖는데, 사랑하는 이의 목소리는 들리지 않는구나.

나의 살가르는 왜 지체하고 있는 걸까? 약속을 잊은 걸까? 저쪽엔 바위와 나무, 이쪽엔 콸콸 흐르는 강물! 밤이 찾아오면 그대 이리로 오겠다고 약속했는데, 아, 내 살가르는 어디를 헤매고 있는 것일까? 콧대 높은 아버지와 오라비들을 버리고 나는 당신과 함께 도망치려 했는데! 오랫동안 우리 두 집안은 원수였지만, 오 살가르, 우리 두 사람은 원수가 아니지요!

바람아, 잠시 침묵해다오! 강물이여, 잠시만 가만히 있어다오, 계곡에 내 목소리가 울려 퍼져 나의 방랑자가 들을 수 있도록. 살가르! 나예요, 내가 부르고 있어요! 나무와 바위가 있는 여기예요! 살가르! 나의 사랑 살가르! 나 여기 있어요. 당신은 왜 이리도 오지 않는 건가요?

보라, 달이 나타난다. 달빛이 계곡의 물결에 부서진다. 언덕에는 잿빛 바위들이 솟아 있다. 하지만 산 위에도 그의 모습은 보이지 않는구나. 그보다 앞서 달려와 그의 도착을 미리 알려줄 개들도 보이지 않네. 나는 여기 혼자 앉아 있어야 하는구나.

그런데 저 아래 황야에 누워 있는 이들은 누구인가? 내 사랑인가? 내 오라비인가? 말해보라, 친구들이여! 아, 그들은 대답이 없다. 내 마음은 왜 이리도 불안한지! 아, 저들은 죽었구나! 그들의 칼은 결투의 피로 붉게 물들었구나! 아, 나의 오라비, 나의 오라비여, 어찌하여 살가르를 죽였단 말인가? 아, 나의 살가르여, 그대는 왜 나의 오라비를 죽였단 말인가? 두 사람 모두 내게는 소중한 이들이었는데. 아, 그대는 언덕 위 수많은 용사 중에서도 그토록 아름다웠는데. 결투는 참으로 끔찍하였구나. 대답해봐요! 내 목소리를 들어봐요, 사랑하는 이들이여! 그러나, 아아, 그들은 말이 없네. 영원히 말이 없네! 그들의 가슴은 대지처럼 차디차구나!

언덕 위의 바위에서, 폭풍우 몰아치는 산꼭대기에서, 말해다오, 죽은 이들의 넋이여! 말해다오! 나 전혀 두렵지 않으니! 그대들은 안식을 찾아 어디로 갔는가? 산속 어느 무덤에서 그대들을 찾을 수 있을까? 바람 속에선 희미한 목소리 하나 들리지 않고, 언덕에 몰아치는 폭풍 속에서도 아무런 대답 들려오지 않는구나.

나 비통에 잠겨 여기 앉아 눈물 흘리며 아침을 기다린다. 그대들, 죽은 자의 친구들이여, 무덤을 파헤쳐다오. 그리고 내가 가기 전까지 흙을 덮지 말아주오. 내 삶도 꿈처럼 사라져가리니. 나 어찌 혼자 남아 있을 수 있으리오! 나 여기 물결이 바위에 일렁이는 강물 옆에서 사랑하는 사람들과 함께 살리라. 언덕 위로 밤이 찾아오고, 황야에 바람이 불면 내 넋은 바람에 실려 친구들의 죽음을 슬퍼하리라. 사냥꾼이 오두막에서 내 목소리를 들으면, 두려움에 떨면서도 그 소리를 사랑하리라. 친구들을 애도하는 내 목소리는 달콤할 것이기에. 아, 두 사람 모두 내게는 그토록 소중한 존재였노라!

오, 미노나, 이것이 그대의 노래였노라. 수줍게 얼굴 붉히는 그대 토르만의 딸이여. 우리는 콜마를 애도하며 눈물을 흘렸고,

우리의 영혼은 슬픔에 잠겼노라.

울린이 하프를 들고 등장해서 알펀의 노래를 불러주었다. 알펀의 목소리는 친근했고, 리노의 영혼은 한 줄기 불꽃같았다. 하지만 그들은 이미 좁은 무덤 속에 잠든 지 오래고, 그들의 목소리 역시 셀마에서 사라졌다. 두 영웅이 쓰러지기 전 언젠가, 사냥에서 돌아온 울린은 언덕 위에서 벌이는 그들의 노래 경연을 들었었지. 그들의 노래는 감미로웠으나 비장했노라. 그들은 영웅 중의 영웅 모라르의 죽음을 애도하였다. 그의 영혼은 핑갈의 영혼 같았고, 그의 칼은 오스카의 칼 같았다. 그러나 그는 쓰러졌으니. 그의 아버지는 비통해했고, 여동생은 눈물을 흘렸다. 훌륭한 용사 모라르의 여동생 미노나의 눈에 눈물이 가득 고였다. 그녀는 울린의 노래가 시작되기 전에 퇴장했다. 마치 서편의 달이 폭풍우를 예감하고 구름 속으로 얼굴을 숨기듯이. 나는 울린이 부르는 슬픔의 노래에 맞추어 하프를 탔다.

리노

비바람이 지나가고 날이 맑아지며 구름이 흩어진다. 움직이는 태양이 달려가며 언덕을 비추고, 산속의 개울물은 불그레 물든 채 계곡으로 흘러 내려간다. 계곡물이여, 네 속삭임도 달콤하지만 내게 들려오는 이 목소리가 더욱 감미롭구나. 그것은 알펀의 목소리. 그가 죽은 이들을 애도하고 있다. 그의 머리는 나이 들어 구부러지고, 눈물 고인 그의 눈은 붉게 충혈되어 있구나. 알핀, 훌륭한 노래꾼이여, 그대는 왜 고요한 언덕 위에 홀로 서 있는가? 그대는 왜 숲 속에 몰아치는 돌풍처럼, 저 먼 해안을 때리는 파도처럼 비통해하고 있는가?

알핀

리노, 나의 눈물은 죽은 이들을 위한 눈물이고, 나의 노래 역시 무덤에 잠든 이들을 위한 노래라오. 언덕 위의 그대는 훤칠하고, 황야의 아들 중 그 누구보다 아름답구려. 하지만 그대도 모라르처럼 쓰러지고, 그대 무덤가에도 애도하는 이가 와서 앉으리라. 저 언덕들도 그대를 잊을 것이고, 그대의 활은 시위가 풀린 채 동굴 속에 놓여 있으리라.

오, 모라르여, 그대는 언덕 위의 노루처럼 날쌨고, 밤하늘의 불꽃처럼 무시무시했다. 그대의 분노는 폭풍 같았고, 싸움터에서의 그대 칼은 황야에 내리치는 번개 같았다. 그대의 목소리는 비 온 뒤의 계곡물 같았고, 저 멀리 언덕 위로 울리는 천둥소리 같았다. 많은 이들이 그대의 손에 쓰러졌고, 그대 분노의 불길이 그들을 삼켜버렸다. 그러나 전쟁에서 돌아왔을 때 그대의 이마는 얼마나 평화로웠는지! 그대의 얼굴은 뇌우가 지나간 후의 태양 같았고, 고요한 밤의 달과 같았다. 그대의 가슴은 거친 바람이 잦아든 호수처럼 고요했었지.

지금 그대의 거처는 너무도 비좁고, 그대의 잠자리는 어둡기 그지없구나! 과거에는 그토록 위대했던 그대이건만, 그대의 무덤은 고작 세 걸음으로 잴 정도구나! 머리에 이끼를 얹은 네 귀퉁이 묘석만이 막강했던 그대를 기억하는 유일한 기념물이다. 잎 떨어진 나무 한 그루, 바람에 나부끼는 높다란 풀만이 사냥꾼에게 이곳이 모라르의 무덤임을 알려준다. 그대를 위해 울어줄 어머니도 없고, 사랑의 눈물을 흘릴 여인도 없다. 그대를 낳은 여인도, 모르글란의 딸들도 모두 쓰러지고 말았으니.

　지팡이에 의지해 서 있는 저 사람은 누구인가? 나이 들어 머리는 백발이 되고, 눈물로 눈이 붉게 물든 저이는 대체 누구란 말인가? 아아, 모라르여, 그이는 그대의 아버지, 아들이라고는 그대밖에 없었던 아버지구나! 그는 싸움터에서의 그대의 명성을 들었고, 산산조각 난 적들의 소식을 들었다. 모라르의 명성을 들었었지! 아아, 그런데 그는, 아들의 부상 소식은 듣지 못했단 말인가? 비통한 울음을 울어라, 모라르의 아버지여, 통곡하라! 하지만 그대의 아들은 듣지 못하리라. 죽은 자의 잠은 깊고, 먼지 덮인 베개는 너무도 낮으니. 그는 결코 그대의 목소리를 듣지 못하고, 그대가 부르는 소리에도 깨어나지 못하리라. 아, 이 무덤에 언제 아침이 와서, 영원히 잠든 이에게 '깨어나라!' 하고 외칠 것인가.

　부디 편히 쉬시길, 인간 중에서 가장 고귀한 이여, 그대 전장의 정복자여! 하나 이 전장은 결코 그대를 다시 보지 못할 것이고, 이 어두운 숲도 그대의 칼이 번쩍이는 광휘로 환하게 빛나지 못하리라. 그대는 한 명의 아들도 남기지 않았지만, 이 노래가 그대의 이름을 간직하리라. 대대손손 그대의 이야기를 들으리라, 전장에서 쓰러진 모라르의 이야기를 듣게 되리라.

영웅들의 탄식 소리 드높았지만, 가슴 터지는 듯한 아르민의 한숨 소리가 가장 드높았다네. 젊은 시절 전사한 자신의 아들이 생각났기 때문에. 명성 자자한 갈말의 영주 카르모르가 아르민 바로 옆에 앉아 있었네. '어찌하여 아르민의 한숨에는 비탄이 가득한가?' 그가 말했다. '어떤 연유로 노래를 듣고 울음을 우시는지? 노래의 울림은 영혼을 어루만지고 기쁨을 느끼게 해주지 않는가? 노래는 부드러운 안개와 같아서, 호수에서 피어올라 계곡으로 스며들고, 만발한 꽃을 촉촉하게 감싸주지 않는가. 하지만 태양이 힘차게 떠오르면 안개는 걷히는 법. 그대는 어찌하여 이리도 비통해하시는가, 호수로 둘러싸인 고르마의 영주 아르민이여?'

'비통이라! 그렇소, 비통하오. 내 슬픔의 이유는 결코 사소하지 않다오. 카르모르여, 그대는 아들을 잃은 적도, 꽃다운 딸을 잃은 적도 없소. 용맹한 콜가르도 살아 있고 처녀들 중 가장 아름다운 안나라도 살아 있소. 아, 카르모르여, 그대 집안의 나뭇가지에는 꽃이 만발해 있구려. 하지만 내 가문은 이 아르민이 마지막 후손이라오. 오, 다우라, 네 침대는 어둡고, 무덤 속의 네 잠은 먹먹하구나. 너는 언제 꾀꼬리 같은 목소리로 노래하며 다시 깨어나려느냐? 불어라, 가을바람아! 어두운 황야 위로 휘몰아쳐라! 숲 속의 계곡물들아, 쏟아져라! 폭풍우야, 떡갈나무 우듬지에서 울부짖어라! 오, 달이여, 찢어진 구름 사이로 나타나 창백한 네 얼굴을 보여다오! 내 아이들이 죽던 그 끔찍한 밤을 기억하게 해다오. 그 밤 용맹한 아린달이 쓰러졌고, 사랑스러운 다우라가 세상을 떠났다.

내 딸 다우라야, 너는 참으로 아름다웠지. 푸라 언덕을 비추는 달처럼 아름다웠고, 방금 내린 눈송이처럼 새하앴으며, 숨 쉬는 대기처럼 감미로웠지! 내 아들 아린달아, 전장에서 네 활은 강하고, 네 창은 빨랐으며, 네 눈길은 물결 위의 안개 같았고, 네 방패는 폭풍 속의 불구름 같았지!

전장에서 이름을 날린 아르마르가 찾아와서 다우라에게 사랑을 구했고, 다우라 역시 오래 거절하지는 못하였다오. 그들의 친구들이 거는 기대 또한 아름다웠소.

오드갈의 아들 에라트가 원한을 품었으니, 그의 형제가 아르마르에게 목숨을 잃었기 때문이라. 그는 뱃사람으로 변장하고 찾아왔소. 파도 위의 그의 나룻배는 아름다웠고, 그의 곱슬머리는 나이 들어 보이도록 백발이었으며, 진지한 얼굴은 평온해 보였네. 그가 말했네. '세상에서 가장 아름다운 아가씨여, 아르민의 사랑스러운 딸이여, 저기 바다에서 멀지 않은 바위에서, 붉은 열매가 달린 나무가 보이는 저곳에서 아르마르가 그대 다우라를 기다리고 있소. 파도치는 바다를 건너 그의 연인을 그에게 데려다주려 내가 왔소.'

다우라는 그를 따라가 아르마르를 불렀다오. 하지만 바위에 부딪히는 소리뿐 아무런 대답이 없었다오. '아르마르! 나의 사랑! 나의 사랑! 당신은 왜 저를 이리도 애타게 하시나요? 아르나르트의 아들이여, 제발 들어주세요! 제발 들어주세요! 당신을 애타게 부르는 다우라가 여기 있어요!'

배신자 에라트는 비웃으며 육지로 도망쳤다오. 다우라는 목소리를 높여 아버지와 오라비를 불렀소. '아버지! 그리고 아린달! 이 다우라를 구해줄 사람이 아무도 없나요?'

다우라의 목소리가 바다를 건너 들려왔다오. 내 아들 아린달이 사냥감을 둘러맨 채 사납게 언덕에서 달려 내려왔소. 허리춤에서 그의 화살이 달그락거렸고, 손에는 활이 들려 있었고, 그의 주위를 진회색 사냥개 다섯 마리가 따랐다오. 아린달은 바닷가에서 저 뻔뻔한 에라트를 발견하고는 그를 붙잡아 참나무에 묶고, 밧줄로 그의 허리를 칭칭 동여맸다오. 묶인 자의 신음 소리가 바람 속에 가득 울려 퍼졌지.

다우라를 데려오려고 아린달이 배를 타고 파도에 몸을 실었소. 그때 격분한 아르마르가 달려와서 회색 깃털이 달린 화살을 쏘았다오. 화살은 쇳소리를 내며 날아가, 아 아린달, 네 가슴에 박혔다, 내 아들아! 배신자 에라트 대신에 네가 죽었구나. 배는 바위에 닿았고 거기서 내 아들은 쓰러져 죽고 말았다오. 아, 다우라야, 오라비의 피가 네 발치에까지 흘렀으니, 네 슬픔이 어찌했겠는가!

파도가 배를 부숴버렸소. 아르마르는 다우라를 구하려고, 아니면 스스로 목숨을 끊으려고 바닷속으로 몸을 던졌다오. 언덕에서 불어온 거센 바람이 파도를 뒤흔들었고, 그는 물속으로 가라앉아 다시는 떠오르지 못했소.

파도가 부서지는 바위에 홀로 서서 나는 내 딸의 통곡 소리를 들었소. 딸애의 울부짖는 소리가 크게 울렸지만 이 아비는 딸을 구할 수 없었소. 밤새도록 바닷가에 서서 희미한 달빛에 비친 딸의 모습을 바라보기만 했다오. 밤새도록 그 아이가 울부짖는 소리를 들었소. 바람 소리 드높았고 빗줄기가 거세게 산허리를 때렸지. 아침이 오기 전에 딸애의 목소리는 약해졌고, 결국 저녁 바람이 사그라지듯 그 애는 바위 위 수풀 사이에서 사그라져버렸다오. 비탄에 잠겨 딸애는 죽었고 이 아르민만을 홀로 남겨두었다오! 전장에서의 내 능력도 사라지고, 여인들 사이에 자자했던 내 자부심도 무너져버렸다오.

산에서 폭풍우가 몰아칠 때면, 북풍이 거칠게 풍랑을 일으킬 때면, 나는 울부짖는 바닷가에 앉아 저 끔찍한 바위를 바라보곤 한다오. 저무는 달빛 속에서 종종 나는 내 아이들의 혼령을 보곤 한다오. 그들은 슬픈 모습으로 어스름 속을 함께 떠다닌다오.'"

로테의 눈에서 눈물이 홍수처럼 쏟아져 그녀의 답답한 가슴에 숨통을 틔워주었습니다. 하지만 그로 인해 베르터의 낭독은 중단되었습니다. 그는 원고를 던져버리고 그녀의 손을 잡았습니다. 그러고는 쓰디쓴 눈물을 흘렸습니다. 로테는 다른 손으로 몸을 지탱한 채 손수건으로 눈을 가렸습니다. 두 사람의 감동은 엄청났습니다. 그들은 저 고귀한 이들의 운명에서 자신들의 불행을 느꼈습니다. 그것을 함께 느낀 그들의 눈물로 두 사람은 하나가 되었습니다. 로테의 팔에 닿아 있던 베르터의 입술과 두 눈이 뜨겁게 달아올랐습니다. 그녀는 온몸에 전율을 느꼈습니다. 그녀는 몸을 빼려 했지만 고통과 연민이 마치 납덩이처럼 그녀를 짓눌러 꼼짝 못하게 하였습니다. 그녀는 심호흡을 하고 정신을 가다듬은 다음, 흐느끼며 그에게 계속 읽어달라고 부탁을 하였습니다. 천상에서 내려온 듯한 목소리로 애원했습니다! 베르터의 몸이 떨렸고 가슴은 터질 것만 같았습니다. 그는 원고를 집어 들고 반쯤 잠긴 목소리로 읽기 시작했습니다.

"봄바람이여, 그대는 어찌하여 나를 깨우는가? 너는 애교를 부리듯 '천상의 이슬로 적셔줄게요!'라고 말하는구나. 하나 내 몸이 시들 시간이 가까워졌고, 모든 이파리를 떨궈버릴 폭풍우가 가까이 왔다! 내일이면 나그네가 찾아오리라, 한참 아름답던 때의 나를 보았던 나그네가 돌아와 들판에서 나를 찾으리라, 하지만 그는 결코 나를 발견하지 못하리라."

너무도 강렬한 이 구절이 불행한 베르터를 사로잡았습니다. 그는 극도의 절망에 빠져 로테 앞에 무릎을 꿇고는 그녀의 손을 잡아 자신의 눈에 그리고 이마에 가져다 댔습니다. 그러자 그녀의 마음에는 베르터가 끔찍한 일을 계획하고 있는 것만 같은 예감이 얼핏 스쳐 지나갔습니다. 그녀는 정신이 아득해졌습니다. 그의 두 손을 잡고 자신의 가슴에 지긋이 가져다 대며, 슬픔에 겨워 그에게로 몸을 기울였습니다. 그러자 뜨겁게 달아오른 그들의 뺨이 서로 맞닿았습니다. 순간 그들에게 현실세계는 사라져버리고 말았습니다. 베르터는 두 팔로 그녀를 안고 자신의 가슴으로 세게 끌어당겼습니다. 그러고는 더듬거리는 그녀의 떨리는 입술에 폭풍과도 같은 키스를 퍼부었습니다. "베르터!" 그녀는 몸을 옆으로 돌리며 숨 막힌 듯한 목소리로 외쳤습니다. "베르터!" 그녀는 가녀린 손으로 그의 가슴을 밀쳐내려 했습니다. "베르터!" 그녀는 고귀한 감정이 담긴 목소리로 침착하게 외쳤습니다. 그는 더 이상 고집하지 않고 그녀를 품에서 놓아주고 정신 나간 듯 그녀 앞에 몸을 던져 엎드렸습니다. 그녀는 뿌리치며 일어나서는 불안하고 혼란한 상태로 사랑과 분노 사이에서 몸을 떨면서 말했습니다. "이게 마지막이에요! 베르터! 당신은 나를 다시는 보지 못할 거예요." 그러고는 사랑이 가득한 눈길로 이 비참한 남자를 바라보고 서둘러 옆방으로 들어가 문을 잠갔습니다. 베르터는 그녀를 향해 팔을 뻗었지만 차마 붙잡지는 못했습니다. 그는 머리를 소파에 기댄 채 바닥에 누워 있었습니다. 이런 자세로 근 반 시간 이상을 누워 있었습니다. 그러다 인기척을 들었습니다. 식탁을 차리러 온 하녀였습니다. 그는 방 안을 이리저리 서성거리다 다시 혼자가 되었을 때 옆방 문으로 가서 낮은 목소리로 그녀를 불렀습니다. "로테! 로테! 한 마디만 더! 작별 인사라도!" 그녀는 말이 없었습니다. 그는 기다리다가 애원하고 또다시 기다렸습니다. 그러다 갑자기 자리를 뜨며 외쳤습니다. "잘 있어요, 로테! 영원히, 영원히 안녕!"

베르터는 성문에 도착했습니다. 이미 그를 알고 있는 문지기들이 말없이 그를 밖으로 내보내주었습니다. 진눈깨비가 내리고 있었습니다. 열한 시쯤에야 베르터는 다시 성문을 두드렸습니다. 그가 집에 돌아왔을 때 하인은 그가 모자를 쓰고 있지 않은 것을 알아차렸습니다. 하지만 뭐라 말하기도 그렇고 하여 그냥 주인의 옷을 벗겨주었습니다. 옷은 흠뻑 젖어 있었습니다. 나중에 사람들이 그 모자를 언덕 위 계곡이 내려다보이는 바위에서 찾아냈습니다. 어떻게 그가 비 오는 깜깜한 밤에 굴러 떨어지지 않고 그 바위 위로 올라갈 수 있었는지 의아할 뿐입니다.

그는 침대에 누워 오래 잠을 잤습니다. 다음 날 아침 하인이 부름을 받고 커피를 가져갔을 때 보니 그는 무언가를 쓰고 있었습니다. 로테에게 보내는 다음과 같은 편지를 쓰고 있었던 것이었습니다.

"마지막으로, 정말 마지막으로 오늘 눈을 떴습니다. 이 두 눈은, 아아, 다시는 태양을 보지 못할 것입니다. 날이 흐리고 안개가 껴서 태양을 가렸습니다. 자연이여, 너도 함께 슬퍼해다오! 그대의 아들, 그대의 친구, 그대의 연인이 이제 마지막 순간을 향해 다가가고 있으니. 로테, 이 느낌을 무어라 표현할 수가 없습니다. '이것이 마지막 아침이다'라고 스스로에게 말하는 이 기분을 말입니다. 굳이 말하자면 흐릿한 꿈을 꾸는 상태와 가장 흡사합니다. 마지막 아침! 로테, 나는 이 말이 무엇을 의미하는지 모르겠습니다. 마지막 아침이라니! 지금 여기 나는 이렇게 팔

팔하게 서 있지 않나요? 그런데 내일이면 사지를 쭉 뻗고 바닥에 누워 있겠죠. 죽음이라! 그게 무엇인가요? 보세요, 우리가 죽음에 대해 이야길 할 때, 우리는 꿈을 꾸고 있는 것입니다. 나는 사람들이 죽어가는 것을 여러 번 보았습니다. 하지만 인간은 매우 제한된 존재라 우리 존재의 시작과 끝이 어떤 의미인지 알지 못합니다. 나라는 존재는 아직 나의 것, 아니 당신의 것입니다! 오, 사랑하는 로테, 당신의 것입니다! 그런데 한순간에 갈라지고, 이별하게 된다니—어쩌면 영원히? 아닙니다, 로테, 아니에요. 내가 어찌 사라질 수 있겠어요? 그리고 당신이 어찌 사라질 수 있겠어요? 우리는 여기 이렇게 존재하고 있잖아요! 사라진다니! 대체 그게 무슨 뜻입니까? 그것은 그저 한 마디의 말, 내 마음에 아무런 감흥도 주지 않는 공허한 울림일 뿐입니다. 죽는다는 것! 로테, 그것은 차가운 흙에 묻히는 것이겠지요. 그토록 비좁고! 그토록 어두운 땅속에! 그 어디 의지할 데도 없던 젊은 시절 내게 모든 것이나 다름없던 여자 친구가 있었습니다. 그런데 그녀가 죽었습니다. 나는 그녀의 주검을 따라가 무덤가에 섰습니다. 사람들이 관을 아래로 내리고 관 밑에서 밧줄을 뽑아내며 드르륵 소리를 냈습니다. 그리고 삽으로 뜬 첫 번째 흙이 관 위로 떨어졌습니다. 마치 두려움에 떨듯 관에서 둔탁한 소리가 났습니다. 그 소리는 점차 둔탁해지고 무거워지다가 마침내 관 전체가 흙에 덮였습니다. 나는 그만 무덤 옆에 쓰러졌습니다. 내 마음은 커다란 충격을 받고, 동요가 일었으며, 두려움에 떨며 갈기갈기 찢겼습니다. 하지만 내게 어찌 이런 일이 일어났는지 알 수 없었습니다. 앞으로 무슨 일이 일어날지도 몰랐습니다. 죽음! 무덤! 나는 이 말들을 이해할 수가 없습니다!

오, 나를 용서해줘요! 제발 용서해줘요! 어제 일을! 어제가 내 삶의 마지막 순간이었으면 좋았을 텐데. 오, 나의 천사여! 처음으로, 처음으로 한 점의 의혹도 없이 내 마음 가장 깊숙한 곳에서 환희의 감정이 불타올랐습니다. 그녀가 나를 사랑한다! 그녀가 나를 사랑하고 있다! 당신의 입술에서 흘러나온 성스러운 불꽃이 아직도 내 입술에서 불타고 있습니다. 내 마음속에는 새롭고도 뜨거운 사랑의 기쁨이 넘치고 있습니다. 이런 나를 용서해주세요! 용서해주세요!

아아, 당신이 나를 사랑하고 있다는 것을 알고 있었습니다. 처음 마주쳤을 때의 그 그윽한 눈길에서, 당신의 손을 처음 잡았을 때의 그 느낌에서 알고 있었습니다. 하지만 당신에게서 떠나왔을 때나, 알베르트가 당신 곁에 있는 것을 볼 때면 열병 같은 의심에 빠져 의기소침해지곤 했습니다.

당신이 내게 보내준 꽃을 기억하고 있나요? 언젠가 난처한 모임에서 당신이 내게 말 한 마디도 악수조차도 건넬 수 없었을 때 보내주었던 꽃 말입니다. 아, 나는 그날 밤 자정 넘어까지 그 꽃 앞에 무릎을 꿇고 앉아 있었습니다. 그 꽃들은 내게 당신의 사랑을 확인해주었습니다. 그러나 아아! 그런 감동은 이제 사라져버렸습니다. 성스러운 계시를 눈으로 보고 충만한 하늘의 은총을 느꼈던 신자의 마음에서 그 은총에 대한 감정이 점차 다시금 사라져버리는 것처럼 말입니다.

모두가 다 헛되고 헛된 것이지요. 하지만 내가 어제 당신의 입술에서 맛보았고, 지금도 내 안에서 느껴지는 이 타오르는 생명의 기운은 영원히 꺼지지 않을 것입니다! 그녀는 나를 사랑한다! 이 팔로 그녀를 껴안았고, 이 입술은 그녀의 입술 위에서 떨렸으며, 이 입은 그녀의 입가에서 중얼거렸다! 당신은 나의 것입니다! 그래요, 로테, 당신은 영원히 나의 것입니다!

　알베르트가 당신의 남편이라는 사실이 대체 무어란 말입니까? 남편이라! 그것은 이 세상에서나 해당되는 것이지요. 내가 당신을 사랑하고, 당신을 그의 팔에서 빼앗으려는 것이 이 세상에서는 아마도 죄가 되겠지요. 죄라! 좋습니다, 그렇다면 나 스스로에게 벌을 내리지요. 나는 천상의 기쁨 속에서 그 죄를 맛보았고, 거기에서 삶의 활력과 힘을 가슴 깊숙이 빨아들였습니다. 그 순간부터 당신은 나의 것이 되었습니다! 오, 로테, 당신은 나의 것입니다! 나는 먼저 가렵니다! 나 먼저 나의 아버지이자 당신의 아버지인 하느님께 가렵니다. 가서 그분께 호소하렵니다. 그러면 그분은 당신이 올 때까지 나를 위로해주시겠지요. 당신이 오면 나는 당신에게로 날아가서 당신을 꼭 껴안겠습니다. 무한한 존재인 그분 앞에서 당신을 안고 영원히 당신 곁에 머물겠습니다.

　지금 나는 꿈을 꾸는 것도, 헛된 망상을 하고 있는 것도 아닙니다! 무덤이 가까워지니 오히려 모든 것이 점점 더 분명해집니다. 우리는 함께 있게 될 겁니다! 우리는 다시 만나게 될 겁니다! 당신 어머니도 뵐 수 있을 겁니다! 당신의 어머니를 만나렵니다. 당신 어머니를 찾아뵙고, 아아, 그분 앞에서 내 온 마음을 털어놓겠어요! 당신의 어머니, 당신과 꼭 닮은 그분께."

열한 시경에 베르터는 하인에게 알베르트가 돌아왔는지 물었습니다. 하인은 그가 말을 끌고 지나가는 것을 보았다고 대답했습니다. 그러자 베르터는 다음과 같은 쪽지를 봉하지 않은 채 하인에게 건네주었습니다.

"여행을 떠나려고 하는데 권총을 좀 빌려주시겠습니까? 부디 안녕히 계십시오!"

사랑스러운 여인 로테는 지난밤을 거의 뜬눈으로 새웠습니다. 그녀가 두려워하던 일이 마침내 일어나고야 말았습니다. 전혀 예상치 못했고 걱정하지도 않았던 그런 방식으로 일어나고만 것입니다. 평소에는 그렇게 맑고 편안하게 흐르던 그녀의 피는 열병과 같은 흥분 상태에 빠졌고, 온갖 상념이 그녀의 아름다운 마음을 뒤흔들어놓았습니다. 그녀가 가슴속 깊이 느낀 것은 베르터의 포옹이 불러일으킨 불길이었을까? 아니면 그의 대담한 행동에 대한 불쾌감이었을까? 또는 아무런 거리낌도 없이 자유롭고 순진하게 자신을 믿고 살던 지난날과 현재의 상태를 비교했을 때 느끼는 불만이었을까? 이제 남편을 어떻게 대해야 할까? 고백을 못 할 것도 없지만, 감히 고백할 엄두가 나지 않는 그 상황을 그에게 어떻게 설명해야 하지? 두 사람은 베르터에 대해서는 오래전부터 침묵을 지켜왔는데, 그녀가 먼저 침묵을 깨고 하필 이런 적절치 못한 때에, 남편이 전혀 예상치도 못했던 일을 털어놓아야 한단 말인가? 베르터가 왔다는 소식만으로도 남편에게 불쾌한 인상을 줄까 걱정스러운데, 이런 예기치 못한 파국을 어떻게 말해야 한단 말인가! 남편이 자신을 아주 공정한 눈으로 보아주고, 자신의 말을 그 어떤 선입견도 없이 이해해주리라 기대할 수 있을까? 남편이 자신의 속마음을 알아주기를 바랄 수 있을까? 그런데 투명한 크리스털 유리잔처럼 언제나 남편에게 솔직하고 자유롭게 고백해왔고, 한 번도 자신의 감정을 숨긴 적도 없고 숨길 수도 없던 그녀가 이제 와서 남편을 속일 수가 있을까? 이런저런 생각으로 그녀는 근심에 빠졌고 아주 혼란스러워졌습니다. 그런데 그녀의 생각은 자꾸 베르터에게로 되돌아갔습니다. 베르터는 이제 그녀에게는 잃어버린 존재였지만 그렇다고 그냥 내버려둘 수도 없었습니다. 그녀를 잃으면 아무것도 남지 않을 베르터를 그녀는, 안타깝게도 그 스스로에게 맡겨둘 수밖에 없었습니다.

그 순간에 분명하게 알아차릴 수는 없었지만, 그녀와 남편 사이의 뭔가 막혀 있는 상태도 그녀의 마음을 무겁게 짓눌렀습니다! 그렇게 사려 깊고 선한 사람들이 겉으로 드러나지 않는 내면의 차이로 인해 서로 침묵하기 시작했고, 서로 자신이 옳고 상대방이 틀렸다고 생각했습니다. 그리하여 상황이 꼬이고 악화되어 모든 것이 달린 이 결정적인 순간에 매듭을 풀 수 없게 되었습니다. 두 사람이 행복한 신뢰감을 갖고 좀 더 일찍 가까워졌더라면, 서로 간에 사랑과 배려가 생생하게 살아 있었더라면, 그래서 서로의 마음을 열 수 있었더라면 아마도 우리의 불쌍한 친구를 구할 수 있었을지도 모릅니다.

여기에 특별한 사정이 더해졌습니다. 이미 그의 편지에서 알 수 있듯이, 베르터는 자신이 이 세상을 떠나길 열망하고 있다는 사실을 전혀 비밀로 하지 않았습니다. 알베르트는 그에 대해 베르터와 여러 번 논쟁을 벌였고, 로테와도 종종 그 이야기를 한 적이 있습니다. 자살에 대해 단호한 반감을 가지고 있던 알베르트는 평소의 그답지 않게 일종의 과민 반응을 보이며, 베르터의 계획이 진정성이 있는지 의심스러운 구석이 있다고 여러 차례 언급했습니다. 게다가 그는 그 계획에 대해 비꼬기까지 하고, 자신은 그걸 믿지 않는다고 로테에게 말했습니다. 남편의 그런 말은 비극적 장면에 생각이 미칠 때마다 그녀의 마음을 진정시켜주기도 했지만, 다른 한편으로는 지금 이 순간 그녀를 괴롭히는 근심거리를 남편에게 털어놓기 힘들게 만들었습니다.

알베르트가 돌아왔습니다. 로테는 당황해하며 서둘러 그를 맞았습니다. 그는 기분이 별로 좋지 않았습니다. 일을 다 마무리하지 못했고, 이웃 마을의 관리가 고집불통에다 소인배였기 때문입니다. 게다가 돌아오는 길의 상태가 엉망인 것도 그를 짜증 나게 만들었습니다.

알베르트가 별일 없었느냐고 묻자 로테는 서두르듯 어제저녁에 베르터가 왔었다고 대답했습니다. 그는 편지가 온 게 있느냐고 물었고, 편지와 소포를 그의 방에 가져다놓았다는 대답을 들었습니다. 그는 자신의 방으로 건너갔고, 로테는 혼자 남았습니다. 그녀가 사랑하고 존경하는 남편이 오자 그녀의 마음에는 새로운 느낌이 생겨났습니다. 그의 고결한 마음과 사랑 그리고 관대함을 떠올리자 그녀의 마음은 더욱 진정이 되었습니다. 그녀는 남편을 따라 들어가야 할 것 같은 내면의 욕구를 느끼고 평소에 하던 대로 일거리를 챙겨 그의 방으로 들어갔습니다. 남편은 소포를 뜯고 편지를 읽는 데 열중하고 있었습니다. 어떤 편지에는 좀 언짢은 내용도 있는 듯했습니다. 그녀가 몇 가지 질문을 던졌지만 그는 짧게 대답하고는 책상으로 가서 무언가를 쓰기 시작했습니다.

이런 상태로 그녀는 한 시간쯤 함께 앉아 있었는데, 로테의 마음은 점점 어둡고 무거워졌습니다. 남편이 아주 기분이 좋은 상태라 하더라도 지금 그녀가 가슴에 품고 있는 말을 털어놓기가 얼마나 힘들 것인지 그녀는 새삼 느꼈습니다. 그녀는 우울한 기분에 빠져들었고, 그러한 기분을 숨기고 눈물을 참으려 하면 할수록 점점 더 불안해졌습니다.

베르터의 하인이 나타나자 그녀는 더욱더 어쩔 줄 몰라 했습니다. 하인이 알베르트에게 쪽지를 건네주자 그는 태연하게 부인 쪽으로 몸을 돌리고 말했습니다. "그에게 권총을 내줘요." 그러고는 하인에게 말했습니다. "좋은 여행이 되길 바란다고 전해다오." 이 말이 그녀에게는 마치 천둥소리처럼 들렸습니다. 그녀는 비틀거리며 일어났는데, 어떻게 일어섰는지도 몰랐습니다. 그녀는 천천히 벽으로 다가가 떨리는 손으로 권총을 내려 먼지를 닦고 머뭇거렸습니다. 알베르트가 의아한 눈길로 재촉하지 않았다면 그녀는 아마 더 오래 머뭇거렸을 것입니다. 그녀는 아무 말도 하지 못한 채 그냥 그 불길한 도구를 하인에게 건네주었습니다. 하인이 집에서 나가자 그녀는 일거리를 챙겨 말할 수 없이 불안한 심정으로 자신의 방으로 갔습니다. 그녀의 마음에는 끔찍한 일이 일어날 것만 같은 예감이 들었습니다. 그녀는 당장이라도 남편의 발치에 엎드려 모든 것을, 어제저녁의 일과 자신의 잘못과 지금의 예감을 털어놓으려 했습니다. 하지만 그런 시도가 아무런 소용이 없으리라는 것을 다시금 깨달았습니다. 게다가 남편을 설득해서 베르터에게 가보라고 하는 것은 조금만치의 기대조차 할 수가 없었습니다. 그러는 사이 식탁이 차려졌습니다. 마침 뭔가 물어보려 왔던 친한 친구가 바로 가려다가 그냥 남아 있던 덕분에 식탁에서의 대화는 그럭저럭 견딜 만했습니다. 그녀는 감정을 억누르고, 억지로 말을 꺼내고, 이런저런 이야기를 하면서 스스로를 잊으려 했습니다.

하인이 권총을 가지고 베르터에게 돌아왔습니다. 로테가 직접 권총을 건네주었다는 말을 듣자 베르터는 매우 기뻐하며 그것을 받아 들었습니다. 그는 빵과 포도주를 가져오라 하고, 하인에게도 식사하라고 내보내고는 책상에 앉아 편지를 쓰기 시작했습니다.

"권총이 당신의 손을 거쳐 내게 왔군요. 권총의 먼지도 당신이 닦아냈다더군요. 나는 권총에 수없이 입을 맞추었습니다. 당신의 손길이 닿은 것이니까요! 아, 하늘의 성령이시여, 내 결심을 지지해주시는군요. 그리고 그대, 로테, 당신은 내게 이 권총을 건네주었고요. 당신의 손으로 죽음을 맞을 수 있기를 바랐는데, 아아, 이제 그렇게 되었습니다. 나는 하인에게 자세히 물어보았습니다. 권총을 건네며 당신은 몸을 떨었고, 한 마디 작별 인사도 전하지 않았다더군요! 아, 이럴 수가! 한 마디 작별 인사도 없었다니! 나를 당신에게 영원히 붙들어 맸던 그 순간 때문에 당신은 내게 마음을 닫아버린 것인가요? 로테, 천 년이 지난다 해도 그 순간의 감동을 지울 수는 없을 거예요! 그리고 나는 느끼고 있습니다. 당신만을 위해 이토록 불타오르는 사람을 당신은 결코 미워할 수 없으리라는 것을."

식사를 마친 후 베르터는 하인에게 모든 짐을 빠짐없이 잘 꾸리라고 일렀습니다. 그리고 서류들을 찢어버린 다음 외출하여 아직 남은 사소한 빚들을 정리했습니다. 그는 집으로 돌아왔다가 다시 성문 밖으로 나가 비가 오는 것도 아랑곳하지 않고 백작의 정원과 그 주변을 돌아다녔습니다. 어둠이 찾아올 때쯤에야 집으로 돌아와 편지를 썼습니다.

"빌헬름, 마지막으로 들판과 숲 그리고 하늘을 보고 왔네. 자네도 부디 잘 지내시길! 사랑하는 어머니, 저를 용서해주세요! 빌헬름, 내 어머니를 위로해드리게! 그대들에게 신의 축복이 있기를! 내 일은 모두 정리해놓았네. 잘 있게! 다시 만나세. 더 기뻔 마음으로 다시 만나세."

"알베르트, 나는 당신에게 배은망덕한 짓을 했군요. 용서해
주십시오. 나는 당신 가정의 평화를 깨뜨리고 당신 부부 사이에
불신을 불러일으켰습니다. 안녕히 계십시오! 이제 나는 끝내려
합니다. 아, 내 죽음으로 당신들이 행복해졌으면 좋겠습니다!
알베르트! 알베르트! 천사를 행복하게 해주세요! 하느님의 축
복이 당신 위에 내리기를!"

베르터는 그날 밤 서류들을 뒤적이며 대부분은 찢어서 난로
속에 던져 넣었습니다. 몇몇 소포에는 빌헬름의 주소를 적어 넣
고 봉인을 했습니다. 거기에는 짧은 글 몇 편과 단편적 생각을 적
은 것들이 들어 있었습니다. 그중 몇 개는 편저자인 저도 읽어보
았습니다. 밤 열 시경에 그는 난로에 불을 더 지피고 포도주 한
병을 가져오라고 하고는 하인을 잠자리에 들게 하였습니다. 하
인의 방은 다른 사람들의 방과 마찬가지로 뒤쪽에 멀리 떨어져
있었습니다. 하인은 일찌감치 미리 채비하고 있을 요량으로 옷
을 입은 채 자리에 들었습니다. 새벽 여섯 시 전에 우편마차가 집
앞으로 올 것이라는 말을 주인에게서 들었기 때문입니다.

"밤 열한 시 지나

주위는 온통 적막에 싸여 있습니다. 나의 영혼도 그렇듯 고요

합니다. 하느님, 감사합니다, 마지막 순간에 이런 따뜻함과 이런 힘을 내려주셔서 감사합니다.

사랑하는 그대여, 나는 창가로 다가가 밖을 내다봅니다. 휘몰아치며 흘러가는 구름 사이로 영원한 하늘의 별들이 여럿 보입니다! 그래, 너희들은 결코 떨어지지 않을 거야! 영원하신 하느님이 너희를, 그리고 나를 가슴에 품고 계실 테니까. 별자리 중 내가 가장 좋아하는 큰곰자리의 북두칠성을 지금 나는 바라보고 있습니다. 한밤에 당신과 헤어져 문밖을 나설 때면 저 별은 늘 나를 마주 보며 하늘에 떠 있었지요. 얼마나 자주 나는 황홀경에 빠져 그 별을 바라보곤 했던가요! 두 손을 높이 들어 그 별을 현재의 내 행복을 알려주는 징표로, 성스러운 표식으로 삼곤 했지요! 그리고, 로테, 세상 모든 것이 전부 당신을 생각나게 합니다! 당신은 온통 나를 둘러싸고 있으니까요! 그리고 나는 성스러운 당신의 손길이 닿았던 것이면 아무리 하찮은 것이라도 어린아이처럼 욕심을 내며 긁어모았지요!

사랑스러운 당신의 실루엣! 이 실루엣을, 로테, 당신에게 유품으로 남깁니다. 그것을 소중히 간직해주세요. 외출하거나 귀가할 때마다 나는 수천 번도 더 이 그림에 입 맞추고, 수천 번도 더 인사를 건넸습니다.

당신 아버님께 쪽지를 보내 내 시신을 거두어달라고 부탁했습니다. 교회 묘지의 뒤쪽 구석에는 들판을 향해 서 있는 두 그루의 보리수나무가 있습니다. 거기에 나는 잠들고 싶습니다. 아버님은 친구를 위해 그렇게 해주실 수 있고 또, 그렇게 해주실 겁니다. 당신도 아버님께 다시 부탁드려주세요. 하지만 나는 독실한 기독교 신자들에게 그들의 육신을 이 가련하고 불행한 사람 곁에 눕히라고 요구할 수는 없겠지요. 아, 차라리 나를 길가나 계곡에 묻어주는 것도 좋겠습니다. 그러면 사제나 레위 사람들이 성호를 그으며 내 묘석 앞을 지나가고 사마리아인이 눈물 한 방울쯤 흘려줄 수 있겠지요.

로테! 이 차갑고 끔찍한 잔을 들어 죽음의 환희를 마시는 것이 내겐 전혀 두렵지 않아요! 당신이 그 잔을 내게 건네주었으니 나는 주저하지 않겠습니다. 모든 것이! 모두가 다! 내 삶의 모든 소원과 희망이 다 이루어졌습니다! 나 이제 이렇듯 차분하고, 이렇듯 꿋꿋하게 죽음의 청동문을 두드리겠습니다.

당신을 위해 죽는 행복을 누릴 수 있기를 얼마나 바랐던가요! 로테, 당신을 위해 이 한 몸 희생할 수 있기를 말입니다! 당신의 삶에 평온과 기쁨을 다시 찾아줄 수만 있다면, 나는 용감하게 그리고 기쁘게 죽을 각오가 되어 있었습니다. 하지만, 아아! 사랑하는 사람들을 위해 피를 흘리고, 자신의 죽음을 통해 친구들에게 몇백 배 더 새로운 생명의 불길이 피어나게 하는 것은 몇몇 소수의 고귀한 이들에게나 주어지는 행운이었습니다.

로테, 당신의 손길이 닿아 성스러워진 이 옷을 입은 채로 나는 묻히고 싶습니다. 아버님께도 그렇게 부탁해놓았습니다. 내 영혼이 관 위를 떠돌며 바라볼 겁니다. 내 주머니를 뒤지지는 말았으면 합니다. 이 연분홍빛 리본은 내가 아이들과 함께 있는 당신을 처음 보았을 때 당신이 가슴에 달고 있던 것입니다. 아아, 그 아이들에게 수천 번도 더 입 맞춰주세요. 그리고 이 불행한 친구의 운명에 대해서도 이야기해주세요. 사랑스러운 아이들! 그들은 언제나 내 주위를 맴돌곤 했지요. 아아, 내가 얼마나 당신과 단단히 맺어져 있었던가요! 처음 본 순간부터 당신에게서 떨어질 수가 없었습니다! 이 리본은 나와 함께 묻혀야 합니다. 내 생일에 당신이 선물로 주셨지요! 이 모든 것을 내가 얼마나 기쁘게 받아들였는지! 아아, 그 길이 나를 이리로 이끌지는 생각도 못 했습니다! 진정해요! 부탁입니다, 냉정을 잃지 말아요!

이제 총알이 장전되었습니다. 열두 시를 알리는 종이 울립니다. 그렇다면 이제! 로테! 아, 로테, 잘 있어요! 부디 안녕, 안녕히!"

이웃 사람 하나가 화약이 번쩍하는 섬광과 총소리를 들었습니다. 하지만 모든 게 다시 잠잠해졌기 때문에 더 이상 신경 쓰지 않았습니다.

아침 여섯 시에 하인이 등불을 들고 방에 들어옵니다. 그는 바닥에 쓰러져 있는 주인과 권총 그리고 흥건한 피를 발견합니다. 그는 소리치며 주인을 끌어안습니다. 베르터는 아무런 대답이 없고 그저 그르렁 소리만 낼 뿐입니다. 그는 의사에게 그리고 알베르트에게로 달려갑니다. 로테는 초인종 소리를 듣습니다. 그녀의 온몸이 떨려옵니다. 그녀는 남편을 깨웁니다. 그들이 일어납니다. 하인이 울부짖으며 더듬더듬 소식을 전합니다. 로테는 정신을 잃고 알베르트 앞에 쓰러집니다.

의사가 이 불행한 이에게 왔을 때, 베르터는 이미 가망 없는 상태로 바닥에 누워 있었습니다. 맥박은 뛰고 있었지만 사지는 이미 모두 굳어 있었습니다. 오른쪽 눈 위에 대고 머리를 관통하여 총을 쏘았는지 뇌수가 밖으로 흘러나와 있었습니다. 소용없는 일이었지만 의사는 팔의 핏줄을 째고 사혈을 시도했습니다. 그러자 피가 흘러나왔습니다. 베르터는 여전히 숨을 쉬고 있었습니다.

의자 팔걸이에 피가 묻어 있는 것으로 보아 베르터는 책상 앞에 앉아 이 일을 결행한 것 같았습니다. 그다음 아래로 굴러 떨어졌고, 경련을 일으키며 의자 주위를 맴돌았습니다. 그러다 탈진하여 창문 쪽을 향해 반듯이 누워 있었습니다. 푸른색 연미복에 노란 조끼를 차려입고 장화도 신고 있었습니다.

그의 집과 이웃 그리고 도시에 온통 소동이 일었습니다. 알베르트가 들어왔습니다. 그사이 사람들이 베르터를 침대 위에 눕히고 이마에 붕대를 감아놓았습니다. 그의 얼굴은 이미 죽은 사람의 얼굴이었고 사지는 아무런 움직임이 없었습니다. 아직 폐에서 그르렁거리는 소리가 끔찍하게, 때로는 약해졌다 때로는 강해지며 울려 나왔습니다. 사람들은 그의 임종이 가까워 온 것을 알았습니다.

포도주는 한 잔밖에 마시지 않았습니다. 《에밀리아 갈로티》*

*독일 계몽주의 작가 고트홀트 레싱의 희곡으로, 《젊은 베르터의 고뇌》가 나오기 2년 전에 발표되어 커다란 반향을 불러일으켰다. 시민계급의 딸인 에밀리아는 영주의 유혹을 받자 아버지에게 자신을 죽여달라고 부탁하는데, 그녀의 간접 자살은 영주의 자의적 권력에 맞선 시민계급의 도덕적 표현으로 평가된다.

가 책상 위에 펼쳐져 있었습니다.

　알베르트의 놀람과 로테의 슬픔에 대해서는 아무 말도 하지 않겠습니다.

　소식을 듣고 늙은 행정관이 뛰어들어 왔습니다. 그는 죽어가는 사람에게 뜨거운 눈물을 흘리며 입을 맞추었습니다. 아버지를 따라 곧 그의 큰 아이들이 뛰어왔습니다. 아이들은 말할 수 없이 비통한 표정으로 침대 옆에 꿇어앉아 베르터의 손과 입에 입을 맞추었습니다. 베르터가 가장 사랑했던 첫째아들은 그가 숨을 거두었는데도 그의 입술에서 떨어지지 않아 사람들이 억지로 떼어놓아야 했습니다. 낮 열두 시 정각에 베르터는 숨을 거두었습니다. 행정관이 현장에서 여러 조치를 취한 덕분에 별다른 소동은 없었습니다. 행정관은 밤 열한 시경에 베르터가 선택한 곳에 그를 매장하도록 했습니다. 늙은 행정관과 그의 아들들이 베르터의 주검을 따라갔습니다. 알베르트는 로테의 생명이 걱정되어 같이 가지 못했습니다. 일꾼들이 그의 관을 운반했습니다. 성직자는 단 한 사람도 동행하지 않았습니다.

젊은이를 위한
영원한 고전

김용민(연세대학교 독어독문학과 교수)

1. 18세기 유럽의 시대적 아이콘, 베르터

1774년에 발표된 《젊은 베르터의 고뇌》는 스물다섯 살의 청년 괴테를 일약 유럽의 베스트셀러 작가로 만들었다. 이 작품이 출간되자 독일은 물론 유럽 전역에서 가히 베르터 신드롬이라 할 만한 엄청난 반향이 일어났다. 유럽의 젊은이들은 이 작품 속에 "자신들의 삶의 감정, 자신들의 언어, 자신들의 세계관과 불안이 표현"되었음을 느꼈기 때문이다. 그들은 이 소설을 반복해서 읽으며 열광했고, 친구들에게 추천했으며, 주인공과 자신을 동일시하기도 하였다. 짧은 시간 안에 베르터는 당시 젊은이들의 시대적 아이콘이 되었다. 청년들은 베르터가 로테를 처음 만난 날 이후 줄곧 입고 있었던 푸른색 연미복과 노란색 조끼를 맞춰 입었으며, 처녀들은 로테처럼 소매와 가슴에 연분홍색 리본이 달린 소박한 흰 드레스를 따라 입었다. 베르터의 편지글 문체가 유행이 되었고, 작품 속 베르터가 즐겨 읽던 호메로스나 오시안을 함께 찾아 읽었다. 더 나아가서 베르터를 모방하여 권총 자살하는 이들도 속출하였다.* 청년들은 로테와 같이 정숙하고 아름다우며 감성적인 여인을 배우자로 갖기를 원했고, 여성들은 목숨마저 내던질 정도로 자신을 사랑할 베르터 같은 남자를 찾았다. 요즘 청소년들이 아이돌 가수에게 열광하는 것처럼 당시의 젊은이들은 베르터에 열광하며 그를 모방하려 한 것이다.

베르터가 시대의 아이콘으로 부상하자 베르터 관련 상품들이 쏟아져 나오기도 했다. 베르터와 로테의 실루엣은 물론 작품 속 유명한 장면을 묘사한 동판화와 삽화 등이 제작되어 널리 유포되었다. 특히, 베르터가 로테를 처음 만나던 때의 모습, 즉 로테가 동생들에게 둘러싸여 빵을 나누어주는 장면이나, 베르터가 발하임에서 아이들 그림을 그리는 모습, 베르터가 로테에게 오시안을 읽어주자 로테가 소파에서 흐느끼는 장면, 베르터의 자살 장면 등이 인기를 끌었다. 이처럼 베르터가 선풍적인 주목을 받고 인기를 끈 이유는 이 소설이 "혁명적 새로움"을 담고 있기 때문이었다. 주인공의 감수성과 감성을 잘 드러내주는 서간체 소설은 당시 독자들에게 매우 새롭고 강렬한 인상을 주었으며, 드라마가 아니라 소설에서 비극적인 사건을 다룬 점 그리고 당시의 신분질서와 봉건사회의 억압에 대해 주인공이 강력

*이처럼 유명인이나 자신이 모델로 삼고 있던 사람이 자살할 경우 그 사람과 자신을 동일시해서 자살을 시도하는 현상을 심리학에서는 아예 '베르터 효과'라 부른다.

한 비판을 제기하고 있으며 끝내는 자살로 생을 마감한다는 내용 역시 18세기에는 민감하고 획기적인 주제였다. 괴테는 노년에 그의 자서전인 《시와 진실》에서 이 작품이 당시 젊은이들에게 불러일으킨 파장을 다음과 같이 회상하였다.

> 이 작은 책이 끼친 영향은 매우 컸다. 엄청날 정도였다. 그 이유는 무엇보다도 이 작품이 정확하게 시대를 맞혔기 때문이다. 아주 적은 양의 화약으로도 거대한 광맥을 깨뜨릴 수 있듯이 (이 작품이) 독자들에게 일으킨 폭발 역시 참으로 강력했다. 젊은이들의 세계 자체가 이미 스스로를 전복시키고 있었기 때문이다. 과도한 요구와 충족되지 않은 정열 그리고 자신들이 받고 있는 고통에 괴로워하던 모든 이들의 감정이 폭발했기에 그 충격이 그렇게 컸던 것이다. (괴테, 《시와 진실》)

더 나아가서 베르터의 자살은 처음부터 커다란 논란에 휩싸였다. 스스로 목숨을 끊는 자살은 인간의 생명은 하느님이 주셨기에 하느님만이 거둘 수 있다는 기독교 교리에 정면으로 위배되기 때문이었다. 그래서 라이프치히에서는 이 책이 "도덕을 해친다는 이유"로 출판 금지까지 되기도 했다. 하지만 베르터의 자살을 옹호하는 작가나 지식인들도 많아 자살을 둘러싼 공방이 치열하게 전개되었다. 《젊은 베르터의 고뇌》를 둘러싼 공방은 이 소설은 물론 작가 괴테를 더욱 유명하게 만드는 역할을 하였다. 오늘날의 연예계 스타나 문화 아이콘을 둘러싸고 일어나는 일들이 다만 대상만 다를 뿐 240년 전에도 똑같이 일어났다는 점이 신기하다.

2. 자전적이면서 문학적인 소설

《젊은 베르터의 고뇌》에는 괴테의 자전적 체험이 많이 담겨 있다. 슈트라스부르크에서 법학을 공부한 후 괴테는 1772년 5월에 아버지의 권유로 제국법원에서의 실습을 위해 베츨라로 향한다. 프랑크푸르트에서 그리 멀리 떨어져 있지 않은 베츨라는 신성로마제국의 제국법원이 있는 곳이지만 인구는 수천 명 정도밖에 안 되는 자그만 도시였다. 괴테는 그곳에서 열린 어느 무도회에서 샤를로테 부프('샤를로테'를 줄여 부르는 애칭이 '로테'이다)라는 아가씨를 알게 되어 사랑에 빠진다. 그녀는 소설에서처럼 돌아가신 어머니를 대신하여 가사를 전담하며 동생들을 돌보고 있었다. 샤를로테에게는 케스트너라는 약혼자가 있었지만 괴테는 그녀에게 향하는 마음을 어쩌지 못하고 그녀를 자주 방문했으며, 그녀의 약혼자와도 친하게 지냈다. 어쩔 수 없는 사랑의 감정에 괴로워하던 괴테는 그해 9월 어느 날 작별인사도 없이 도망치듯 베츨라를 떠난다. 그리고 6주 후 괴테는 베츨라 시절에 친교를 맺었던 예루살렘이 스스로 목숨을 끊었다는 소식을 듣는다. 예루살렘은 공사관 관리로 직장 상사와 어려움을 겪고 있었고 공사관 서기의 부인에 대한 이루어질 수 없는 사랑 때문에 괴로워한 나머지 자살한 것이었다. 괴테는 예루살렘의 자살 사건에 남다른 관심을 보여 샤를로테의 약혼자인 케스트너에게 자세한 내용을 알려달라 부탁했고, 그는 전말을 자세하게 적어 보냈다. 예루살렘은 귀족사회에서 모욕을 당했으며, 자신이 사랑하는 부인에게 무릎 꿇고 사랑을 고백했지만 거절을 당한 후 다음 날 하인을 시켜 여행에 필요하다며 케스트너에게 권총을 빌려갔다고 한다. 그리고 그는 그 권총으로 자살을 하였던 것이다.

괴테는 자신의 경험과 예루살렘의 자살을 결합시켜 4주 만에 《젊은 베르터의 고뇌》를 완성시켰다. 그런 점에서 이 작품은 괴테의 자전적 작품이다. 하지만 로테는 샤를로테가 아니고 베르터 역시 괴테가 아니며, 알베르트는 샤를로테의 남편이 된 케스트너가 아니다. 로테나 베르터, 알베르트는 어디까지나 괴테가 창조해낸 허구적 인물일 뿐이다. 로테라는 인물 속에는 괴테가 만났던 샤를로테는 물론 다른 여인들 그리고 그가 꿈꾸던 이상적 여인상이 함께 섞여 있다. 베르터에도 역시 예루살렘이라는 실존 인물과 괴테 자신의 모습 그리고 허구적 특징이 함께 들어 있다. 문학이란 아무리 사실을 바탕으로 하고 있더라도 기본적으로 허구이기 때문에 그 사실을 넘어선다. 괴테는 자신의 경험에 상상과 이상을 결합하여 완전히 새로운 인물과 줄거리를 만들어냄으로써 세계문학사에 길이 남을 걸작을 창조해냈다.

3. 비극적 사랑의 이야기

베르터는 약혼자가 있는 여인을 사랑하고, 나중에 그 여인이 결혼을 했음에도 사랑의 마음을 정리하지 못하고 끝내 파멸하고 만다. 오늘날의 관점에서야 약혼한 여인을 사랑한다는 것이 사회적으로 또는 도덕적으로 그리 비난을 받거나 터부시될 만한 대단한 사건이 아니지만 당시로서는 매우 부도덕하다고 낙인찍힐 만한 사안이었다. 그럼에도 불구하고 베르터는 온몸을 다 던져서 로테를 사랑한다. 로테 역시 베르터에게 끌리는 마음을 어찌할 수가 없어서 베르터를 냉정하게 거절하지 못한다. 두 사람의 사랑은 그 자체만으로 모든 젊은이들이 꿈꾸는 그런 이상적이고 낭만적인 사랑이다. 처음 만난 순간부터 강렬한 이끌림을 경험하고, 무도회에서의 황홀한 춤으로 서로에게 빠져들고, 천둥 번개가 잦아드는 창가에 서서 똑같이 클롭슈토크의 송가를 떠올림으로써 두 사람은 서로에 대한 호감을 넘어서서 단번에 내적 합일까지 경험한다. 로테는 베르터에게 연인, 어머니, 구원의 여인을 합친 이상적 여성으로, 베르터는 로테에게 자신의 감성을 발휘하게 만들고 내면의 욕구를 충족시켜주는 부드러운 남자로 여겨진다. 두 사람은 모든 것을 함께 느끼고, 함께 감동하며, 함께 기뻐하는 정신적 합일의 상태를 경험한다. 그렇기에 두 사람은 사회적 제약과 도덕적 괴로움에도 불구하고 헤어지지 못하고 끝까지 서로를 그리워하고 사랑한 것이다.

이런 말을 해도 될까, 빌헬름? 안 될 것도 없겠지. 그녀는 알베르트보다는 나와 결혼했다면 더욱 행복했을 것이네! 아, 그는 그녀가 바라는 마음의 소망을 모두 채워줄 수 있는 그런 인물이 못 되네. 감수성에 약간의 문제가 있어. 감수성의 부족, 그게 무언지는 물론 자네 좋을 대로 생각하게나. 그의 마음은 공감이라는 걸 잘 모르네. 아아, 멋진 책을 함께 읽다가 로테와 내 마음이 하나가 되는 대목에서도 그렇고, 다른 수많은 경우에서 제3자의 행동에 감동하여 우리가 탄성을 지를 때에도 그는 무덤덤하다네. 사랑하는 빌헬름! 물론 그는 온 영혼을 다해 로테를 사랑해. (122쪽)

특히 베르터는 자신의 온 존재를 내던져 로테를 사랑한다. 두 존재가 만나 내면의 합일을 이루고 온 마음을 다해 사랑하는 것, 이것이 바로 사랑의 본질이자 많은 젊은이들이 꿈꾸는 사랑의 이상향이 아니겠는가? 만일 알베르트가 양보하여 베르터와 로테가 결혼할 수 있었다면 이보다 더 아름다운 사랑의 결실은 없을 것이다—물론 두 사람이 결혼을 하게 되면 그때부터 현실생활의 온갖 어려움이 기다리고 있을 테지만 말이다.* 로테와 알베르트는 결혼하고 베르터는 더욱 멀어진 사랑에 괴로워한다.

*실제로 동시대의 작가인 프리드리히 니콜라이는 괴테 작품이 나온 지 1년 후인 1775년에 이를 패러디한 소설《젊은 베르터의 기쁨. 남편이 된 베르터의 고뇌와 기쁨》을 발표하였다. 이 소설에서는 알베르트가 로테를 포기하고 로테와 베르터는 결혼한다. 결혼 후 베르터는 로테와 아이가 병이 나 형편이 어려워지자 직업을 갖고, 현실생활에서 오는 여러 어려움을 극복하며 여덟 명의 아이와 행복하게 살아간다. 계몽주의자답게 니콜라이는 이 패러디 소설을 통해 청소년들을 베르터의 격정에서 이성의 길로 다시 되돌리고자 한 것이다.

그럼에도 베르터는 로테 곁을 떠나지 못하고 끝까지 로테를 사랑하다 그 어떤 희망도 보이지 않자 결국 스스로 목숨을 끊는다.

그런 점에서 베르터의 죽음은 출구가 보이지 않는 절망에서 나온 행위라고 볼 수 있다. 하지만 동시에 그의 죽음은 지상에서 이룰 수 없는 사랑을 저승에서 완성하고자 하는 강렬한 소망의 표현이기도 하다. 베르터는 로테를 너무도 사랑하기에 비록 지상에서는 그녀의 남편이 될 수 없지만 저승에서는 영원히 함께 있을 수 있으리라 생각한다. 죽기 직전에 쓴 편지에서 베르터는 그 희망을 분명히 밝힌다.

알베르트가 당신의 남편이라는 사실이 대체 무어란 말입니까? 남편이라! 그것은 이 세상에서나 해당되는 것이지요. 내가 당신을 사랑하고, 당신을 그의 팔에서 빼앗으려는 것이 이 세상에서는 아마도 죄가 되겠지요. 죄라! 좋습니다. 그렇다면 나 스스로에게 벌을 내리지요. 나는 천상의 기쁨 속에서 그 죄를 맛보았고, 거기에서 삶의 활력과 힘을 가슴 깊숙이 빨아들였습니다. 그 순간부터 당신은 나의 것이 되었습니다! 오, 로테, 당신은 나의 것입니다! 나는 먼저 가렵니다! 나 먼저 나의 아버지이자 당신의 아버지인 하느님께 가렵니다. 가서 그분께 호소하렵니다. 그러면 그분은 당신이 올 때까지 나를 위로해주시겠지요. 당신이 오면 나는 당신에게로 날아가서 당신을 꼭 껴안겠습니다. 무한한 존재인 그분 앞에서 당신을 안고 영원히 당신 곁에 머물겠습니다. (191쪽)

베르터는 "지금 나는 꿈을 꾸는 것도, 헛된 망상을 하고 있는 것도 아닙니다! 무덤이 가까워지니 오히려 모든 것이 점점 더 분명해집니다. 우리는 함께 있게 될 겁니다! 우리는 다시 만나게 될 겁니다!"라며 저승에서 로테와 영원히 함께 있을 것이라 말하고 죽음을 기꺼이 받아들인다. 모든 것을 잃었지만 죽음을 통해서 영원한 사랑을 얻겠다는 베르터의 말은 그에게 사랑이 거의 '대리종교'의 역할을 하고 있음을 말해준다. 베르터에게 사랑은 고귀하고 숭고하며 거의 절대적인 것이기에 죽음을 통해서라도 사랑을 완성하고자 한 것이다. 사랑의 감정은 지극히 자연스러운 인간의 본성이다. 도덕이나 관습은 자연스러운 본성을 억압하는 역할을 한다. 베르터는 그렇기에 사랑에 있어서의 그 어떤 금기도 받아들이려 하지 않는다. 약혼자나 남편이 있는 여인을 사랑하는 것이 죄가 되는 것은 지상에서의 잣대일 뿐이라는 것이다. 이 같은 사랑의 절대화, 신성화는 18세기 들어서 새로 나타난 현상이다. 그렇기에 당시 젊은이들이 베르터에 대해 열광한 것이다.

《젊은 베르터의 고뇌》를 사랑해선 안 될 사람을 사랑하다가 그 사랑이 이루어지지 못하자 절망하여 스스로 목숨을 끊는 비극적 사랑 이야기로만 읽을 수 없는 이유가 여기에 있다. 괴테는 《젊은 베르터의 고뇌》를 통해 결혼, 사랑, 직업, 사회적 활동, 종교, 신분질서 등 당대의 모든 민감한 금기를 젊은이다운 패기로 건드리고 있다. 이 소설에는 사랑의 이야기뿐 아니라 젊은이의 고뇌와 자유를 향한 열망, 시대 비판, 새로운 가치관에 대한 모색, 시민계급과 귀족계급의 갈등, 절대적 자아의 추구, 자연과의 합일을 향한 동경 등이 함께 들어 있다. 바로 그렇기 때문에 이 소설은 당대의 젊은이들의 열광을 불러일으켰으며, 오랜 세월이 지난 지금도 많은 사람들이 즐겨 읽는 고전으로 그 빛을 잃지 않고 있는 것이다. 그리고 지금도 여러 학자들에 의해서 끊임없이 재해석되고 있을 만큼 다양한 의미를 지니고 있다.

4. '질풍노도'기의 대표작

《젊은 베르터의 고뇌》는 계몽주의의 극단화라 할 수 있는 '질풍노도(Sturm und Drang)'기의 대표적 작품이다. 계몽주의는 18세기 유럽 사회의 모든 영역에서 발현된 정신사조로 정치, 경제, 사회, 문화, 종교, 예술, 학문 등 모든 분야에서 기존 질서에 맞서 새로운 질서를 내세웠다. 오랫동안 지속된 귀족과 성직자 중심의 봉건사회를 혁파하고 새로운 세상을 만드는 데 계몽주의는 정신적이고 이념적인 바탕을 제공하였다. 계몽주의는 그래서 인간의 정신적 해방과 함께 정치적 해방을 추구하였다. 인간의 정신적 해방이란 개개인이 그 어떤 외부의 간섭이나 지도 없이 스스로 자율적으로 사고하고 행동하는 것을 말한다. 이를 칸트는 〈계몽이란 무엇인가?〉에서 "계몽이란 우리 스스로에게 책임이 있는 미성숙으로부터 벗어나는 것이다. 미성숙은 다른 사람의 지도 없이는 스스로의 지성을 사용할 수 없는 무능력을 말한다"고 정의하였다. 계몽주의는 따라서 다른 사람의 지시나 기존 질서, 전통적 사고방식에 휘둘리지 않고 스스로의 사고, 즉 자신의 이성에만 의지하여 모든 것을 판단하고 결정할 것을 촉구한다. 이는 필연적으로 그때까지 진리라고 통용되던 모든 기존 사고에 대한 비판으로 이어지고, 그 진리를 담보했던 정치, 사회, 경제, 문화, 종교 체제를 문제 삼는다. 그 결과 오랫동안 "독점적인 세계 해석의 권리와 그리고 이 해석에 의거한 행동의 권리"를 누려왔던 봉건사회와 교회가 가장 커다란 비판의 대상이 되었다. 계몽주의의 인간 해방은 그동안 절대적 권위를 지녔던 봉건귀족과 성직자들의 후견으로부터 벗어나는 것을 의미하였기에 정치, 사회적 해방이라는 의미 또한 지닌다. 그렇기에 봉건사회를 타파하고 자유롭고 평등한 세상을 만들려는 시민계급이 계몽주의를 자신들의 주도적 이념으로 삼은 것은 당연한 일이다. 타락한 귀족계급에 맞서 시민계급은 이성, 인간 해방, 합리성, 근면과 성실, 도덕적 삶 등을 중요한 가치로 내세웠고 이는 마침내 프랑스 혁명을 통해 봉건 질서를 무너뜨리고 근대사회를 세우는 변혁 운동으로 이어졌다.

'질풍노도'는 계몽주의의 이러한 사상을 승계하면서 개인의 자유와 자율 그리고 개성을 더욱 강조한 사조이다. 계몽주의가 사회 모든 분야를 아우르는 광범위한 정신사조였다면 '질풍노도'는 주로 문학 부분에서 일어난 문예운동이었다. 젊은 시절의 괴테와 실러 등 주로 청년들이 중심이 된 '질풍노도' 문학은 계몽주의에서 주장하는 개인의 해방을 극대화하여 자유를 옭아매는 모든 규칙을 거부하고 인간의 본성대로 살고자 하며, 절대적 자아를 추구하였다. 모든 사회적 제약과 간섭을 거부하고 완전한 자유와 자율을 추구하였으며, 개인의 감정과 생각을 그 무엇보다 중요하게 생각하였다. 그러다보니 계급질서가 고착화되어 있는 봉건사회나 고리타분한 관습과 도덕 그리고 인간의 정신적 해방을 억누르는 종교에 대해 전면적 비판의 태도를 취하였다. '질풍노도'의 이러한 특징은 《젊은 베르터의 고뇌》에 잘 드러난다.

《젊은 베르터의 고뇌》는 비극적 사랑의 이야기를 넘어 반봉건의 기치를 드높인 시대 비판적 소설로도 유명하다. 이 작품은 새로운 사상을 바탕으로 당시의 시대를 비판한 '시대소설'로도 볼 수 있다. 시민계급 출신의 베르터는 뛰어난 학식과 능력을 갖추었음에도 불구하고 단지 귀족이 아니라는 이유로 여러 가지 사회적 제약을 감수해야 한다. 엄격한 신분질서를 바탕으로 한 봉건사회에서 귀족이 아닌 시민이 정치적 요직을 차지할 가능성은 없다. 알베르트가 돌아온 후 베르터는 로테를 떠나 다른 도시로 가서 공사의 비서로 일하지만 그를 가로막는 것은 이번에는 신분질서라는 사회적 벽이었다. 서류에서 쉼표나 접속사 하나까지도 일일이 간섭하는 베르터의 상관인 고리타분하고 무능력한 공사는 물론 주변의 대다수 귀족들은 한심하기 짝이 없지만 단지 귀족이라는 이유로 높은 자리를 차지하고 거들먹거리거나 일반 시민들을 멸시한다. 그런 귀족들의 모습에 대해 베르터는 가차 없는 비판을 가한다. 교양과 재력을 갖추고 새롭게 부상하는 시민계급의 눈에 귀족들은 오래된 족보나 내세우는 몰락해가는 타락한 모습으로 보일 수밖에 없다. 베르터의 눈에 공사관과 그 주변 사람들은 천박한 인간들뿐이다.

> 서로 눈치나 보는 이곳의 역겨운 인간들의 겉만 번지르르한 천박함과 그 따분함이라니! 서로 한 발짝이라도 앞서겠다고 감시하고 동정을 살피는 그들의 출세욕, 비참하고 천박하기 짝이 없는 병적인 집착. (101쪽)

베르터가 바라보는 주변의 사람들은 모두 "자신의 열정" 때문이 아니라 "돈이나 명예" 같은 허망한 것들을 위해 일하며 조금이라도 높은 자리를 차지하겠다고 아귀다툼을 벌인다. 베르터는 이를 강하게 비판한다. "온통 격식에만 연연하면서 오로지 조금 더 높은 자리로 올라가려고만 기를 쓰는 인간들이란 대체 어떤 족속들이란 말인가!"

베르터의 귀족계급 비판은 C백작의 집에서 열린 귀족들의 사교 모임에서 베르터가 시민계급 출신이라는 이유로 쫓겨나는 사건에서 정점을 이룬다. 베르터가 귀족의 사교 모임에서 쫓겨난 사건은 당시의 계급에 따른 신분질서가 얼마나 황당무계한 일이며 시대착오적인가를 적나라하게 보여주며 귀족계급과 나아가서 봉건사회에 대한 전면적 비판으로 받아들여졌다. 인간의 해방과 천부인권설, 만민평등론, 자연적 질서의 회복을 내세우는 계몽주의의 관점에서 당시의 봉건질서는 타파해야 할 낡은 질서가 된 것이다. 그런 점에서 토마스 만은 이 소설의 "혁명적 근본 경향"을 지적하며 《젊은 베르터의 고뇌》가 프랑스 혁명을 예고하고 준비한 책들 중 하나라고 분석한 바 있다. 루카치를 비롯한 많은 비평가들도 이 소설이 시민계급이 봉건계급에 맞서 저항을 표방한 기념비적 작품임을 강조하였다. 개인의 자아실현을 억압하는 낡은 봉건질서에 맞서 새로운 가치를 바탕으로 새로운 세계를 만들고자 한 시민계급의 정치적 이념이 반영된 소설이라고 본 것이다. 더 나아가 베르터가 귀족계급을 비판하고 농부나 하인, 어린아이 등 일반 민중에 대한 애정과 그들의 소박한 삶을 찬양하는 것을 근거로 그를 "사회주의자"로 보는 시각도 있다.

5. 다양한 해석 가능성

이처럼 《젊은 베르터의 고뇌》는 사랑의 이야기가 중심이 된 연애소설로도 시대정신이 반영된 사회 비판적 소설로도 읽힐 수 있는 다양한 의미를 모두 포함하고 있다. 물론 이 두 양극단 사이에 수많은 해석 가능성이 존재한다. 이 작품을 18세기의 시대적 산물로 볼 수도 있고, 시대와 공간을 넘어서는 보편적 의미로도 분석할 수 있다. 주인공 베르터를 주관주의에 빠져 결국은 파멸하고 마는 부정적 인물이거나 "죽음에 대한 동경"을 지닌 우울증을 앓고 있는 병적인 인물로 볼 수도 있다. 그래서 지금까지

《젊은 베르터의 고뇌》는 해석학, 수용미학, 문학사회학, 정신분석학, 페미니즘 등 다양한 관점에서 다양하게 해석되어왔다.

베르터의 성격과 행동을 중심으로 이 소설이 절대적 자유를 추구하는 절대 자아의 노력과 좌절의 기록으로 보는 것도 흥미롭다. 자유와 자아실현을 위한 베르터의 무한한 욕망과 무한성을 향한 동경이 마침내는 죽음을 가져왔다고 보는 해석이다. 베르터는 모든 속박과 제한 그리고 감옥 같은 세상을 벗어나서 자연 속에서 자아 해방과 절대 자유를 얻고자 한다. 그런 베르터에게 "결혼 약속, 도덕적인 세계, 옛 봉건질서, 노동에의 요구, 부르주아 사회 전체 등 모든 것이 반자연적인 것"으로 보이는 것은 당연하다. 모든 인위적인 제한을 거부하고 자연에 따른 자아실현과 "영원한 자유"를 추구하는 베르터는 현실의 벽에 부딪히자 죽음을 택한다. 하지만 그의 자살은 현실에서의 도피가 아니라 죽음을 통해서라도 "영원한 자유"를 얻으려는 적극적 행동의 결과로 볼 수도 있다. 베르터는 죽음을 삶이라는 감옥을 언제고 떠날 수 있는 "달콤한 자유의 감정"이라고 보기 때문이다.

자유를 가로막는 모든 금기와 전통에 대해 전면적 비판을 가하는 베르터의 태도를 계몽주의와 근대 문명에 대한 전면적 비판으로 해석할 수도 있다. 베르터가 모든 기존 질서와 전통적인 것을 회의하고 그로부터의 궁극적인 해방을 지향한다는 점에서는 계몽적이지만, 계몽주의가 주창하는 이념과 가치를 부정하고 새로운 가치를 내세운다는 점에서는 반계몽적이다. 계몽주의를 바탕으로 삼고 있는 근대의 정신을 이루는 핵심은 역사철학, 개인의 주체화, 진보와 발전 개념 등인데 베르터는 이러한 근대정신과는 반대되는 입장을 표방한다. 발전론과 낙관론을 부정하고 발전과 진보가 아니라 자연 속에서의 소박하고 온전한 삶을 찬양한다. 그렇기에 《젊은 베르터의 고뇌》는 계몽을 넘어서 반계몽으로 이어진다.

이 소설에는 전근대와 근대, 고대와 현대, 느림과 빠름, 시골과 도시, 자연과 인공, 게으름과 활동, 소박과 사치 등의 기본적인 대립쌍이 나타나며 이런 대립을 통해 괴테는 근대의 문제점을 비판하고 새로운 대안을 제시하고 있다고 보는 견해도 있다. 베르터 세계관의 특징은 기존 질서와 시대정신에 대한 전면적 비판이기 때문이다. 귀족계급의 봉건질서뿐만 아니라 시민계급의 주류질서까지도 부정하고 기성 사회의 관습, 도덕, 윤리, 질서, 사회통념, 노동이념을 가차 없이 비판한다. 베르터는 또한 직업을 지니고 돈을 벌고, 사회적 지위를 얻어 출세하는 세속적 삶에 대해서도 부정한다. 번듯한 직업을 가지고 일을 하라는 어머니의 충고에 대해 베르터는 다른 입장을 밝힌다.

> 어머니께서 내가 무언가 활동을 하는 게 좋겠다고 하셨다는 자네 말을 듣고 나는 그만 웃고 말았네. 그렇다면 내가 지금 활동을 하지 않고 있다는 말인가. 완두콩을 세건 렌틸콩을 세건 근본적으로는 같은 일이 아닌가? (64쪽)

시민적 이념과 당대의 문학적 전통에 반기를 들고 베르터는 다른 가치들을 내세운다. 능률, 부지런함, 일, 직업적 활동, 사회적 인정 등과는 전혀 다른 '무위', '산책', '독서', '자연과의 합일', '소박한 노동과 삶', '자기실현 및 자기완성' 등이 베르터가 내세우는 대안적 가치이다. 베르터가 찬미하는 자연세계에서는 게으름과 느림과 무위가 오히려 인간의 정신을 완성시킨다. 욕망을 위한 노동이 아니라 자족적인 소박한 노동을 강조하고 더 나아가서 자연 속에서 잔뜩 게으름을 부려야 한다는 베르터의 주장은 매우 도발적이며 동시에 현재성을 지닌다.

> 세상 모든 일은 결국 하찮은 것에 지나지 않는데, 자신의 고유한 열정이나 욕구 때문이 아니라 단지 돈이나 명예 또는 그 밖의 무엇인가를 위해 천신만고 애쓰는 사람은 언제나 바보일 따름이야. (64쪽)

시민계급의 지배 담론에 맞서서 베르터가 내세운 게으름, 느림, 무위, 자족의 담론은 오늘날 특히 중요한 의미를 지닌다. 과학과 기술 그리고 문명의 발전이 인류를 낙원으로 인도한 것이 아니라 점점 일의 노예로 만들어버림으로써 많은 문제가 발생하고 있기 때문이다. 그런 점에서 《젊은 베르터의 고뇌》는 18세기의 시대적 상황을 넘어서서 현대의 문제를 해결하는 데 나름대로의 대안을 제시하고 있다.

이처럼 《젊은 베르터의 고뇌》는 끊임없이 재해석되고 있으며 앞으로도 그럴 것이다. 시대와 상황 그리고 공간적 차이에도 불구하고 언제나 새롭게 해석될 수 있는 다양한 의미를 지니고 있는 것이 바로 고전작품이기 때문이다.

6. 번역을 마치고

《젊은 베르터의 고뇌》는 지금까지 수도 없이 많이 번역되었다. 그럼에도 이번에 이 작품을 다시금 한 단어, 한 문장마다 거기에 적합한 우리말을 찾느라 고심하며 번역해나가는 동안 나름대로의 의미를 찾을 수 있었다. 앞서 설명한 것처럼 《젊은 베르터의 고뇌》는 다양한 의미를 담고 있는 작품이기에 역자의 관점에 따라 번역본의 전체 분위기가 달라질 수 있다. 문학작품의 단어나 문장은 다양한 의미를 담고 있는 경우가 많다. 예를 들어 이 작품의 제목인 'Leiden'은 '슬픔, 고통, 고뇌, 괴로움' 등의 여러 가지 뜻이 있는데 이 단어를 우리말로 옮길 때에는 어쩔 수 없이 그중에서 하나의 뜻만을 선택해야 한다. 그 과정에서 다른 잠재적 의미들은 사라져버린다. 그러나 여러 번역본이 존재한다면 외국어를 우리말로 옮길 때 어쩔 수 없이 사라져버리는 다른 의미들이 재구성될 수 있는 여지가 생긴다. 여러 번역본을 함께 읽는다면 상호 보완이 일어나 개별 번역본에서 새어 나간 의미가 다시 드러날 수 있기 때문이다. 시대별로 그리고 역자마다 조금씩 다른 문체를 비교해보는 것도 흥미로울 것이다.

마지막으로 제목에 대해 언급하지 않을 수 없다. 독일어 원제목은 《Die Leiden des jungen Werther》이다. 우리나라에 가장 널리 알려진 제목은《젊은 베르테르의 슬픔》이다. 그런데 이 널리 알려진 제목은 두 가지 문제점을 안고 있다. 우선 '베르테르'는 'Werther'의 일본식 표기로 독일어 원음에 가까운 표현은 '베르터'이다. 따라서 '베르테르'는 '베르터'로 당연히 바로잡아야 한다. 그런데 '슬픔'의 경우는 좀 복잡하다. 독일어 제목에서 'Leiden'은 '슬픔, 고통, 고뇌, 괴로움, 번민'을 뜻하는 'das Leid'의 복수형이다. 그러니까 베르터가 느끼는 슬픔, 괴로움, 고통, 고뇌, 번민이 여럿이라는 의미에서 복수형을 쓴 것이다. 즉 사랑의 슬픔과 괴로움, 사회와의 갈등에서 오는 고통, 자아실현이 불가능한 상황에 대한 번민, 죽음을 결심하기까지의 고뇌, 죽을 만큼 괴로운 상황 등등을 모두 포함하고 있는 단어이다. 이 모든 고통과 괴로움이 합쳐져서 결국 베르터는 자살하게 되는 것이다. 이러한 관점에서 보면 '젊은 베르터의 슬픔'이라는 제목은 베르터를 죽음에 이르게까지 만든 여러 가지 고뇌와 번민과 고통이 잘 드러나지 않는다. 베르터는 단지 슬픔 때문에 자신의 머리에 총을 쏜 것이 아니다. 하지만 우리나라에서 나온 번역본은 아직도 대부분《젊은 베르테르의 슬픔》이라는 익숙한 제목을 사용하고 있다. 이 작품이 워낙 유명한 데다 몇십 년간 사용하다 보니 이제 당연한 것처럼 되어버렸기 때문이다. 최근에 와서야《젊은 베르터의 고통》이나《젊은 베르터의 고뇌》라는 제목으로 번역되기 시작하였다. 하지만 국내 독일문학 연구자들은 학술 논문에서는 오래전부터《젊은 베르터의 고뇌》라는 제목을 더 많이 사용하고 있는 상황이다.

이번 번역본의 제목을 고민하면서 다른 나라의 예를 찾아 보았다. 영어권과 프랑스어권에서도 우리와 비슷한 고민을 했던 것 같다. 영어에서는 《The Sorrows of Young Werther》가 주를 이루는데 《The Sufferings of Young Werther》라고 번역한 것도 있다. 'Sorrow'는 '커다란 슬픔이나 비애'라는 뜻으로 우리말의 슬픔보다는 조금 더 무거운 느낌이고, 'Suffering'은 '고통, 괴로움'이라는 뜻으로 독일어의 원래 뜻에 가깝다. 불어권 역시 《Les Souffrances du jeune Werther》라는 번역이 가장 많다. 'Souffrance'는 '고통, 괴로움, 번민'이라는 뜻이다. 불어권에서는 이 밖에도 《Passions du jeune Werther》라고 옮긴 것이 있는데 'Passion'은 '열정, 격정, 흥분, 열렬한 사랑, 열광' 등을 의미한다. 일본의 경우는 처음에 《若きヴェルテルの悩み》라고 번역한 이후 지금까지 줄곧 이 번역을 바꾸지 않고 그대로 써오고 있다. '悩み'는 '괴로움, 고민, 번민, 격정, 번뇌'라는 뜻이다. 일본을 통해 이 작품이 우리나라에 처음 소개되었을 터인데 '젊은 베르테르'는 그대로 받아 오고 '번민'만 '슬픔'으로 바꾼 이유가 의아하다.

독일어의 원뜻과 여러 나라에서 번역한 예를 참조한 결과 이 소설의 우리말 제목을 《젊은 베르터의 고뇌》라고 옮기는 것이 좋겠다는 결론에 이르렀다. 사실 원제목의 뜻에 조금 더 가깝게 옮기려면 복수형까지 살려서 '젊은 베르터의 슬픔과 고통 그리고 고뇌들'이라고 하는 것이 제일 좋을 듯하다. 하나 이는 제목으로는 너무 길고 설명투라 그중 베르터의 상황을 가장 축약적

으로 표현한 한 단어만 선택해 《젊은 베르터의 고뇌》로 정한 것
이다. 제목을 통해 베르터의 주제가 어느 정도 드러나기를 바라
는 마음에서이다.

언제나 그렇듯 번역은 참으로 어렵고 힘든 작업이다. 도대체
가 완성이라는 말을 할 수가 없는 것이 번역이다. 초벌 번역을
이미 2012년에 끝마치고도 이곳저곳을 손보느라 많은 시간이
흘렀다. 여러 번 꼼꼼히 읽으며 나름대로 열심히 고쳤지만 다시
보면 여전히 서툴고 어색한 부분이 나온다. 앞으로 독자 여러분
의 예리한 지적을 도움 삼아 계속 보완해나가도록 하겠다.

요한 볼프강 폰 괴테
연보

8월 28일에 프랑크푸르트에서 법률가인 아버지 요한 카스파르 괴테와 어머니 카타리나 엘리자베트 사이의 장남으로 출생.	1749
여동생 코르넬리아 출생. (이후 여동생 둘과 남동생 둘이 더 태어나나 모두 어린 나이에 사망함. 코르넬리아도 26세에 세상을 떠남.)	1750
'7년 전쟁'으로 프랑스군이 프랑크푸르트를 점령했을 때, 프랑스의 장군 토랑이 괴테의 집에 2년간 머무름. 어린 괴테는 그를 통해 프랑스의 문화와 예술을 접함.	1759
아버지의 권유로 라이프치히 대학에서 법학 공부 시작. '작은 파리'라 불리던 라이프치히에서 화가, 작가, 예술가들과 교유하며 문학과 미술에 눈을 뜸. 빙켈만의 미학 이론을 공부.	1765
식당 주인 쇤코프의 딸 케트헨과 사랑에 빠져 19편의 시를 쓰고 시집 〈아네테〉로 엮음.	1767

첫 희곡 〈애인의 변덕〉 완성. 케트헨과 헤어 **1768**
짐. 7월에 폐결핵에 걸려 학업을 중단하고
19세 생일에 고향 프랑크푸르트로 돌아옴.
위험한 고비를 넘기며 이듬해 3월까지 집에
서 요양. 희곡 〈공범들〉 집필 시작하여 이듬
해에 완성.

4월에 슈트라스부르크 대학에서 법학 공부 **1770**
다시 시작. 9월에 문학이론가이자 사상가인
헤르더를 만나 감화를 받음. 10월에 제젠하
임에서 마을 목사 딸인 프리데리케 브리온
을 만나 사랑에 빠지고 그녀를 위한 사랑시
와 〈들장미〉 등을 씀.

시집 《프리데리케 브리온을 위한 시》 발표. 8월 **1771** 《프리데리케
에 법학박사 학위를 받음. 22세 생일 직전에　　　　　 브리온을 위한 시》
프랑크푸르트로 돌아와 변호사 개업. 11월
에 희곡 《괴츠 폰 베를리힝엔》을 쓰기 시작
하여 6주 만에 초고 완성.

5월에 아버지의 권유로 베츨라의 제국법원 **1772**
에서 법원시보로 일을 시작. 샤를로테 부프
와 그의 약혼자인 크리스티안 케스트너를
알게 됨. 약혼자가 있는 샤를로테에 대한 이
루어질 수 없는 사랑에 괴로워하다 9월에
갑작스럽게 베츨러를 떠남. 이 경험은 훗날
《젊은 베르터의 고뇌》의 집필 배경이 됨. 프
랑크푸르트로 돌아와 창작에 몰두. 베츨라
에서 알고 지냈던 예루살렘의 자살 소식을
들음.

《괴츠 폰 베를리힝엔》을 출간하고 질풍노도 **1773** 《괴츠 폰
기의 대표적인 시 〈프로메테우스〉 발표. 슈　　　　　 베를리힝엔》
트라스부르크 시절부터 구상해온 파우스트　　　　 《초고 파우스트》
에 관한 집필을 시작하여 《초고 파우스트》
완성.

228

《젊은 베르터의 고뇌》를 발표하여 커다란 주목을 받음. 희곡《클라비고》발표. 12월에 프랑크푸르트에서 작센-바이마르-아이나흐 공국(인구 10만 명)의 왕자 카를 아우구스트 공작(당시 18세)을 만남.	1774	《젊은 베르터의 고뇌》 《클라비고》
4월에 은행가의 딸 릴리 쇠네만과 약혼했으나 몇 달 후에 파혼. 희곡《스텔라》발표. 아우구스트 공작의 초대로 바이마르 방문.	1775	《스텔라》
바이마르에 장기간 체류하기로 결정. 추밀원 고문관으로 임명됨. 이후 10년간 공작을 도와 바이마르 공국의 정사에 깊숙이 관여. 식물학, 지질학 등에 대한 연구를 시작. 일곱 살 연상의 궁정귀족인 샤를로테 폰 슈타인 부인을 만남. 슈타인 부인에게서 친구이자 연인, 누이를 느끼며 많은 문학적 자극과 격려를 받음.	1776	
《빌헬름 마이스터의 연극적 사명》을 완성. 하르츠 산맥을 여행하고 시집《겨울의 하르츠 여행》발표.	1777	《빌헬름 마이스터 연극적 사명》 《겨울의 하르츠 여행》
국방부와 건설부의 업무를 맡아 함. 일메나우 광산 재건에도 관여. 아우구스트 공작과 공국 내 영토 및 스위스 여행을 함께함. 산문체로 쓴 희곡《타우리스의 이피게니에》발표.	1779	《타우리스의 이피게니에》
황제 요제프 2세로부터 귀족 증서를 받음. 이때부터 요한 볼프강 폰 괴테가 됨. 6월에 궁전 근처의 프라우엔플란 저택으로 이주. 재무장관에 임명됨. 희곡《타소》및 소설《빌헬름 마이스터의 수업시대》집필 시작.	1782	
아우구스트 공작, 슈타인 부인, 헤르더 등과	1786	

칼스바트에 휴양차 머무르다 9월 3일 새벽에 돌연히 이탈리아 여행길에 오름. 로마에서 《타우리스의 이피게니에》를 운문으로 개작. 이후 중간 중간 나폴리와 시칠리아를 여행하며 2년간 로마에 머무름.

4월에 로마를 떠나 6월에 바이마르로 돌아옴. 일메나우 광산위원회 일을 제외하고 모든 정무에서 물러남. 평민 출신의 크리스티아네 불피우스와 동거 시작. 희곡《에그몬트》출간.

| | 1788 | 《에그몬트》 |

아들 아우구스트 태어남. 《타소》완성.

| | 1789 | 《타소》 |

베니스 여행. 색채론과 비교해부학 연구 시작.

| | 1790 | |

바이마르 궁정극장의 감독을 맡음. 희곡〈에그몬트〉초연.

| | 1791 | |

아우구스트 공작을 수행하여 프랑스 혁명군과의 전투에 종군.

| | 1792 | |

바이마르 근처 도시인 예나에서 프리드리히 실러와 교유 시작. 문학잡지《호렌》을 발간하며 서로 친해짐. 실러를 통해 새롭게 문학적 자극을 받음. 이후 서로의 문학에 많은 영향을 줌.

| | 1794 | |

실러와 공동으로 《크세니엔》발표. 실러의 격려로 《파우스트》다시 집필 시작. 《빌헬름 마이스터의 수업시대》출간.

| | 1796 | 《크세니엔》 《빌헬름 마이스터의 수업시대》 |

극시《헤르만과 도로테아》발표.

| | 1798 | 《헤르만과 도로테아》 |

희곡《사생아》발표. 실러의 희곡《메시나의 신부》를 실러와의 공동 작업으로 무대에 올림.

| | 1803 | 《사생아》 |

5월에 실러의 죽음으로 커다란 상실감 느낌. 바이마르 고전주의 시대가 끝남. 이후 괴테는 자신의 작품에 고전주의와 낭만주의를 결합시키고자 시도.	1805
10월에 나폴레옹에 의해 바이마르 점령됨. 10월 19일 오래 동거해오던 불피우스와 결혼식을 올림.	1806
4월 《파우스트》 1부 발표. 9월 어머니 사망. 에어푸르트와 바이마르에서 두 차례 나폴레옹을 만남.	1808 《파우스트》 1부
소설 《친화력》 발표. 《색채론》 집필 시작.	1809 《친화력》
《색채론》 완성. 13권으로 된 괴테 전집 발간.	1810 《색채론》
자서전 《시와 진실》 1부 발표. 2부는 1812년, 3부는 1814년에 완성.	1811 《시와 진실》 1부
7월부터 라인 및 마인 지방 장기 여행. 프랑크푸르트에서 마리안네 폰 빌레머를 만남. 빌레머 부인과의 사랑과 서신 왕래, 그리고 페르시아 시인 하피스의 시집에 자극받아 후에 《서동시집》에 수록된 일련의 시 발표.	1814
9월 하이델베르크에서 빌레머 부인과 마지막 재회. 재상으로 임명됨. 바이마르 예나 학술 및 예술기관 총감독.	1815
6월 부인 크리스티아네 사망. 《이탈리아 기행》 1부, 2부 발표.	1816 《이탈리아 기행》 1부, 2부
바이마르 궁정극장 감독직에서 사임.	1817
《서동시집》 발간. 20권으로 된 괴테 전집 발간.	1819 《서동시집》

《빌헬름 마이스터의 편력시대》1부 발간. 마리엔바트에서 17세의 울리케 폰 레베초브를 처음 만남. 2년 후 청혼하나 울리케 어머니의 반대로 무산.	1821	《빌헬름마이스터의 편력시대》1부
울리케에 대한 사랑 이야기를 담은 시집《마리엔바트 비가》발간. 31세의 시인 에커만이 괴테를 찾아옴. (에커만은 이후 10여 년간 괴테 옆을 지키며 그와 나눈 대화를 기록하여 1836년《만년의 괴테와의 대화》라는 책을 발간함.)	1823	《마리엔바트 비가》
《파우스트》2부 집필에 다시 착수. 11월 7일 괴테의 바이마르 도착 50주년 축하연이 열림.	1825	
바이마르 공국의 영주 아우구스트 공작 사망.	1828	
브라운슈바이크에서 〈파우스트〉초연.《빌헬름 마이스터의 편력시대》완성.	1829	《빌헬름마이스터의 편력시대》
아들 아우구스트가 로마에서 사망. 40권으로 된 괴테 전집 발간.	1830	
7월《파우스트》2부 완성.	1831	
3월 22일 세상을 떠남. 죽기 전 "좀 더 빛을!"이라는 말을 남기고 숨을 거두었다고 전해짐. 바이마르 영주 묘역의 아우구스트 공작과 실러 옆에서 영원한 안식을 찾음. 사후에《파우스트》2부가 출간됨.	1832	《파우스트》2부
《시와 진실》4부 출간.	1833	《시와 진실》4부

옮긴이 **김용민**

연세대학교 독어독문학과 및 동 대학원을 졸업하고 독일 보쿰대학교 독문학과에서 박사학위를 받았다. 1993년부터 연세대학교 독어독문학과 교수로 일하고 있다. 지은 책으로는《Vom Naturgedicht zurökolyrik in der Gegenwartspoesie(자연시에서 생태시로)》《생태문학》《독일통일과 문학》《통일 이후 독일의 문화통합 과정》(공저)《유럽의 문화통합》(공저)《10대에게 권하는 인문학》(공저) 등이 있으며, 옮긴 책으로는《말테의 수기》《서동시집》《기호와 문학》(공역)《담론분석의 이론과 실제》(공역) 등이 있다.

세계문학의 숲 042

젊은 베르터의 고뇌

2014년 4월 17일 초판 1쇄 인쇄
2014년 4월 25일 초판 1쇄 발행

지은이 | 요한 볼프강 폰 괴테
옮긴이 | 김용민
발행인 | 이원주

발행처 | (주)시공사
출판등록 | 1989년 5월 10일(제3-248호)

주소 | 서울 서초구 사임당로 82(우편번호 137-879)
전화 | 편집 (02)2046-2869 · 마케팅 (02)2046-2800
팩스 | 편집 (02)585-1755 · 마케팅 (02)588-0835
홈페이지 | www.sigongsa.com
세계문학의 숲 홈페이지 | www.sigongclassic.com

ISBN 978-89-527-7121-6(04850)
      978-89-527-5961-0(set)

고 전 의 경 계 를 넘 어 내 일 을 여 는 문 학